« Y A UN TRUC ! »

Lucie CÉMIEUX

« Y A UN TRUC ! »

Roman

Du même auteur

Juste pas Possible !

Roman Publié en Novembre 2016
Createspace

Édition : CreateSpace
ISBN : 978-1546661368

À Christiane et Éric
« Mes deux Winners »

Vous n'avez pas eu ma chance.
Et vous me manquez !

Plus je vieillis, plus je vois,
Que ce qui ne s'évanouit pas, ce sont les rêves.

Jean Cocteau

Assis face à face, ils prolongèrent un silence à la fois amusé et complice. Ils se quittaient après huit mois de rencontres et de consultations régulières souvent animées.

À la lecture des derniers résultats, le Cancérologue la libérait sans trop de craintes. Par un courrier, adressé à son confrère, il lui confiait sa patiente pour une étroite surveillance, jusqu'à la certitude d'une guérison complète. Cependant, il n'avait pas résisté à la tentation de lui décrire Clarisse et de le mettre en garde quant aux ruses et autres combines qu'elle saurait inventer pour échapper à toutes ces pénibles contraintes. Cinq années de contrôles l'attendaient.

Clarisse lui signifia son soulagement par un : « Vous voyez bien, j'avais raison ! » auquel il avait prudemment ajouté : « Oui, mais vos contrôles sont très importants. Je vais m'assurer que vous les faites correctement. Je ne vous lâche pas dans la nature sans surveillance ! ».

Elle leva ses deux pouces en signe d'approbation, avant de lui serrer la main pour plus de convenance.
Tout son visage exprimait le bonheur, pourtant elle préféra filer rapidement avant qu'il ne décide de lui proposer une nouvelle stratégie.

Il était dix-huit heures, la nuit tombait déjà et Clarisse se dépêchait de rentrer chez elle, cachant sous son manteau, le boîtier qui diffusait de la chimio pour la toute dernière fois. Elle repensait à cette consultation quand, un coup de frein strident la sortit de ses pensées en une fraction de seconde.
Engagée sur le passage piéton, elle vit surgir à sa droite, à seulement quelques centimètres, un monstre d'acier gris métallisé aux vitres noires. Le chauffeur donnait l'impression d'être debout sur la pédale des freins, accroché à son volant et lui jetait un regard terriblement mauvais.

De bonne humeur, elle tenta un sourire comme pour l'excuser de ne pas respecter les limitations de vitesse, d'écraser les piétons sur les passages cloutés mais le « crâne rasé », au volant de son bolide pour le moins original, répondit par un geste de la main qui voulait dire « Dégage ! ».
Clarisse recula, retrouvant à la hâte le trottoir et laissa passer l'engin futuriste. Sur la portière, un scorpion rouge attira son regard et sans savoir pourquoi, elle mémorisa la scène avec une incroyable précision. Ce regard méchant, presque animal, celui d'un loup, contrastait avec le sourire franchement jovial du docteur qu'elle quittait à l'instant.

La boulangère à la porte de sa boutique, râlait contre le bolide et prenait à témoins tous les clients.

- Quel fou furieux ! Il ne vous a pas touchée au moins ? J'ai eu si peur, je vous voyais déjà écrasée comme une pâte à tarte.
- Non, non ! Plus de peur que de mal, mais peur quand même !
- N'importe quoi ! Sous prétexte qu'il a une grosse voiture…
- Vous appelez ce machin une voiture vous ?
- Oui, pas vous ?
- À vrai dire, c'est la première fois que je vois ce genre d'engin.
- Mon fils saurait vous dire, mais je crois que c'est un Hummer. Je lui demanderai ce soir.
- Vous le connaissez ce type au volant ? J'ai cru voir un « Martien » mais attention, un extraterrestre pas très gentil, venu tout spécialement pour écraser les petites créatures de mon espèce !
- Ne parlez pas de malheur ! Je ne sais pas d'où il arrive mais je le vois passer souvent depuis quelque temps et toujours à fond bien sûr. Un jour, il va renverser quelqu'un et lui rouler dessus en prime. Entrez, ma petite, je vais vous offrir des petits pains au chocolat pour vous remettre de vos émotions.
- C'est gentil ! Je vais prendre une baguette aussi.

Elle remonta la petite rue en mordillant dans le pain encore chaud. « La fournée du soir » expliquait Madame Boileau, aussi bavarde que sympathique.

Elle poussa la porte d'entrée de son jardin et la referma en douceur.
Elle ressentit alors une impression étrange, la sensation désagréable d'une présence. Aussitôt, le regard mauvais du loup lui revint, laissant comme une traînée sombre d'inquiétude dans son esprit.

La nuit n'était pas encore noire, les lumières de la rue éclairaient son minuscule jardin. Elle monta en courant les quatre marches jusqu'à la porte d'entrée tout en regardant autour d'elle. Elle cherchait ses clés dans sa poche lorsqu'elle entendit un gémissement qui lui sembla très proche. Intriguée, Clarisse se tenait droite, à l'écoute, pas vraiment rassurée, persuadée que quelqu'un se trouvait près d'elle sans se faire voir.

Une à une, elle redescendit prudemment les marches, avança tout doucement vers la droite de la maison, se dirigea en silence et à petits pas, vers des chuchotements qui se rapprochaient.
Tout à coup, elle vit deux chaussures noires sous l'arbuste, puis des chevilles…
Elle fit un bond en arrière en étouffant un cri dans sa main.
L'homme parlait tout doucement, d'un ton suppliant, il disait : « Aidez-moi, je vous en prie ! ».

Abasourdie, Clarisse s'approcha en douceur, dans un style « un pas en avant, deux pas en arrière ». L'inverse sans doute, puisqu'elle était désormais en mesure de toucher les chaussures. Intimidée tout à coup, elle chuchota un :

- Mais qui êtes-vous ?
- Maximilien van Hoff.
- Monsieur van Hoff, le kidnappé ?

- Oui. Aidez-moi, s'il vous plaît. Ils me cherchent certainement.
- Vous avez réussi à vous échapper ? Pouvez-vous marcher ?
- Oui, je crois.

Comme un enfant, roulé en boule sur lui-même, il prit d'infinies précautions pour prendre appui sur son coude. Il respirait difficilement et tentait de s'asseoir dans l'herbe, toujours caché dans le feuillage dense de l'oranger du Mexique. Sidérée, Clarisse découvrait que le célèbre patron, séquestré depuis plusieurs semaines, faisait une apparition aussi inattendue que misérable dans son jardin.
Lorsqu'il se libéra du feuillage et laissa son visage apparaître, elle comprit mieux ses gémissements. La douleur s'inscrivait en noir et bleu sur sa face tuméfiée et crasseuse. Son regard perdu exprimait l'ampleur de son désarroi.
Spontanément, elle s'agenouilla devant lui et lui chuchota :
- Mais qui vous a fait ça ?
- Un fauve !
- Je vais vous aider ! Levez-vous doucement et prenez appui sur moi.
- Merci.
- Vous êtes caché là depuis longtemps ?
- Non, cinq minutes… À dire vrai, je ne sais plus très bien.

Le couple Clarisse-Maximilien n'avait rien de léger, ni de glamour. Lui, titubant, accroché à son bras, hésitant à chaque pas. Elle, écrasée sous le poids d'un homme grand et solide, cherchait à l'aider de marche en marche. Arrivés

à la porte d'entrée, ils s'appuyèrent l'un contre l'autre, cherchant de l'air, suffoquant après cet effort.
Elle se dépêcha d'ouvrir la porte, le poussa presque à l'intérieur et referma aussitôt.

Alors qu'elle cherchait la lumière, il lui dit : « Surtout, n'allumez pas ! Fermez les volets avant. Ils doivent surveiller, ils savent que je n'ai pas pu aller très loin ».
Il s'écroula alors, se laissant glisser le long du mur du couloir pour amortir le choc. Bras ballants, les yeux fermés, il savourait la sécurité de cette maison et devinait que la propriétaire des lieux l'accueillait en amie. Restait à la persuader de ne rien dire. Il écouta ses pas qui allaient d'une pièce à l'autre, le bruit des volets, puis des fenêtres qu'elle refermait doucement.

Elle revint vers lui, resté assis sur le carrelage, incapable de se relever une nouvelle fois. D'un ton ferme et gentil à la fois, elle annonça :

- Je vais téléphoner à l'hôpital.
- Non, surtout pas !
- Comment ça non ? Vous avez besoin de soins en urgence. Vous semblez congelé et cassé de partout.
- Mais non, ce sont simplement des contusions.
- Des contusions ? Mais c'est bien sûr !
- Je vous en prie, écoutez-moi d'abord.

Clarisse s'installa aux côtés d'un homme épuisé qui cherchait à lui dire quelque chose d'important. Sa bouche abîmée laissait échapper les mots avec une grande difficulté. Elle se fit silencieuse et attentive pour mieux le comprendre.

- Si vous téléphonez à l'hôpital, ils sauront que je suis dehors et vivant. La presse, la police, la télé.
- Oui sans doute !
- Il ne faut pas ! Je dois d'abord savoir qui a organisé ce rapt. J'ai réussi à m'échapper. Ne soyez pas inquiète, dans quelques heures, j'irai beaucoup mieux.

Clarisse, qui en doutait sérieusement, lui proposa de téléphoner à son ami médecin qui viendrait jusqu'à lui pour plus de discrétion. Son refus s'exprima péniblement dans un : « Comprenez-moi, c'est une question de vie ou de mort. S'ils me retrouvent ici, ils nous tueront tous les deux ».

Le silence se fit alors pesant et réfléchi. L'idée d'une exécution promise par un fou parce qu'elle secourait un pauvre homme démuni, sale et vaguement bleu pétrole n'était pas du goût de Clarisse.
Elle qui sortait à peine d'une déferlante au goût salé, éprouvait une joie certaine à l'idée de s'en sortir aussi bien… Tout bien considéré, elle allait faire preuve de cette discrétion absolue censée leur sauver la vie.

Ils étaient deux, toujours assis sur le carrelage froid dans le hall d'entrée, aussi désemparés l'un que l'autre.
La veille, elle avait fait un pari stupide. « *Si Monsieur van Hoff sort vivant de ce kidnapping, je sors indemne de mon séjour en oncologie* ».

D'ordinaire, elle faisait fort, mais ce soir, elle dépassait toutes ses espérances. Elle se demandait pourquoi elle avait l'art de s'empêtrer dans des galères aussi incroyables. Cette fois, elle tenait le gros lot, la cerise sur le gâteau, l'apothéose et cette question de vie et de mort qui revenait sans cesse.

Maximilien van Hoff finirait par s'endormir si elle ne le forçait pas à bouger tout de suite. Ce qu'elle fit en douceur : « Levez-vous s'il vous plaît. Ma chambre est là, toute proche ! »

- Je suis désolé.
- Trop tard ! Il ne fallait pas vous cacher dans mon jardin.
- Avez-vous eu des nouvelles de mon chauffeur ?
- Personnellement pas vraiment, mais je sais qu'il s'en est plutôt bien sorti. Laissé pour mort sur le bord de la route, un médecin arrivé par hasard sur les lieux, lui a porté secours. Il a quitté l'hôpital voici deux semaines au moins.
- Tant mieux ! J'ai eu si peur pour lui.
- Vous prendrez de ses nouvelles demain. Maintenant… Allez, debout, je vous aide.

Le duo titubant se dirigea vers lit où elle l'aida à s'installer entre des grimaces de douleur et des petits sons plaintifs qu'il cherchait désespérément à retenir. Elle l'aida à s'allonger et remonta la couette en douceur jusqu'à son menton. Il devait se réchauffer vite.

À la lumière, elle évalua l'ampleur du désastre et surtout de ses blessures. Son beau visage, qu'elle voyait très régulièrement dans les journaux et à la télévision, ressemblait à présent, à un chaos de bleus, de bosses, de coupures, de crevasses et autres éraflures. Ses ravisseurs

avaient pris un plaisir évident à faire de ce visage un tableau coloré et presque cubique !
Elle avait mal en imaginant les coups portés à cet homme qui poursuivait sa litanie de : « Ne dites rien mademoiselle, à personne… ».

Elle promit le silence, espérant que cette promesse sincère l'aiderait à trouver un sommeil réparateur. Il n'en fut rien. La douleur trop vive de son corps meurtri ne lui accordait pas le moindre répit. D'un seul coup, une idée lui vint :

- Vous devez boire. Je vais vous chercher de l'eau…

Voilà, tout ce que cette infirmière habituée aux Urgences de nuit trouvait à dire et à faire. Tous ses réflexes s'éloignaient, faisant place à un désappointement total et surprenant chez cette jeune femme d'ordinaire efficace et inventive.

Elle quitta son manteau, réajusta ce qu'elle nommait le boîtier-empoisonneur-chimiothérapique sous son large pull-over et alla chercher une bouteille d'eau et un verre.
Elle se sentait vide, abasourdie et totalement incapable de venir en aide à ce patient peu ordinaire. Elle fit fondre deux cachets effervescents dans de l'eau et s'en retourna près de lui, avec la farouche conviction, qu'elle devait faire appel à un médecin.

- Pardon mademoiselle, je suis vraiment désolé de vous importuner ainsi.
- Ne vous excusez pas toutes les deux minutes. Vous êtes là, je vous cache et surtout, je vous soigne. Coup de chance : je suis infirmière et je m'appelle Clarisse.
- Merci de votre aide.

- Bon ! Pour commencer, vous devez prendre une douche qui réchauffera aussi.
- Je ne peux pas, je me sens trop faible.
- Vous vous sentirez mieux après et surtout, je dois impérativement nettoyer vos plaies.

Comme pour refuser poliment la proposition de Clarisse, il ferma les yeux, se replia sur lui-même et laissa le silence envahir la chambre. Assise sur le lit, elle regarda avec effarement les traces qu'il portait aux poignets, imaginant le cauchemar dont il sortait et cherchait les mots justes pour l'aider.

- Allez, encore un peu de courage et après vous pourrez dormir et récupérer.

Les yeux toujours fermés, il répondit tout doucement : « Je ne tiens pas debout ».

- Pas de problème ! Je vous installe une chaise. Assis, vous y arriverez.
- Je me sens si sale…
- Je confirme ! Oh, pardon ! Je ne voulais pas vous… Je reviens tout de suite.

Gênée par sa maladresse, elle pressa le pas jusqu'à la salle de bains, fit couler l'eau, prit une chaise à la cuisine et l'installa aussitôt sous l'eau qu'elle trouvait trop chaude pour lui. Alors qu'elle jugeait ingénieuse son installation, elle le vit debout, accroché à l'encadrement de la porte, l'air hagard et murmurant des mots qu'elle ne comprenait pas.

Elle se rapprocha de lui avec un sourire rassurant et comme il répétait : « J'ai trop honte », elle prit résolument le parti de rire de la situation pour l'encourager à lui faire confiance.

- Si j'étais à votre place, je dirais exactement la même chose. Je vous comprends mais comme je suis infirmière, je me fiche pas mal de vous voir nu, j'en ai vu d'autres. La seule chose qui m'importe ce sont vos plaies. Vraiment, si vous ne voulez pas vous rendre à l'hôpital, acceptez au moins que je vous soigne.
- Oh non ! Hurla-t-il tout à coup.

Il venait de découvrir son reflet dans le miroir de la salle de bains. Un reflet qui lui renvoya l'image de la monstrueuse réalité : un visage ravagé, des cheveux hirsutes, une pâleur extrême, des cernes et des poches sous les yeux, sans compter les traces de vert-bleu-gris sous le menton. Un boxeur après un combat n'aurait pas eu l'air plus frais. Pour ne plus voir son image, il se jeta comme un désespéré dans les bras de Clarisse, se cacha dans son cou et pleura dans ses cheveux longs en disant : « Non, non, non ! ».

Elle se figea de surprise, peu habituée à ce genre d'effusion de la part de ses patients, mais bien malgré elle et avec une véritable compassion, elle lui caressa le dos avec la délicatesse d'un réconfort sincère et ajouta :

- « Vos plaies sont superficielles, ne vous inquiétez pas ! Dans quelques jours, toutes ces marques auront disparues. Vos poignets sont plus gravement touchés. Je vais enlever votre montre et vous soigner ».

Encore habillé, il s'assit péniblement sur la chaise, tel un condamné à mort qui attend la sentence. Il gardait les yeux

fixés au sol, prostré, laissant l'eau couler sur lui, sans un regard pour Clarisse, qui elle n'osait plus rien faire. Intérieurement, elle pensait qu'un décapage de la tête aux pieds ne serait pas un luxe. Elle chercha en vain une formule polie pour le lui dire. Pourtant, devant le désespoir de cet homme, assis sur une chaise, au milieu de sa douche, elle ne trouvait pas vraiment l'inspiration.
Partagée entre l'envie de s'amuser de cette situation inouïe et le désir de le sortir de sa torpeur, elle opta pour la deuxième solution et en professionnelle, elle prit le shampoing. Il ne bougeait toujours pas. Rien, pas un petit geste de recul, de refus ou d'acceptation.
« Qui ne dit mot consent » se dit-elle en lui lavant les cheveux avec douceur.
Il se laissa faire, pencha la tête en arrière pour le rinçage, les yeux toujours fermés. Clarisse papotait, lui parlait comme à un enfant, lui disant : « Attention, je vais rincer de nouveau ».

Tel un pantin désarticulé, les bras le long du corps, avachi sur sa chaise, il ne montrait aucune résistance. Détaché de tout, abattu, presque endormi, il ne réagissait pas. Lorsqu'elle entreprit de lui ôter sa chemise, il leva les bras, laissant sa chemise glisser.
Elle découvrit alors un corps recouvert d'hématomes. La violence des coups reçus se lisait surtout sur l'abdomen. Le fauve ne l'avait pas épargné et elle imaginait les côtes sans doute fracturées qui nécessitaient une radio et de vrais soins dans un service…
Comme s'il lisait dans ses pensées, il répétait sans même ouvrir les yeux :

- De simples contusions, rien de grave. N'appelez personne, je vous en prie !

- Ce n'est pas sérieux. Vous savez, chez moi je n'ai pas de quoi réaliser…
- Demain, nous verrons demain.
- Bon ! Mais c'est promis ?

En guise de réponse, il se leva avec difficulté, prenant appui sur la chaise pour se tenir droit. Il resta un instant courbé sur une douleur puis il quitta péniblement son pantalon crasseux. Ses chevilles aussi apparaissaient sérieusement abîmées. Sur sa jambe droite, un bleu énorme ressemblait à une empreinte laissée par une chaussure. Clarisse lui tendit la pomme de la douche, posa une serviette et un tee-shirt sur le petit meuble puis elle quitta la pièce pour se réfugier dans son bureau.
Cet homme avait survécu à la barbarie, il serait bien assez fort pour retrouver le lit.

Manquant d'air tout à coup, elle ouvrit la fenêtre machinalement. La nuit claire éclairait la rue déserte. Elle alluma une cigarette, rejetant la fumée avec délice et pensait à Lucas qui réglerait cette situation en un temps record. Ils ne devaient pas être si difficiles à retrouver ces dingues de ravisseurs, qui dans l'attente d'une rançon, s'étaient défoulés sur ce pauvre malheureux qui pleurait dans sa douche.
Alors qu'elle s'interrogeait sur son obstination à ne vouloir prévenir personne, même pas sa femme, une grosse voiture gris métallisé remontait la rue à deux à l'heure. L'abruti qui avait failli l'écraser…
Que fichait-il devant sa maison ?

À la hâte, elle ferma les volets, la fenêtre, tira les doubles-rideaux en repensant à ce regard de fou. La sensation fut

violente et détestable, une intuition, comme un mauvais pressentiment. Ce type cherchait peut-être Maximilien van Hoff ?
Elle vérifia que la porte d'entrée était bien fermée. Le double verrou installé par sa mère voici quelques années, lui donna l'illusion d'être en totale sécurité. La folie furieuse pouvait bien les chercher dehors, ils étaient dedans, à l'abri.
Pour le moment, elle allait soigner cet homme en détresse, le protéger « du chef de meute » qui n'avait rien à faire devant sa maison. Qui était vraiment cet homme au regard gris-acier ?
À part, un sale type, elle n'en savait rien.

La salle de bains devenue silencieuse lui fit penser qu'il avait rejoint sa chambre. Elle entra doucement et s'approcha du lit. Il était allongé, perdu dans ses pensées et caché sous la couette. Il lui fit un petit sourire en signe de reconnaissance et ferma les yeux dans un soupir qui ressemblait à un sanglot.
D'un ton détaché mais ferme, Clarisse lui dit :

- Je vais désinfecter les plaies et vous faire quelques pansements. Vous voulez bien ?
- J'ai tellement besoin de dormir.
- Voulez-vous manger quelque chose ?
- Non, ne vous dérangez pas.
- Vos ravisseurs vous donnaient à manger ?
- Oui, régulièrement. Parfois même, il m'offrait des croquettes pour chien.
- Vous rigolez j'espère ?
- Pas vraiment !
- Mais pourquoi ?

- Pour m'humilier un peu plus, j'imagine !
- Ceci restera entre nous, je vous le promets ! Je vais vous chercher des pains au chocolat lança-t-elle, en filant cacher son haut-le-cœur dans la cuisine.

L'écœurement qu'elle ressentait se mélangeait à une profonde indignation. Qui ? Pourquoi ? Elle ne pouvait concevoir qu'un homme puisse avoir ce genre d'idée totalement ignoble. Un homme sans cœur, pas humain. Un humain pas humain !
Elle détestait les humains pas humains qui existaient sur cette terre. Décidément, ce soir, voilà que par deux fois, des extraterrestres peu recommandables faisaient une entrée effrayante dans ses pensées.

Elle imagina les journalistes prendre connaissance de cette histoire de croquettes pour chien. Jamais personne ne devait savoir, si Maximilien van Hoff ne voulait pas trimballer ce détail sordide toute sa vie. Il resterait à jamais le kidnappé qui pour ne pas mourir avait dû se résoudre… Oh, non ! L'envie de vomir ce qu'elle n'avait pas mangé depuis le matin, se fit plus précise.

Pour ne pas se laisser envahir par le dégoût et la colère, elle vida la moitié de son frigo sur un plateau et installa le dîner improvisé sur une petite table basse au bord du lit. La baguette du soir avait un peu souffert mais gardait cette bonne odeur de pain chaud.

Maximilien van Hoff chercha à se relever légèrement pour faire honneur au festin préparé et servi avec un réel plaisir. Comme si elle cherchait à gommer les mauvais jours et à

effacer le sordide, elle lui proposa un peu de tout dans un désordre absolu.
Pourtant, la douleur se réveilla, creusa son visage et la fatigue l'emporta sur la faim. Il retomba sur l'oreiller laissant échapper des plaintes de douleur ou de désespoir.
Clarisse regardait son plateau avec désolation, ne sachant pas s'il fallait céder à sa demande de « silence absolu » ou faire débarquer, sans autre forme de procès, la cavalerie médicale et policière. Des médecins pour soigner au plus vite les dégâts et des flics déterminés à retrouver ces salauds de ravisseurs.

Son regard effaré se portait sur les plaies ouvertes et infectées des poignets de celui qui semblait endormi, cachant sa joue abîmée dans l'oreiller en respirant calmement. Le silence et la nuit donnaient à la maison une étrange atmosphère. Elle alluma la petite lampe, prit le plateau et s'en alla à la cuisine.

Les plaies multiples, comme une sourde angoisse revenaient sans cesse à son esprit. Elle devait soigner ses poignets et ses chevilles en priorité. Elle chercha tout ce dont elle avait besoin pour nettoyer, désinfecter, refermer, panser les plaies et calmer la douleur. Elle ne possédait pas une pharmacie de haute volée, mais l'essentiel suffirait pour ce soir.

Assise à ses côtés, elle commença par son visage avec des compresses bien imbibées de sérum physiologique, elle s'appliqua à nettoyer ses nombreuses blessures.
Celle située au-dessus de l'arcade, nécessitait des pansements compressifs. Deux strips de petites tailles permettraient à la plaie de se refermer. Elle frôla à peine la

lèvre supérieure, boursouflée et témoin de la violence des coups reçus.

Elle passa un temps infini à nettoyer les coupures profondes des chevilles et des poignets. Comme elle manquait de bandes, elle coupa un vieux drap pour en faire de jolis bandages colorés et fleuris. Avec une pince à épiler, elle enleva avec une infinie précaution, toutes les peaux mortes qui empêcheraient la cicatrisation des plaies.
De façon régulière, elle demandait à son patient, si elle ne lui faisait pas trop mal.
Des petits « non » arrivaient dans un souffle d'épuisement.
Voilà que depuis quelques minutes, il ne répondait plus. Il venait de s'endormir.
Avant de quitter la chambre, elle lui souhaita une bonne nuit.

Après sa douche, il avait enfilé le tee-shirt de Clarisse, un cadeau de Lucas qui lui servait de chemise de nuit. Un peu serré pour le torse de l'athlète, même amaigri, Mickey souriait en gros plan. Elle ajusta en douceur la couette et laissa la petite lampe allumée. Elle imagina un instant que la peur pouvait le réveiller…

Comme elle ne pouvait confier à personne cette arrivée insolite, elle s'en alla raconter à « Cahier » les dernières aventures de la journée.
Entre sa visite d'adieu au cancérologue, sa toute dernière cure de chimio et sa trouvaille plus qu'étonnante dans son jardin, « Cahier » allait se demander certainement, si elle ne débloquait pas un peu.
Disons, un peu plus que d'habitude !

Le réveil indiquait huit heures trente. Clarisse n'avait dormi que par intermittence. Gênée par le boîtier qui ronronnait et réveillée en sursaut par les cauchemars de l'otage qui se croyait encore séquestré et qu'elle avait dû réconforter. Elle s'imposa aussi quelques petites escales devant la fenêtre pour surveiller la rue déserte.
Heureusement, le « méchant pas beau » avait déserté les lieux.

Enfermée dans la salle de bains, elle regardait son visage sous les lumières douces que projetaient les appliques au-dessus du lavabo.
Elle hésitait entre : « Tronche en biais » et « Morue pas fraîche. » Si les attaques guerrières se propageaient à l'intérieur de son corps, les résultats des combats en cours s'inscrivaient, comme des sans-gêne sous la forme de traits tirés et de cernes sombres sous ses grands yeux foncés. Elle se demanda même, si elle n'avait pas oublié la séance démaquillage avant de se coucher.
L'heure était aux travaux de restauration pour se présenter sous son meilleur jour.

Elle brossa ses cheveux longs pendant un long moment, s'assurant régulièrement que la brosse lui rendait bien la totalité de cette masse sombre qu'elle aimait beaucoup. Le traitement semblait l'épargner dans ce domaine.

Depuis quelques mois, elle avait accédé à une formation express sur l'art de s'en tartiner une bonne couche sans qu'elle ne se remarque de trop. De la couleur pour un teint hâlé, des boucles d'oreilles originales, des écharpes multicolores étaient devenues ses meilleures alliées pour cacher à l'extérieur, ce qui se jouait à l'intérieur. Elle en avait piégé plus d'un et son passager clandestin n'y verrait que du feu.

Elle devait faire taire le diffuseur, camoufler l'engin de malheur et atténuer autant que possible les « pschitt-pschitt » qui revenaient chaque quart d'heure, comme un rappel agaçant mais ponctuel du traitement en cours. Les effets secondaires faisaient le reste à un rythme plus soutenu surtout des picotements permanents, comme des fourmis aux mains et aux pieds. Le contact du froid amplifiait le phénomène et l'obligeait à porter des gants.

Ce matin, elle ne voulait pas s'éterniser sur le sujet et encore moins expliquer à son invité, que la vie lui jouait un sale tour. Avec application, elle entoura son boitier diffuseur-empoisonneur d'une petite serviette maintenue par plusieurs élastiques. L'ensemble n'était pas joli mais s'avérait particulièrement efficace. Elle guettait le « pschitt-pschitt ». Rien. Elle se réjouissait d'avoir gagné la partie en réajustant son gros pull.
Ni vu, ni connu !

Elle préparait le petit-déjeuner sans faire de bruit lorsque Maximilien apparut timidement dans l'encadrement de la porte, terriblement gêné d'être là, serré dans le long tee-shirt Mickey et véritablement surpris qu'elle l'accueille comme un ami.

- Hello ! Entrez. Comment vous sentez-vous ce matin ?
- Bien, mieux ! Merci.
- Bien comment ? Cassé, fracturé ou contusions ?
- Ne vous inquiétez pas. Rien de grave.
- Mettez ce peignoir, vous allez prendre froid !
- Merci beaucoup.
- Je refais les pansements tout à l'heure et on avise. Il faut être prudent vous savez !
- Oui, vous avez raison.
- Un petit-déjeuner pour commencer. Il faut toujours aller dans l'ordre !

Il lui souriait. Il souriait surtout, de la voir aller dans un désordre total mais tellement sympathique. L'idée d'enfiler le peignoir lui semblait beaucoup moins amusante… Satin et volants ne l'inspiraient pas vraiment. Il ne voulait pas la froisser et l'interrompre dans sa préparation des toasts grillés.

- Désirez-vous téléphoner à votre épouse pour la rassurer ?
- Plus tard… Allons dans l'ordre plutôt !
- Ok !

Le grille-pain prévenait que la tartine était prête. Tant mieux ! Elle pouvait se lever et cacher son étonnement.

Il ne fallait pas le brusquer, il n'était sûrement pas du genre à se laisser dicter sa conduite. Re-tant mieux ! Elle souhaitait l'aider, pas diriger sa vie.

- Vous êtes mariés depuis peu de temps n'est-ce pas ?
- Oui, depuis trois mois.
- Elle est très belle votre femme. Vrai ! Je l'ai vue à la télé. Vous l'avez rencontrée à Bordeaux ?
- Non, à Paris, lors d'une étude de marché auprès d'un groupe d'acheteurs russes. Irina est interprète et parle un français tout à fait remarquable. Lorsque je suis arrivé dans la salle où se déroulait la réunion, elle était déjà présente... Oui, tellement présente !
- Aïe ! Le coup de foudre ?
- Non, pas... Quoique ? En y réfléchissant. Vous avez raison. Le coup de foudre !
- Et elle ? Troublée aussi la belle interprète ?
- Professionnelle surtout ! Elle n'a rien laissé paraître de cet ordre-là. Nous avons beaucoup travaillé. Les acheteurs posaient beaucoup de questions qu'elle traduisait sans se laisser distraire. Il s'agissait d'une rencontre de travail très importante pour mon entreprise.
- L'un n'empêche pas l'autre ? Je vous imagine bien tout paniqué à l'intérieur et tout travailleur à l'extérieur !

Il trouvait très juste le mot « paniqué ». Il se souvenait parfaitement des yeux magnifiques d'Irina, de sa blondeur naturelle, de ses mains fines qui ne portaient pas d'alliance, de ses jambes parfaites, de son petit accent adorable, de sa compétence et de son air si doux.

Il n'oubliait rien de cet instant, de cette rencontre et de sa panique intérieure.
Ils avaient pris le déjeuner dans une grande salle qui donnait sur le jardin. Elle traduisait toujours. Ils avaient échangé peu de choses avant de rejoindre les hommes d'affaires de plus en plus intéressés et séduits par les marchés qui se préparaient.
Après la réunion, les acheteurs saluèrent Maximilien et Irina avant de les laisser seuls, fatigués et en connexion totale depuis le matin. Elle aussi éprouvait un trouble évident pour cet homme charmant aux manières si élégantes.

- J'ai proposé à Irina de la raccompagner, de la déposer quelque part si elle le souhaitait. Elle a poliment refusé, m'expliquant qu'elle prenait l'avion pour Marseille dès le lendemain matin et qu'elle restait à l'hôtel. Je l'ai donc remerciée et je lui ai laissé ma carte pour d'autres rencontres professionnelles.
- Ben voyons !
- Si, si ! Je vous assure Mademoiselle Clarisse.
- Vous avez tenu combien de temps ?

Bien malgré lui, se sentant démasqué, il éclata de rire. Son auditoire attentif en la personne de Clarisse se révélait redoutable.

- Allez, avouez, combien de temps ?
- J'ai tenu deux heures. Je suis revenu à son hôtel. Elle lisait dans le salon de l'accueil.
- Yes ! Yes ! Je sens que le « Prince Charmant » arrive sur son beau cheval blanc…
- Ne vous moquez pas de moi !

- Ah non ! Jamais des Princes Charmants. Il en reste si peu ! Après, fleurs, dîner aux chandelles et les violons j'imagine ?
- Oui, c'est à peu près ainsi que les choses se sont déroulées !
- Incroyable ! Comme au cinéma mais en vrai !
- Je suis rentré chez moi.
- Au petit matin bien sûr ?
- Vous n'y pensez pas ? Irina mérite un minimum d'élégance. C'est une femme que l'on courtise.
- Courtise ? Oh là, là, il y a au moins dix ans que je n'ai pas entendu ce mot ! Et après ?
- Elle est restée à Marseille quelque temps. Nous avons échangé chaque jour par e-mails. Une nouvelle réunion de travail nous a réunis un mois plus tard.
- Mêmes émotions ?
- Oui. Quel bonheur de la retrouver !
- Je suis sûre que vous l'avez demandée en mariage !
- Disons qu'elle a accepté de m'accompagner.
- Mais quelle audace tout à coup !

Ils riaient. L'amoureux, heureux de parler de sa belle Irina se laissait volontiers taquiner par Mademoiselle Clarisse qui trouvait l'histoire de Maximilien touchante même si dans son récit, il y avait un truc.
« Comme au cinéma » venait de jeter le trouble, presque le discrédit sur la romance.

Bah ! Elle jouait la jalouse, c'est tout !

Il fallait avouer qu'Irina avait eu du bol ! « Élégance », « Courtisée ».
Une race en voie d'extinction ce Maximilien. Il fallait le mettre sous cloche ou se le garder peut-être ?
Voilà qui était d'une élégance suprême ! Elle riait toute seule de cette idée grotesque pendant qu'il s'attardait encore quelques instants dans ses jolis souvenirs, avant de lui annoncer :

- Après le petit-déjeuner, séance pansements. Avez-vous moins mal ce matin ?
- Oui. Un peu.
- Expliquez-moi pourquoi vos plaies sont aussi profondes et prenez ça !

Avec une autorité amusée, deux gélules dans sa main ouverte se présentèrent à lui comme le gage du soulagement. Pas de discussion possible !

- J'avais très souvent les mains ou les pieds attachés.
- Par des menottes ?
- Non, par une ficelle qu'il serrait bien fort. Dans les premiers temps, j'ai tenté de m'en défaire. Je me suis abîmé les poignets et les chevilles sans jamais réussir à me libérer. Ces derniers temps, il me laissait plus souvent libre et sans entrave.
- Drôlement sympa ! Ce mec est totalement fou ! Lorsqu'il a vu que vous étiez blessé, il aurait pu arrêter de vous ligoter comme un saucisson !
- L'idée principale n'était pas de me soigner ou de me secourir. Comprenez-vous ? L'idée consistait à me détruire.

- Mais c'est encore plus ignoble ! Il n'avait qu'à vous tuer tout de suite ce dégénéré. C'est quoi cette façon de faire souffrir quelqu'un pendant des semaines ? Il faut être sadique quand même !
- Il a cette qualité, je vous assure ! Je ne savais jamais de quelle façon il se comporterait : Imprévisible, violent, indifférent, rapide et silencieux ou injurieux et menaçant. Il passait deux fois par jour mais jamais aux mêmes heures. Parfois, il me portait à manger et à boire, m'autorisait à aller aux toilettes et à prendre une douche, me jetait une couverture supplémentaire. Le lendemain, il m'interdisait tout et me frappait. Je n'ai jamais réussi à décrypter son code.
- Ne cherchez pas ! La folie n'a pas de code.
- Heureusement, il m'a laissé ma montre. Ainsi, je gardais un contact rassurant avec le temps qui s'écoulait. Le jour, la nuit, j'imaginais mes rendez-vous ratés, reportés, tout ce qui serait perdu pour toujours. J'ai regardé l'aiguille de ma montre comme un naufragé s'accroche à sa bouée.
- Comment avez-vous fait pour vous échapper ?
- Dans un sursaut de désespoir dirons-nous.
- Ou d'espoir plutôt ?
- Vous avez raison ! Je trouve dans mon geste, un mélange de folie, de fureur et d'instinct de survie désespérément optimiste.
- Racontez-moi.
- Depuis longtemps, je suis l'ami de Kim. De sa passion, il a fait sa philosophie de vie et son métier :

Professeur d'Aïkido. Cet été, il est venu passer quelques jours à la maison et comme à chaque fois, nous avons refait ensemble quelques exercices. Sport, plaisir, beauté des gestes. Il y a exactement deux semaines, une nuit, j'ai rêvé de lui. Il venait vers moi dans son habit de combattant et me disait : « Défends-toi Maxi ! Tu sais le faire, tu peux le faire ! À partir de cet instant, je n'ai plus jamais cessé de m'entraîner. Je devais le faire.

- Vous vous entraîniez ?
- Oui, mentalement et physiquement lorsque mon ravisseur me laissait libre de mes mouvements. Souvent, le soir, il m'attachait.
- Merci pour les entailles ! Quel gros nul ce type ! Et après ?
- Je répétais sans fin les gestes pour parfaire la prise. Je me remémorais avec précision chaque petit détail. Je m'imprégnais aussi de la force de Kim que j'imaginais à mes côtés. Pour me libérer, je devais compter sur l'effet de surprise et la maîtrise parfaite du geste.
- Pourquoi avoir attendu si longtemps ?
- Chaque jour, je me sentais prêt au combat mais lorsqu'il arrivait, je perdais toute confiance, je paniquais intérieurement, je cherchais à me rassurer encore un peu. J'observais sa façon d'entrer, je notais des détails, j'apprivoisais la bête je crois.
- Vous aviez besoin de le dominer ?
- Exactement ! Paraître le plus faible et devenir en une seconde le plus fort pour anéantir ce sale type.

- Pourquoi ce jour-là ?
- J'ai entendu sa voiture arriver et le bruit de ses clés dans la porte. J'ai ressenti une impulsion d'énergie soudaine et l'envie d'en finir. D'habitude, j'attendais assis sur le lit, apeuré, sur la défensive mais incapable de l'affronter réellement. Cette fois, je me tenais debout, au milieu de la pièce et j'attendais sa venue avec une rage que je ne saurais vous décrire. La mort me semblait moins féroce que cette prison infâme. Je n'ai pas vraiment prémédité la scène. Disons que je l'ai jouée en direct et de façon remarquable. Surpris, je le regardais, allongé sur le sol, inconscient, après avoir rencontré dans sa chute, la cage de fer qui me servait de lit. J'étais libre !
- Yes ! Yes et Yes ! Pourquoi ne pas l'avoir séquestré à son tour ?
- Je n'ai pensé qu'à fuir au plus vite.
- Dommage ! Bon, mais pourquoi faire escale dans mon jardin ?
- Je ne savais pas si j'allais trouver une issue pour sortir. Je me suis retrouvé dans une vieille usine désaffectée, sans trop savoir quelle direction je devais prendre. J'ai opté pour un petit sentier sur ma droite, dessiné par des marcheurs j'imagine. J'ai couru cent mètres environ, pas beaucoup plus. La douleur aux chevilles devenait trop forte et j'ai dû me résoudre à marcher. Péniblement, j'ai quitté le bois pour arriver dans le petit jardin public désert. Je me cachais derrière les arbres, j'avançais difficilement et ne savais où aller.

- N'importe où, trouver une maison pour vous cacher et téléphoner aux flics !
- En sortant du jardin, j'ai traversé votre rue et j'ai choisi votre maison. J'ai poussé la grille et je me suis réfugié sous votre petit arbuste pour reprendre des forces. Malheureusement, elles m'ont quitté là. Le vertige s'est emparé de moi, j'avais le souffle coupé, les jambes tétanisées de douleur… Et puis, vous êtes arrivée.
- Merci pour la frayeur !
- Merci à vous Mademoiselle Clarisse. Je me suis senti comme attiré par votre maison. Je me souviens très bien de cette émotion. J'ai ouvert la grille avec un sentiment de sécurité que je ne m'expliquais pas. Maintenant, je comprends mieux.
- Ah !
- Sans le savoir, j'allais à votre rencontre et je ne pouvais mieux choisir comme alliée.
- Mais vous devez prévenir la police maintenant.
- Je vais me reposer un peu. Je les préviendrai plus tard.
- Ils vous cherchent vous savez ! Faites-le rapidement et une consultation à l'hôpital ne serait pas inutile.
- C'est gentil de prendre soin de moi. Je me sens beaucoup mieux ce matin, mais je vous promets d'y réfléchir.
- Vous ne prévenez pas votre épouse ?
- Non ! La police doit se charger de sa sécurité.
- Mais si vous voulez…

Il quitta la cuisine en direction de la chambre, sans chercher à entendre ce qu'elle désirait lui proposer. Clarisse fut surprise par ce « non » triste et énergique à la fois. Elle n'insista pas, trop absorbée à imaginer le sketch que lui servirait Lucas, quand il apprendrait que Monsieur van Hoff préférait se cacher chez elle avant de se précipiter dans son bureau de super flic… Alors là !

Elle souriait en imaginant le mélodrame qui s'en suivrait.
Ces derniers temps, ils s'étaient souvent disputés…
Lucas ne digérait toujours pas sa visite au supermarché et ne lui pardonnait pas son altercation musclée avec le préfet, pendant la manif devant l'hôpital. Cette fois, elle ne lui dirait rien, laisserait l'entière responsabilité à Maximilien van Hoff qui prendrait « le savon »!
Il revenait la rejoindre, l'observant perdue dans ses pensées avant de lui dire tout doucement :

- Vous semblez bien rêveuse ?

Clarisse venait de sursauter puis rire de sa peur. Oui, elle rêvait et s'endormait devant son café. La nuit ne lui avait pas apporté un réel repos.

À plusieurs reprises, elle ressentait le besoin d'ouvrir discrètement les volets pour vérifier que la voiture grise n'était pas garée dans sa rue. Ce regard méchant l'obsédait, quelque chose lui indiquait le danger, comme une mise en garde contre ce type au regard intense et mauvais. Cette sensation désagréable d'angoisse l'empêchait de rendre son sourire à Monsieur van Hoff qui l'observait, comme pour tenter d'imaginer ce qu'elle pensait en silence. Elle osa pourtant, un timide :

- Pour plus de discrétion, voulez-vous que je préviennne votre femme ?

- Merci mais non ! Je comprends votre étonnement, je devine même votre agacement et j'entends toutes vos questions, mais mon épouse doit rester en dehors de cette histoire.
- Pourtant, je vous assure qu'elle a été au cœur de cette histoire comme vous dites.
- Ce qui veut dire ?
- Elle a vraiment cherché à vous faire libérer. Du genre, elle a obligé le conseil d'administration de votre entreprise à débloquer la rançon.
- Un minimum, non ?
- Elle pourrait venir vous rejoindre ici et vous aider à…
- Mademoiselle Clarisse, j'ai été très clair ! Personne, vraiment personne ne doit savoir que je suis chez vous. Si vous n'acceptez plus cette règle, je quitte les lieux immédiatement. Je conçois du reste que je vous impose une présence pesante et peu rassurante.
- Très bien ! Je ne comprends pas bien mais je ne discute pas… Et sachez bien que je vous accorde là, une faveur très exceptionnelle. Habituellement, je discute de tout, tout le temps et j'adore la contradiction.
- Vous avez toute ma reconnaissance. Je manque d'énergie pour me lancer dans des débats, ne m'en veuillez pas.
- Avez-vous élaboré un plan d'attaque précis ?
- Non, pas vraiment, rien de très précis pour le moment.
- Ah ! Il va falloir pourtant !

- Je vais devoir sortir.
- En peignoir ?
- Justement, à ce propos, qu'avez-vous fait de mes vêtements ?
- De vos haillons plus exactement ! Vous n'imaginiez pas sortir dans cette tenue ? « Le mari de Cendrillon » pour passer tout à fait inaperçu dans le quartier… Chic et tout !
- C'est-à-dire que…
- Je file vous acheter des fringues. Il y a une boutique pour hommes dans le quartier et des trucs très sympas. Enfin, je trouve.
- Comment allez-vous régler les achats ?
- Avec ma carte bleue. Pourquoi ?
- Je suis si confus. Je n'ai pas d'argent et je…
- Vous n'avez plus un rond… Ils vous ont tout piqué. C'est la télé qui m'a prévenue !
- Comprenez bien que si je passe à la banque…
- Plus discret, vous ne trouverez pas ! Dans la minute qui suit, vous êtes coffré pour « Gros découvert non renfloué ! ». Je vous dis que vous êtes fauché ! Plus une tune !
- Dans ce cas, j'accepte volontiers votre aide. J'irai à la banque dès que possible pour vous rembourser.
- Laissez tomber ! Je vais vous faire une avance, un petit prêt sans intérêt. Vous chaussez du combien ? Vous aimez quel style de vêtements habituellement ?
- C'est-à-dire que…
- Ouais, je sais ! Classe, grande classe si j'en crois les journaux !

- Les journaux ? Mais de quels journaux parlez-vous ?
- De celui qui a fait au moins vingt pages sur vous, votre enfance, votre réussite, votre parcours sans faute et votre somptueux mariage…
- De mon mariage ? Qui a donné les photos de notre mariage à la presse ?
- Je n'en sais rien mais en attendant, sympa la journée ! Un vrai conte de fées. Elle est super belle votre épouse ! J'ai adoré sa robe. Pas mal aussi votre témoin, sauf que je n'aime pas du tout ses « godasses de mac ».
- Ses godasses de quoi ?
- De mac ! Disons si vous préférez que je me méfie des mecs qui portent des pompes, enfin des chaussures de… de mac quoi !
- Qu'insinuez-vous exactement Mademoiselle Clarisse ? Je devrais me méfier de Victor selon vous ?
- Si j'en crois, le malaise profond, que je ressens devant ses chaussures, oui, vous devriez vous en méfier. Bon ! Ce que j'en dis moi… Après tout, c'est votre ami, votre témoin. Je vais vous refaire une garde-robe digne de ce nom, que vous puissiez sortir sans passer pour un pauvre homme en perdition !
- Merci, mais puis-je vous demander encore quelque chose ?
- Oui.
- Avez-vous encore le journal dont vous me parliez ?

- Non, je l'ai donné à Madame Violette. Elle adore les potins.
- Vous aussi, me semble-t-il ?
- Vite fait, histoire de me tenir au courant ! Je l'achète pour elle surtout. Depuis que son mari est mort, elle ne s'offre plus rien. Je l'achète, je le feuillette, je le lui porte, elle l'apprend par cœur et quand elle a fini de me le réciter, je l'envoie à l'hôpital pour la salle d'attente. Une opération en trois temps !
- Croyez-vous possible qu'elle l'ait conservé ?
- Ah oui ! Actuellement, je ne vais pas souvent à l'hôpital... Enfin, je suis en vacances. Je vais passer le récupérer tout à l'heure. Promis !
- Vous devez me trouver ridicule de vouloir...
- Non ! Si on parlait de moi dans la presse, sans mon accord, pendant que je suis enfermée dans un trou à rats, je crois que je n'apprécierais pas la plaisanterie. Je peux admettre que vous soyez quelque peu agacé et curieux. Vous verrez, le journaliste est resté cool. Il doit vous avoir à la « bonne ». Je ne traîne pas et je fais pour le mieux. Combien pour les chaussures ?
- Du 44.
- Tchao et reposez-vous maintenant !

Clarisse le quitta sur ces mots, laissant un Maximilien attristé et serré dans un peignoir ridiculement féminin. Il regardait ses pansements improvisés et fleuris sous les volants de satin et repensait à Victor.
Pourquoi Clarisse n'aimait-elle pas ses chaussures ? Que voulait-elle dire par « mac » ?

Il reconnaissait à cette jeune femme de nombreuses qualités d'accueil, de gentillesse, de savoir-faire aussi. Grâce à elle, la douleur reculait depuis la veille. Il appréciait sa gentillesse mais ne comprenait pas toujours ses expressions toutes personnelles. « Plus une tune ! ».
Cette rançon ne lui avait pourtant pas sauvé la vie puisqu'il s'était libéré seul. Voilà que l'odeur de sa prison revenait forte et entêtante. Pour échapper au plus vite à cette vision de crasse, il alla prendre une douche.

Il se servit un café, grignota une biscotte en écoutant la radio et repensa à ce « Plus une tune » qui semblait presque amuser Mademoiselle Clarisse. Au fond, l'important était de retrouver les coupables rapidement.

Dès qu'elle reviendrait avec des vêtements, il pourrait se rendre jusqu'à son appartement du centre-ville. De là, il pourrait espionner les comptes et les mails de sa société en toute discrétion. Personne ne connaissait l'existence de ce logement hérité de sa tante. Il s'y rendait parfois pour y travailler en toute tranquillité. Il aimait cet endroit niché au cœur de la ville qui gardait en secret le goût délicieux de son enfance. Il aimait tante Bertille, elle l'aimait en retour avec tendresse et lui avait demandé de prendre soin de ce quatre pièces où elle avait vécu plus de la moitié de sa vie. Irina ignorait tout de cet endroit et alors qu'il s'interrogeait sur ce silence gardé, Mademoiselle Clarisse, chargée de deux gros sacs fit une entrée joyeuse et s'empressa d'ajouter :

- Si vous aimez, je suis ravie. Si vous n'aimez pas, je peux les changer. Trop grands, trop petits… Vous voulez essayer ?
- Oui, bien sûr !

- Allez-y ! Je suis très impatiente de vous voir quitter mon super peignoir. On se croirait dans « la cage aux folles » ici.
- Drôle cette pièce, non ?

Elle lui répondit « oui » d'un air amusé, le laissant ouvrir les sacs et découvrir ses achats. Elle revint sur ses pas et posa sur la table, le magazine récupéré chez Madame Violette.
Il regarda la couverture d'un air perplexe et détaché, comme s'il ne reconnaissait pas son portrait.
La photo, récente pourtant, lui renvoyait l'image d'un autre, d'un inconnu, pas de celui qu'il se sentait aujourd'hui, serré dans le peignoir en satin blanc de Clarisse.

- Vous semblez surpris ? Pourtant c'est vous, je vous assure !
- C'était moi ! Je suis un autre désormais.
- Vous allez vous retrouver d'ici peu, lorsqu'ils seront arrêtés. Vous reprendrez votre vie d'avant. Ok ?
- Non, je ne suis pas ok ! Pas du tout !
- Que se passe-t-il ? Je vous sens furieux. C'est ce reportage qui vous met en colère ?
- Je n'ai pas autorisé l'étalage de ma vie. Qui leur a donné ces photos ?

Il regardait son visage de petit garçon, puis d'adolescent apparaître. Il tournait les pages sans prendre le temps de lire les textes ou les légendes qui accompagnaient les photos. Clarisse assise face à lui, tenant son café à la main, hésitait à intervenir.

Elle le laissait déverser sa colère ou sa douleur dans une bienveillance silencieuse, le tout avec un petit sourire qui devait l'encourager à s'exprimer librement.

Les photos du mariage s'étalaient sur plusieurs pages. Rayonnants, beaux, bronzés, accompagnés d'amis, dans un cadre somptueux, Maximilien revivait cette journée de rêve dans une colère contenue qui le submergeait totalement. D'un seul coup, il lança à l'attention de Clarisse :

- Vous croyez qu'elle a donné ces photos, que ma femme a pu faire une chose aussi stupide ?
- Elle les aura vendues non ?

Clarisse venait de sortir la plus grosse ânerie de l'année et s'empourpra de honte. Elle chercha à mille à l'heure comment rattraper une gaffe aussi nulle lorsqu'il approuva par un sourire triste en ajoutant : « Probablement ! ».

- Mais non ! Je blaguais ! Ne m'en veuillez pas. Oh ! Je suis vraiment désolée !
- Ne le soyez pas ! J'ai bien peur que vous soyez plus proche de la vérité que moi. La presse sait se donner les moyens d'obtenir ce genre de photos. Irina n'aura pas résisté longtemps au chant des sirènes. J'aimerais vraiment que vous m'expliquiez ce qu'elles ont de si particulier, les chaussures de Victor ?
- Rien. Vous savez, je faisais de l'humour !
- Vous mentez mal et je préfère votre maladresse à votre tentative de revenir sur ce que vous pensez

réellement. J'ai besoin de votre franchise. Aidez-moi à y voir plus clair.

- Pardonnez-moi ! J'ai une fâcheuse tendance à parler trop vite, à balancer des vacheries sans le vouloir. Lucas me le reproche souvent. Pour moi, c'est une façon légère d'aborder la vie, rien de méchant au fond. Un côté trop spontané qui me joue des tours parfois. J'aime rire, je cherche à être drôle. J'ai tort, il faudrait que je change et que je perde cette très mauvaise habitude.
- Regardez ses chaussures et dites-moi pourquoi vous éprouvez le besoin d'ajouter « de mac ? ».

Ils se regardèrent alors un long moment. Elle cherchait désespérément le moyen de se soustraire à cet interrogatoire. Il attendait qu'elle lui explique clairement ce qui la dérangeait chez Victor.
Elle ne trouva pas d'arguments pour revenir sur ses propos. Elle n'aimait pas ce type, allait s'en expliquer, mais il lui fallait trouver et surtout peser les mots.

Il attendait patiemment, baissait les yeux, regardait les photos, cherchait à son tour ce qui pouvait refléter la trahison autour de lui. Il ne regardait plus sa femme, son mariage, ses amis, son témoin, la journée merveilleuse et grandiose mais cherchait l'indice qui pourrait trahir l'un ou l'autre.

- Vous êtes si beaux tous les deux ! Lança Clarisse pour échapper un instant à la lourdeur du moment.
- Oui, Irina est très belle.
- En tenue de soirée aussi. Regardez sur l'autre page.

Maximilien découvrait un reportage qui n'en finissait pas. Les van Hoff à la mer, à la campagne, à la montagne, dans le sud, dans le nord… Les van Hoff à Monaco, à Los Angeles, en tenues de soirée, dans la superbe voiture décapotable…
L'atmosphère se chargeait d'électricité et Clarisse pressentait que le magazine allait prendre son envol dans la seconde, tant la colère montait en lui et devenait palpable. Souhaitant l'aider, elle ajouta d'une voix légère :

- Bon, c'est certain, tout le monde ne peut pas s'offrir de telles robes ! Vous me voyez, moi, dans une tenue pareille ? Oh là, là ! Ses chaussures me donnent le vertige. Je n'arriverai pas en haut de l'escalier perchée sur des talons aussi hauts… Moi, c'est direct sur le trottoir que l'on me ramasse…

La deuxième grosse ânerie venait de fuser et pour ne pas croiser le regard incertain de Maximilien, elle commença un woman-show dont elle avait le secret. Elle se lança dans un défilé imaginaire, serrée dans une robe fourreau qu'elle remontait sans cesse et sans grâce, en imitant une démarche mal assurée sur des talons aiguilles improbables.

Elle riait pour cacher son désespoir d'être aussi maladroite. Il riait malgré lui de cette interprétation en forme de caricature plutôt cocasse. Toujours pour faire diversion et ne pas revenir aux chaussures de l'un ou de l'autre, elle revint s'asseoir à ses côtés et s'empressa de revenir sur les toutes premières pages, celles de son enfance.

- Vous étiez vachement coco à cet âge-là !
- Vachement coco ?

- Pardon ! Vous me trouvez trop familière n'est ce pas ?
- Non. Personne ne m'avait encore jamais dit que j'étais « coco ». Dans mon milieu, vous savez, le langage se veut très… Comment vous dire ? Très…
- Épuré ?
- Oui, disons cela.
- Chez moi au contraire, j'ai grandi dans l'amour de l'adjectif qualificatif. Ma mère était féministe d'abord et prof de maths ensuite. Mon père était prof d'anglais et très amoureux de la féministe. Rock et manifs ont bercé une enfance et une adolescence heureuses. J'ai eu des parents totalement déjantés, drôles, souvent débordés et toujours débordants d'amour. Pas vous ?
- Mes parents n'avaient rien de déjantés. Ma mère n'a pas su que le féminisme déferlait sur la France et mon père n'écoutait que de la musique classique.
- Ah ! Pas Johnny, ni Elvis ? Jamais ?
- Surtout pas ! Une hérésie pour lui !
- Je suis certaine que vous jouez du piano, comme Mozart qui a commencé très jeune.
- Oui, mais je n'ai pas son talent.
- À la fois, ce n'est pas si grave. Et puis d'ailleurs, qui décide ?
- Que voulez-vous dire exactement ?
- Ben oui ! Qui décide du talent de l'un ou de l'autre ? Vous êtes peut-être aussi doué que Mozart, sauf que personne n'ose vous le dire !

Il laissa éclater un rire léger, un vrai rire de surprise devant tant de simplicité. Cette fille était tout simplement délicieuse de naïveté.
Imaginer que lui, pauvre pianiste rigoureux et assidu pouvait se hisser au rang de Mozart se révélait une plaisanterie qui ne pouvait que déclencher le rire.
L'instant fut comme une pépite de pur bonheur.

Elle en profita pour refermer le magazine et l'inviter à essayer tous les vêtements qu'elle venait de lui acheter. Ce qu'il fit aussitôt.
Maintenant, il pouvait mener son enquête en solitaire.

Elle surveillait l'heure discrètement, cherchait une raison sérieuse pour sortir sans lui parler de cette fichue cure qui l'attendait. La petite, celle qui durait une heure. La dernière. Cette fameuse dixième cure obtenue au prix de négociations répétées auprès d'un cancérologue pourtant déterminé à suivre un protocole de douze cures. Elle ne doutait pas que des résultats tout à fait honorables avaient su le persuader de céder à sa demande obstinée. Parfois, elle se demandait si d'autres patients avaient eu l'idée de négocier ainsi les traitements. Elle ne savait qu'une chose, elle clôturait aujourd'hui un épisode pas franchement génial de sa vie. Sans le moindre regret, elle allait faire ses adieux, aux fauteuils roses et verts mais avec une profonde reconnaissance pour l'équipe d'infirmières.

Son esprit vagabondait entre ce dernier rendez-vous et la présence insolite de Maximilien van Hoff dans sa cuisine. Elle débarrassa tranquillement la table, arrosa ses petites plantes, rangea autour d'elle et chercha surtout le moyen de s'échapper sans lui donner de véritable explication.

Il trouva l'alibi en lui demandant l'autorisation de prendre un peu de repos.

- Bonne idée ! Offrez-vous une grande sieste, vous en avez besoin. Je vais sortir mais je serai de retour avant seize heures. Je vous laisse le double des clés si vous voulez sortir.
- Non, je ne crois pas. Demain peut-être ?
- Avez-vous besoin d'un téléphone, d'un ordinateur pour vos recherches ? Désirez-vous rencontrer… Non ! Je n'insiste pas. Dormez bien !

Indifférent aux propositions de Clarisse, absent et abattu, il s'en alla retrouver sa chambre. L'enquête ne semblait plus sa priorité, la fatigue n'avait d'égale que sa tristesse.

Attendue à quatorze heures, Clarisse dévala la rue en courant pour ne pas être en retard. Comme à chaque fois, arrivée devant la porte, avant d'appuyer sur la sonnette pour avertir de son arrivée, elle hésita. Elle retarda encore un peu son entrée, longea le couloir comme si elle s'y promenait et se retrouva dehors.

Devant le bosquet d'arbustes, elle alluma une cigarette pour se donner du courage avant d'affronter l'aiguille.
Elle aurait parié que cette dernière cure allait la transporter de joie, lui offrir une sensation de soulagement total et lui rendre son énergie. Non, elle se sentait triste, fatiguée, n'avait pas envie d'y retourner… Mais d'un seul coup, elle repensa au boitier-diffuseur enroulé dans sa petite serviette. Un travail d'artiste pour cacher à son malheureux kidnappé, un bruit étrange qu'elle ne souhaitait pas expliquer.

Enfermée dans les toilettes, elle se dépêcha d'ôter sa petite installation de génie en prenant soin de ranger dans son sac, le matériel qu'il faudrait réinstaller dans une heure. La liberté promise n'arrivait pas tout de suite. Elle devait encore patienter quelques vingt-quatre heures de diffusion.

Elle appuya sur la sonnette sans hésitation, trop contente d'entrer pour la dernière fois dans cette grande pièce incroyable.
Tous les fauteuils étaient déjà occupés. Elle s'installa sur une petite chaise, gardant le sourire et papotant avec une gentille dame qui tricotait une brassière, pour son arrière-petite-fille, qui devait naître au début de l'été. Cette conversation tournée vers l'avenir et emplie d'amour, au rythme des mailles à l'endroit et des mailles à l'envers, prit une drôle de tournure lorsque la petite dame ajouta avec un triste sourire :

- Enfin, la brassière sera terminée, mais je ne suis pas certaine d'être encore là pour voir la petite !
- Mais quelle idée ? Bien sûr que vous serez encore là ! Nous serons tous encore là ! Répondit Clarisse sur un ton tendre mais ferme.

Clarisse fit cette déclaration assez haut pour que tout le monde en profite. Elle cherchait à rassurer l'arrière-grand-mère qui doutait et provoquer une onde de sérénité et d'espoir dans ce silence pesant.
Ce fut une onde de choc qui donna à chacun une expression étrange. De tristes sourires ou des grimaces de non convaincus s'affichèrent sur des visages amaigris et fatigués, des regards embués se détournèrent. Personne n'eut la bonne idée d'encourager Clarisse par un « Évidemment » ou un « Bien sûr ! ».

Elle se sentait la seule à s'imaginer un avenir. Les autres doutaient vraiment comme s'ils poursuivaient leurs soins sans espoir, tels des condamnés en sursis.

Sabrina, l'infirmière arriva à la rescousse et agenouillée à la hauteur de la tricoteuse en larmes, tentait de la consoler d'un : « Allez Madame, vous êtes ici pour guérir. Il faut garder le moral et ne pas perdre confiance ».

Il en faudrait plus pour consoler la peine des uns et des autres. Clarisse avait le sentiment d'avoir fait une gaffe énorme, d'avoir provoqué un raz-de-marée. Elle réprima à grand-peine le désir de se lever et de les secouer tous pour de bon.
Fallait peut-être se bouger un peu ! Elle ne supportait plus ce marasme ambiant et ces têtes d'enterrement.

Il ne fallait pas que déconner non plus ! Ils avaient déjà de la chance d'avoir des médicaments et du personnel sympa pour leur venir en aide, ils n'étaient pas obligés de faire la tête en prime !
De sentir autant de peine et aussi peu d'espoir dans une même pièce devenait totalement insoutenable.
Franchement, pourquoi venir régulièrement se faire empoisonner pour tenter de guérir en se persuadant que c'était fichu ?
Quelque chose lui échappait vraiment et la fichait en pétard !
Clarisse ne comprenait pas. Sabrina, elle, comprenait.
Leurs regards échangés calmèrent la tempête intérieure et persuadèrent la colère de se replier.
Le bruit des aiguilles à tricoter reprit tranquillement.

Ouf, la brassière rose layette serait terminée avant le début de l'été !

Sur la petite table, en couverture de la revue, le beau visage de Maximilien qui faisait la une encore une fois, lui donnait l'impression de l'attendre. Elle se précipita pour s'en emparer dans un mouvement étrange, comme s'il lui appartenait. Elle s'accrocha à lui comme une désespérée, gardant le magazine serré contre elle, un long moment. Personne n'aurait eu l'idée de le lui demander.
Elle ferma les yeux et s'étonna en silence de ressentir cette pulsion aussi vive que surprenante. Elle se voyait faire, se sentait totalement ridicule mais n'imaginait pas se séparer de lui. Elle se replongea une nouvelle fois dans le récit de sa vie.

Pour une fois, l'heure de cure avait filé comme l'éclair. À peine le temps de relire le parcours de celui qui dormait chez elle, que Sabrina débrancha la machine et installa le boîtier avec un sourire radieux.
Le dernier sourire. Des remerciements sincères mais pas d'encouragements pour la suite. Elles savaient l'une et l'autre, que Clarisse n'avait rien mis sur pause pendant cette longue période de soins .
La suite semblait toute tracée. Fin des traitements, retour à la vie normale et à son travail qui lui avait tant manqué. Il y aurait quelques contrôles réguliers et nécessaires, histoire de s'assurer qu'elle pouvait tourner la page.

La page pesait des tonnes. Ce soir elle raconterait à « Cahier » son dernier passage en oncologie. Elle lui ferait le compte rendu de cette intervention musclée qu'elle avait dû garder pour elle. Écrire ce qu'elle n'avait pas osé dire de vive voix, la soulagerait et lui ferait un bien fou.

Après avoir serré longuement des mains et embrassé toutes les infirmières, elle s'enferma dans les toilettes pour la remise en silence du boîtier-diffuseur. La chimiothérapie se poursuivait encore un peu. Demain, elle serait libre. Le goût salé du traitement et les picotements au bout des doigts de mains et de pieds étaient de retour. Le froid amplifiait le phénomène avec délice. Elle chercha ses gants avant de quitter les lieux en pestant contre ce problème désagréable.

Après un passage à la boulangerie et quelques achats pour nourrir, un minimum son invité, elle retrouva la maison avec un sentiment de sécurité et de bonheur.
Elle n'irait plus en oncologie. Elle n'irait plus jamais en oncologie !

Maximilien van Hoff l'attendait assis sagement et rêveur au salon. Il semblait lui dire : « Je ne serai plus jamais maltraité »
Elle lui répondit en silence : « Je n'irai plus jamais en oncologie ! ».

La peine menaçait d'envahir les lieux. Elle préféra rebondir tout de suite, de ne pas laisser la tristesse s'installer. Elle lui proposa un thé qu'il accepta avec un tendre sourire.
Le choc fut violent. Elle se revoyait prendre le magazine et le serrer contre son cœur. Étrangement, si la peine quittait les lieux, le trouble prenait toute sa place. Le thé fut délicieux et la conversation drôle et futile jusqu'au soir.

Après la séquence pansements, dont elle avait fait le plein à la pharmacie, elle s'activa pour préparer un repas digne de son invité. Il picorait, manquait d'appétit et parlait peu. Perdu dans ses pensées qui revenaient en boucle et ressentant une extrême fatigue, il laissait Clarisse donner à ce repas, le côté inattendu que ses bavardages amorçaient.

Avec une légèreté incroyable, elle allait d'un sujet à l'autre, ne s'attardait pas dès qu'elle sentait sa gêne ou son manque d'intérêt. Elle passait à autre chose, donnait dans un nouveau registre avec sensibilité et ne ménageait pas sa peine pour donner à son hôte le sentiment d'être en confiance.

- Vous êtes né à Bordeaux ?
- Non, je suis cévenol. Je suis né à Florac, dans les Cévennes.
- Racontez-moi quand vous étiez petit… J'adore connaître l'histoire des gens avec qui je parle. C'est important l'enfance…
- Je dois dire que la mienne est assez particulière.
- Elles le sont toutes un peu.
- Disons alors que mon enfance est coupée en deux. La petite et l'autre.

Face à lui, Clarisse s'installa confortablement dans le fauteuil. Dans cette attitude, il devinait son désir d'écouter attentivement son récit. Jamais, il n'avait jugé utile ou nécessaire de se confier ainsi. Lui, qui cachait son secret le plus souvent possible, s'apprêtait à le raconter, ressentant comme le besoin étrange et nouveau de livrer sa peine.

- Jusqu'à l'âge de cinq ans, j'ai vécu avec mes parents. Mon père possédait une petite ferme et en travail d'appoint, il entretenait le jardin, enfin le parc plutôt, de nos voisins. Grande famille qui n'arrivait dans la propriété qu'à la fin du printemps et repartait début septembre. Ma mère aussi travaillait pour eux, elle faisait le ménage, des travaux de couture. Ma mère était très douce et très affectueuse. Je me souviens assez peu d'elle, mais j'ai gardé sa main dans la mienne depuis tout ce temps.
- Ah bon ! Mais que voulez-vous dire ?
- Qu'elle est morte un matin, après m'avoir accompagné à l'école. Elle n'est pas revenue me chercher. C'est mon père qui m'attendait. Je le revois encore devant la grille, presque hagard, cherchant ses mots, agenouillé pour se mettre à ma hauteur. J'avais serré mes mains autour de son cou…
- Oh là, là ! Mais c'est trop dur à dire à un petit garçon de cinq ans.
- Sans doute, d'autant que je ne comprenais pas. Je voulais maman. C'est ça, je voulais maman… Lui, il voulait Angèle, sa femme, que tout redevienne comme avant.
- Mais elle était malade ?
- Oui, sans le savoir vraiment, elle souffrait d'un problème cardiaque.
- C'est donc votre père qui vous a élevé ?
- Une année pour être précis, avant qu'il ne se tue dans un accident de voiture. Ivre mort, il a percuté

un arbre. Aujourd'hui, je pense tout simplement, qu'il a préféré rejoindre Angèle.

- Non ! Mais vous étiez tout seul à six ans ?
- Oui. C'est à partir de ce moment que ma deuxième enfance commence.
- Vous êtes allé à l'orphelinat ?
- Non. Les voisins se sont chargés de me secourir.
- La grande famille ?
- Oui, les van Hoff
- Ils vous ont adopté alors ?
- L'idée est sûrement généreuse en soi. Ils m'ont tout donné, même leur nom. Je suis devenu le fils qu'ils n'avaient pas eu, leur héritier…
- Vous dites cela avec une certaine amertume n'est ce pas ?
- Ils m'ont adopté c'est vrai, mais pourtant, je n'ai pas changé de parents. Les miens, même morts sont restés les miens. J'étais orphelin et je ne me suis pas laissé aimer à nouveau. J'ai accepté leur éducation, leur façon de vivre. Mais comment vous dire ? Je suis resté sur le côté, je les observais, je ne vivais pas vraiment avec eux. Lorsque mon père disait : « Je vous présente mon fils », intérieurement, je me disais : « Je ne suis pas ton fils ». J'avais toujours peur d'oublier mes vrais parents, je me sentais coupable de les abandonner, de les remplacer. Je ne voulais pas que la main de ma mère m'échappe, comme en punition à cette trahison.
- Vous avez ressenti cela jusqu'à quel âge ?
- Je suis toujours dans cet état d'esprit.

- Non, vous rigolez ? Après toutes ces années, vous n'avez pas encore adopté vos nouveaux parents ?
- Pas vraiment. Je les aime, je les respecte évidemment. Je leur suis profondément reconnaissant mais au fond de moi, je ne me sens toujours pas leur fils.
- Mais vous avez été heureux ?
- Heureux ?
- Ben oui ! Heureux… On dirait que ma question vous surprend ?
- Elle me surprend en effet !
- Vous avez quel âge ?
- Trente-huit ans.
- Depuis tout ce temps, depuis trente-deux ans, vous traînez votre deuil et votre peine ?
- Oui, en quelque sorte. J'ai pourtant eu une famille d'accueil attentive, prévenante, rassurante. J'ai pu étudier, profiter d'un confort de vie sans égal, j'ai pu voyager aussi. Mes parents m'ont offert en plus d'un amour véritable, les moyens et le goût de découvrir le beau et l'art dans le monde entier. Je suis un privilégié.
- Pas mal déjà ! Vous vouliez quoi de plus, de mieux ?
- Je voulais rester vivre dans mon village, être le fils de Cyprien et d'Angèle, avoir ma propre vie. Je n'ai rien choisi jusqu'à ce jour. J'en ai pris conscience voici peu de temps. Les autres ont toujours décidé de mon avenir, de mes choix, même des plus personnels. J'ai tout accepté pour paraître bien éduqué parce que je me sentais redevable. Je n'ai

rien fait qui puisse les contrarier dans leurs projets. Je me suis laissé dicter mon existence pour ne pas les décevoir.

- Vous exagérez ! Vous avez fait un très beau parcours professionnel…
- Avec l'argent de qui à votre avis ? Sans leur soutien financier, je n'aurais jamais pu créer cette entreprise.
- D'accord, mais c'est quand même vous qui l'avez fait progresser. L'argent ne permet pas tout !
- J'ai beaucoup travaillé, il est vrai.
- Sans blague ! J'imagine que l'on ne construit pas un empire comme le votre sous prétexte que papa a des revenus confortables. Ne vous sous-estimez pas ! Il faut rendre à César ce qui est à César ! Ils sont fiers de vous je suppose ?
- Mère est décédée l'année dernière et Père qui souffre de la maladie d'Alzheimer, vit dans une résidence tout à fait remarquable. Malheureusement, lorsque je lui rends visite, il ne me reconnaît pas. Il me parle de son enfance à lui mais ne se souvient pas de la mienne.
- Vous les appelez Père et Mère ?
- Oui. À leur demande.
- Ah ! Ce n'est pas très Rock'n roll !
- Mais idéal pour marquer la différence.
- La différence de quoi exactement ?
- Avant, j'avais Maman et Papa…
- Vous avez passé toutes ces années à leurs côtés à marquer la différence, un peu comme une ligne blanche à ne pas dépasser ?

- Pouvez-vous comprendre Mademoiselle Clarisse ce que j'ai vécu vraiment ? À six ans, j'ai été séparé brutalement de mes parents et j'ai dû m'installer dans cette grande maison auprès d'étrangers. Ils se sont emparés de moi pour survivre à leur désespoir de ne pas avoir eu d'enfant.
- Non ! Je ne peux pas comprendre, imaginer, ressentir. Je m'étonne seulement que vous n'ayez pas réussi à tisser des liens plus étroits avec votre nouvelle famille.
- Ils m'ont séparé de tout ce qui faisait ma vie, devenant ainsi un déraciné, un immigré.
- Pourquoi un immigré ?
- Lorsque je vivais à Paris, j'étais le petit paysan des Cévennes qui avait eu une chance folle d'être adopté par les van Hoff. Regards en coin ou qui toisent, hochements de tête méprisants qui m'évaluaient selon des critères très stricts, petits gestes affectueux qui sentaient la pitié à plein nez !

Quand je revenais pour les vacances à Florac, j'étais devenu le petit bourgeois qui ne trouvait plus sa place auprès des autres. Jalousie, peurs, indifférence… Complexes aussi. Les amis d'enfance ne voulaient pas fréquenter le Parisien. J'étais mis en quarantaine par tous.

- Depuis vous avez grandi, vous auriez pu…
- J'aurais pu en effet. Pour être respecté, je me devais de réussir des études, de me montrer à la hauteur. La barre était haute vous savez !
- Harvard… Quand même !

- Arrivé au lycée, j'ai eu la chance de rencontrer Kim. Tout a changé à partir de ce jour, pour lui, comme pour moi d'ailleurs.
- Pourquoi ?
- Lui aussi, enfant adopté, recueilli sur un boat people, en provenance du Cambodge, cherchait sa place dans sa nouvelle famille et dans son nouveau pays. Nous nous sommes réconfortés, apprivoisés mutuellement et nous avons beaucoup travaillé ensemble. De vrais moments de bonheur et d'amitié. Il m'a appris à rire de mes malheurs, enfin, à les relativiser surtout.
- Kim, c'est votre Confucius - prof d'Aïkido ?
- Oui, c'est mon ami. Un de mes rares amis.
- Moi, au lycée, j'avais plein de copains copines. J'ai vraiment adoré cette époque super-sympa !
- Pour moi, les choses étaient plus complexes. Je devais réussir, tout le temps, dans toutes les matières. Je travaillais beaucoup. Maximilien n'est pas un prénom facile, mon surnom a vite été trouvé : Maximum.
- C'est vachement mieux que Minimum ! Vous étiez gêné par cette plaisanterie ?
- Parce que vous imaginez qu'il s'agissait d'une plaisanterie ?
- Ben oui ! Plutôt drôle non ?
- J'aurais vraiment dû vous rencontrer plus tôt. Vous avez l'art de tout transformer, même l'insupportable.
- Vous manquez d'humour ! À vouloir être le premier partout, on ne se fait pas que des amis. Je vous

rassure, je n'avais pas ce problème. Je passais inaperçue, dans la bonne moyenne. Ni nulle, ni douée… Rien de plus facile.

- Mon besoin d'être le premier en tout, faisait de moi, un enfant prétentieux. Mais en réalité, je n'étais qu'un enfant perdu.
- Vous êtes-vous trouvé depuis ?
- …
- Pardonnez-moi ! Il se fait tard et chez moi, la fatigue se signe souvent par un manque de tact. Merci, de m'avoir raconté vos deux enfances. Vous n'étiez pas obligé de me faire partager votre secret.
- Comment savez-vous que c'est un secret ?
- Fatiguée, je veux bien, mais idiote, je ne suis pas d'accord ! Il y a certainement très longtemps que vous n'avez pas parlé de votre main restée si précieusement dans celle de votre maman. Ce genre de trésor se garde toujours comme un secret. Vous ne regrettez pas de me l'avoir confié ?
- Non, au contraire.
- Vous voyez, il y a du bonheur à faire des choses simples.
- Merci de m'épargner le couplet habituel du « Il est très important de parler pour extérioriser… ».
- Je suis infirmière, pas psy ! « Sous la couche épaisse de nos actes, notre âme d'enfant demeure inchangée, l'âme échappe au temps ».

Comme il s'étonnait de ces mots, elle s'empressa de signer : De François Mauriac. Il s'amusa à lui répondre :

- « Dans le régime des âmes, il faut une tasse de science, un baril de prudence et un océan de patience ».
- De qui ?
- Saint François de Sales.
- Autre registre mais pas mal ! Moi j'adore ces belles phrases. Je les apprends par cœur, je me les récite pour ne pas les oublier. J'en apprends de nouvelles, je les surligne dans les bouquins au hasard de mes lectures et je les note dans mon dico perso.
- Vous les partagez aussi ?
- Rarement, j'ai bien trop peur qu'on me prenne pour une demeurée vaniteuse qui étale sa culture.
- Je vous trouve bien sévère !
- Non, la culture c'est personnel. On découvre, on aime, on retient. À chacun son univers. Si, souvent, j'en fais profiter à Lucas… Ça le fait râler. J'adore quand il râle !

Elle empila les assiettes, les couverts et se dirigea vers la cuisine en riant. Maximilien prit l'assiette de fromages, le pain et la bouteille de vin. Pour la première fois de sa vie, il débarrassait une table en se demandant qui était donc ce mystérieux Lucas ?

« Il y a du bonheur à faire des choses simples » résonnait encore en lui. « Simple, simplement, simplicité… »

Elle rangeait les couverts dans le lave-vaisselle. Il la regardait faire en souriant avant de lui confier :
- Tout comme vous, ma fiancée aimait les citations.

- Irina connaît bien la littérature française ?
- Non, je parlais de Charlotte.
- Vous êtes fiancé à Charlotte et marié à Irina vous ?
- Mais non bien sûr ! Je m'exprime si mal, pardonnez-moi !
- Racontez-moi plutôt ! Comment, une fiancée qui aime les citations, se perd en cours de route ?
- C'est un peu long et un peu loin aussi.
- Ce n'est pas grave ! Vous êtes lancé dans les confidences… J'en profite !

Clarisse lui présenta une chaise. Assise, attentive, les bras croisés sur ses genoux relevés, elle attendait qu'il lui raconte la fameuse fiancée. Étrangement, lui, l'homme secret éprouvait ce soir, le besoin de revivre le passé. L'écoute attentive de Clarisse l'incitait à se livrer. N'avait-il jamais raconté cette histoire de fiancée à quiconque ? Non, sans doute. Il ne s'en souvenait pas.

- Charlotte est la fille d'un couple d'amis de Père et Mère.

Voilà que Clarisse ne réprimait pas un rire franc et joyeux et ajoutait sans détour :

- Non, dites les van Hoff ou mes parents, mais Père et Mère, je vous assure, ce n'est pas possible !
- Comme vous voudrez ! Si je veux abuser de votre attention, autant qu'il vous soit agréable de m'écouter.
- Faites à votre guise, cher ami !
- Payez-vous ma tête…
- Allez ! Charlotte…

- Lorsque je suis rentré d'Harvard, je l'ai retrouvée avec un réel plaisir. Nous étions amis depuis l'enfance, nous faisions parfois du cheval ensemble et j'aimais vraiment sa compagnie. Femme brillante, avocate après des études à Paris, elle vivait toujours chez ses parents. Famille un peu « vieille France » si vous voulez !
- Coincée quoi ?
- Pas vraiment mais disons sensible à des valeurs et à certains principes.
- Bon, alors j'ai raison, coincée ! Vous étiez amoureux d'elle ?
- Comment vous dire ? J'étais réellement séduit par sa beauté et par l'attachement qu'elle semblait me porter. Nous allions parfois au musée, à l'Opéra. J'aimais véritablement ces soirées, je me surprenais à les attendre, à les souhaiter.
- Les provoquer aussi ? Non ?
- Euh ! Si, bien sûr que parfois…
- Oh là, là ! Je vous trouve bien hésitant !
- Malheureusement, je n'ai pas votre sens aigu de l'observation. Je travaillais beaucoup, je m'absentais régulièrement mais à chacun de mes retours, je me sentais attendu par elle et sincèrement apprécié par ses parents.
- Le gendre idéal ! C'est vrai ? Vous êtes riche, d'une bonne famille, belle situation, beau mec en prime… Enfin, si je peux me permettre ! Oh, pardon !
- Mais je vous en prie ! Nos parents respectifs, trop heureux de nous marier avaient d'abord espéré, puis

quelque peu organisé notre mariage. Je percevais bien quelques délicates propositions dans ce sens, surtout de Mère. Madame van Hoff s'impatientait devant mon… Comment dire ? Devant ma lenteur à finaliser et à formuler ma demande.

Clarisse riait tellement que la position, genoux repliés sur la chaise, n'était pas des plus confortable. Maximilien riait lui aussi, de ses souvenirs, de s'entendre se raconter. Il mesurait sa naïveté et réalisait combien, Charlotte avait eu raison d'en épouser un autre. Il était si « tarte » à cette époque ! Le gendre idéal et surtout, le mari que l'on évite à tout prix !

Le calme revenait et les plates excuses de Clarisse relançaient les savoureuses confidences.

- Je ris mais je ne me moque pas de vous… C'est…
- Vous pouvez rire et vous moquer. Je vous raconte la fin de l'histoire ?
- Évidemment !
- Un soir, nous avions rendez-vous. J'étais très empressé de la retrouver et de ne pas revenir sur ma décision. J'allais faire ma demande en mariage à Charlotte. Si elle acceptait, je devais demander sa main à son père pour respecter les convenances. J'attendais patiemment dans ma voiture devant son étude. Il faisait nuit, il pleuvait, je tournais en boucle les phrases longuement préparées pour ne pas la décevoir.
- Cool !

- Lorsqu'elle a ouvert la porte, je n'ai pas apprécié de la voir embrasser tendrement ce jeune avocat avec lequel elle travaillait.
- Aïe !
- Imaginez un grand nigaud sur le point de faire sa demande en mariage à une femme qui en embrasse un autre. D'autant, qu'aucune équivoque n'était possible quant à leur intimité.
- Du coup, vous êtes parti ?
- Non, il aurait fallu de l'audace pour ça. J'en manquais terriblement !
- Vous étiez triste alors ?
- Profondément blessé pour être sincère. J'ai compris pendant mon isolement récent que c'est surtout mon amour-propre avait pris un sacré coup.
- Elle vous a vu ?
- Non. Ils se sont séparés. Il est sorti, elle a refermé la porte quelques minutes avant de réapparaître.
- Mais vous ? Qu'avez-vous fait ?
- J'ai garé ma voiture sur le bord du trottoir, au plus près de la porte pour qu'elle ne soit pas mouillée par la pluie qui ne cessait de tomber. Je suis un homme galant vous savez ! Elle m'a rejoint, souriante, ravie de me retrouver pour une soirée au théâtre.
- Mais ?
- Quelque chose vous échappe n'est ce pas ?
- Vous avez fait votre demande en mariage ?
- Oui, c'était prévu.
- Non, mais vous rigolez ! Vous la voyez embrasser un autre type et vous la demandez en mariage ?

- Je tenais à savoir jusqu'à quel point, elle me prenait pour un imbécile.
- Vraiment, vous y teniez vraiment ?
- À la sortie du théâtre, nous avons dîné dans un restaurant. Dîner excellent et soirée charmante. J'ai attendu le dessert pour me lancer dans une mascarade grotesque. Je lui ai demandé sa main… Et savez-vous ce qu'elle m'a répondu ?
- Ben oui ! Forcément, elle vous a répondu : « Non, merci, je suis désolée, restons amis plutôt ! »
- Pas du tout !
- Attendez ? Elle ne vous a pas dit oui ?
- Eh bien si ! Elle m'a dit oui avec un merveilleux sourire et s'est empressée de me prendre la main.
- Non ! Je n'y crois pas !
- Les femmes sont incroyables, ne trouvez-vous pas ?
- Mais vous l'avez épousée ou pas Charlotte ?
- Non, j'ai commencé par repousser sa main puis très calmement, je lui ai demandé le nom de celui qu'elle embrassait avec tant de fougue avant de venir me rejoindre. Elle ne souriait plus du tout. Elle s'est expliquée plutôt maladroitement mais avec franchise. Elle m'aimait beaucoup mais seulement beaucoup.
- Ouais ! Le beaucoup qui change tout.
- Oui, qui change vraiment tout ! Elle m'a raconté sa rencontre très récente avec ce jeune homme et sa difficulté à m'en parler. Elle m'a aussi longuement parlé de son incapacité à l'expliquer à ses parents. Trop heureux de nous marier, elle hésitait et retardait

le moment de leur annoncer qu'elle désirait autre chose.

- Elle acceptait de vous épouser pour ne pas décevoir ses parents ?
- Oui, je crois. Il y avait un peu de ça !
- Charlotte, enfin ! C'est n'importe quoi !
- Pour vous Clarisse, les choses sont simples à dire et à faire. Vous avez ce talent, cette aisance. Pour nous, tout était si difficile. Je la comprenais, j'étais déçu bien sûr, triste, quelque peu vexé de surcroît... Mais je comprenais.
- Vous vous êtes quittés amis ?
- Nous sommes toujours amis et elle file le parfait amour avec son mari, celui qu'elle a finalement pu choisir.
- Et vos parents ? Grosse, grosse déception ?
- Oui, mais disons que j'ai légèrement aidé Charlotte. J'ai pris à mon compte cette décision et je suis parti très vite pour l'étranger.
- Vous êtes du genre cool et pas rancunier !
- Peut-on en vouloir à quelqu'un de ne pas vous aimer ?
- Non, vous avez raison. On ne peut pas !
- Avez-vous connu pareille déconvenue Mademoiselle Clarisse ?

Le rire revenait, la meilleure façon de camoufler une réponse qu'elle ne désirait pas lui révéler. Elle n'éprouvait pas le besoin de se confier et de revenir sur un passé douloureux.

La déconvenue vécue par Clarisse n'était pas du même ordre. Un voyage à l'étranger n'aurait pas pu cacher ou atténuer sa peine.
Elle ne s'était pas sentie trahie ou rejetée mais totalement abandonnée au pied d'une très haute montagne.

L'odeur du pain grillé embaumait la cuisine, le jour se levait à peine et déjà Clarisse s'organisait un programme d'enfer. Elle cherchait le moyen de venir en aide à son invité sans attirer l'attention de l'autre méchant qui faisait des rondes dans sa rue. Cachée derrière ses rideaux, elle le guettait et ne comprenait pas pourquoi il venait et revenait sans cesse. Il ne regardait pas précisément sa maison, il montait et redescendait la rue, parfois dans son engin, parfois à pied. Elle l'avait reconnu de loin mais évita de le regarder. Elle connaissait son regard, n'éprouvait pas l'envie de le croiser à nouveau et faisait surtout profil bas pour ne pas éveiller les soupçons.

Comment sortir de ce refuge sans se faire repérer ?
Elle devait en parler avec Maximilien pour sa sécurité déjà et pour qu'il sache que le danger rôdait depuis deux jours maintenant. L'idée de se réfugier jusqu'au Vieux-Boucau tournait en boucle depuis la veille. De façon contradictoire, les intérêts et les inconvénients de ce projet se bousculaient sans que pour autant, rien ne vienne arrêter une décision précise.

Ce flou artistique d'hésitations et de craintes encombrait sa réflexion. Elle désirait échapper à cette peur sournoise, à ce type étrange, consciente que l'enquête serait d'autant plus difficile à mener d'aussi loin. Elle s'empressa d'ajouter que l'enquêteur van Hoff ne brillait pas par son énergie et sa vitalité.

La veille, il s'était contenté d'enfiler ses vêtements neufs dans l'intention de sortir, mais entre le repas de communion qu'ils s'étaient offert, la petite sieste bien méritée et la soirée « cocooning-confidences », il n'avait pas avancé d'un iota.
À cette vitesse-là, les ravisseurs pouvaient claquer tout son fric sans problème. Ils pouvaient même prendre tout leur temps !
C'est alors qu'il entra dans la cuisine. Elle remarqua aussitôt que sur son visage encore tout endormi, les bleus viraient au jaune clair. C'était plutôt bon signe.

Il la salua d'un gentil : Bonjour Mademoiselle Clarisse.

- Bonjour vous. Bien dormi ?
- Je vous ai réveillée cette nuit n'est ce pas ?
- Aucune importance ! Je me rendors très vite. Servez-vous un café et goûtez à ma confiture d'abricot.
- Merci. Vous savez, je pense sortir aujourd'hui.
- Ah ! Sortir pour de vrai, pas comme hier ?
- Oui, pour de vrai ! Hier, j'ai… Comment vous dire ? J'avais besoin de ce temps je crois. J'ai apprécié cette soirée tout en douceur et confidences, cet état de grâce. Mon esprit s'est reposé enfin ! Je vous remercie pour tout.

- Oui, c'était cool ! Désormais, je sais plein de choses sur vous Monsieur Maximum. État de grâce… Joli !
- Puis-je abuser encore un peu et vous demander votre aide ?
- Oui, évidemment vous pouvez.
- Je désire me rendre au centre-ville, mais j'hésite à m'y rendre seul, à pied ou en bus. J'ai surtout très peur que quelqu'un me reconnaisse. Dans un excès de bons sentiments, il pourrait prévenir la police.
- Remarquez… Bons sentiments, je ne sais pas, mais bonne idée probablement !
- Non, pas encore ! Comprenez-moi… J'aimerais que vous fassiez deux choses pour m'aider. Que vous téléphoniez à Jean-Marcel, mon chauffeur, puis à Joséphine, mon employée de maison pour leur demander de venir me rejoindre rue de Bach, où j'ai un modeste appartement.

Clarisse le regarda alors avec de grands yeux ronds avant d'éclater de rire.

- Qui a-t-il de si drôle ?
- Rien ! C'est le modeste appartement sans doute.
- Je sens bien que je vous agace ?
- Ah non ! Si vous m'agaciez, je n'aurais pas la patience de faire semblant. Bon, vous me donnez les numéros de téléphone et je les appelle. À quelle heure votre rendez-vous ?
- Disons quatorze heures, s'ils peuvent se rendre disponibles. Je vous demande d'insister sur l'aspect secret de cette rencontre. Jean-Marcel connaît cette adresse, il m'y conduit parfois. Qu'il passe prendre

Joséphine à son domicile ou au mien d'ailleurs ! Elle doit y travailler aujourd'hui.

- Pourquoi ne pas téléphoner vous-même ?
- Ils sont peut-être sur écoute ! Autant éviter d'être repéré, ne croyez-vous pas ?
- Non, je ne crois pas mais je vais vous aider. Je me présente comment ?
- Mon assistante me paraît tout à fait sérieux et crédible. Lorsque vous préciserez l'adresse, ils comprendront immédiatement qu'il s'agit de moi. Ils viendront mais surtout, n'oubliez pas d'insister sur…
- Oui ! Secret, secret Défense, secret d'État…
- Vous me trouvez ridicule ?
- Pas tout à fait ! Je vous laisse diriger votre enquête comme vous l'entendez. J'imagine que vous savez quelle direction prendre.
- En effet ! J'ai quelques indices… Mais rien de vraiment concret. J'ai besoin de parler avec Joséphine et Jean-Marcel. Ils vont peut-être m'éclairer et m'apporter des réponses aux questions qui me taraudent.

Clarisse se leva pour prendre le téléphone pendant que Maximilien, impatient et tendu, notait les numéros.
Elle récitait le texte qu'elle improvisait avec sérieux pour ne pas donner à ses interlocuteurs inconnus, l'impression qu'il s'agissait d'une bonne blague… Bonne blague, n'était pas très appropriée vu le contexte. Elle composa le numéro de Jean-Marcel qui répondit : « Allô ? »

- L’assistante de Monsieur van Hoff à l’appareil. Bonjour Monsieur.
- Bonjour Madame.
- Pourriez-vous vous rendre aujourd’hui, à quatorze heures précises, rue de Bach ?
- Mais qui êtes-vous Madame ?
- Je suis la nouvelle assistante de Monsieur.
- Rue de Bach dites-vous ?
- Oui, c’est bien cela ! Pouvez-vous venir accompagné de Madame Joséphine ? Il est très important qu’elle soit présente. Je compte évidemment sur votre discrétion à tous les deux.
- Je comprends. Nous y serons. Je préviens Joséphine tout de suite. Merci Madame. Merci, Merci…

Il venait de raccrocher dans une précipitation presque joyeuse. Son timbre de voix donnait à penser qu’il avait compris. Ses « merci, merci » eux, ne laissaient aucun doute. Rue de Bach ressemblait à un code secret clair et limpide…
Clarisse regardait Maximilien, satisfaite de son interprétation.

- Je suis la nouvelle assistante de Monsieur… Pas mal ?
- Vous étiez parfaite ! Je savais qu’il comprendrait tout de suite. Ils viendront tous les deux. Je suis si heureux de les retrouver.
- Je vous dépose en voiture ?
- Vous feriez ça pour moi ?

- Oui. Je vais dire oui ! Rue de Bach… C'est drôle, j'étais persuadée que vous habitiez le quartier Saint-Honoré. J'ai dû rêver !
- Pas vraiment ! Je vous parlais d'un modeste appartement rue de Bach. Hérité de ma tante, je possède ce petit logement depuis quelques années. Je m'y rends parfois, toujours seul et hormis Jean-Marcel et Joséphine, personne n'en connaît l'existence.
- Allez, avouez plutôt que c'est votre garçonnière !
- Non, en aucun cas ! Même Irina n'y est jamais venue.
- À la fois, ce n'est pas vraiment sa femme qu'on emmène dans ce style d'endroit !
- Mademoiselle Clarisse, je vous assure qu'en aucun cas…
- Allez, détendez-vous un peu et finissez votre tartine. Vous ne mangez rien, vous avez un appétit de petit moineau. C'est dingue ça !
- Remarquez, je préfère cela à celui d'un rapace !
- Vous avez raison, je préfère les moineaux… Mais faites-moi plaisir, finissez votre petit-déjeuner. Vous devez reprendre des forces et du poids. Les rapaces sont dehors… Qu'ils y restent !

Elle replaça le téléphone, regarda machinalement par la fenêtre et essaya de lui présenter le danger d'une sortie en ville. Comment aborder le sujet, le protéger sans l'inquiéter ? Au fond, ce type étrange à la voiture au scorpion rouge recherchait-il vraiment Maximilien ?

Elle n'en savait rien. Seule, une intuition la prévenait qu'il fallait s'en méfier. Rien d'autre ne venait étayer sa thèse.

Toute la matinée, Maximilien avait tourné en rond dans la maison, passant d'une pièce à l'autre, concentré et peu bavard. Elle le laissa à ses profondes réflexions sans l'interrompre. En refermant un tiroir, elle aperçut les lunettes de soleil de Lucas. Il oubliait toujours ses affaires chez elle. Elle les posa sur le meuble près de l'entrée, pas très loin du blouson qui attendait le retour de son propriétaire, toujours le même Lucas, qui balançait ses fringues en arrivant et repartait sans. Pour une fois, elle ne râlait pas et constituait une tenue de camouflage pour une sortie discrète jusqu'au cœur de la ville.

Un coup de sonnette venait de retentir. Maximilien se leva d'un bond dans une attitude de panique qu'il n'avait pu réprimer. Clarisse, peinée de le sentir terrorisé, l'invita en douceur à rejoindre sa chambre avant de lui préciser qu'elle attendait la visite d'une amie qui ne s'attarderait pas.

Elle ouvrit la porte et aussitôt, l'infirmière fut entraînée vers le petit bureau du fond. Surprise de ne pas entrer dans la chambre habituelle, elle lui fit un joli sourire avant d'ajouter :

- Vous avez de la visite ?

Devant l'étonnement de sa patiente qui ne désirait pas échanger sur le sujet, elle poursuivit avec un air de vieille complice :

- Je vois que la nuit a été courte et à votre petit air enjoué, qu'elle a été très agréable !

Clarisse qui venait d'ôter son tee-shirt, resta éberluée devant celle qui imaginait une scène torride alors qu'elle avait passé sa nuit à tourner et virer dans son lit. Valait mieux passer à autre chose, garder le silence et si possible, ne pas rire.

- Allongez-vous. Je vais enlever l'aiguille et faire le rinçage. Comment vous sentez-vous ?
- Bien, d'autant que c'est la dernière fois. Il a accepté d'arrêter le supplice.
- Voilà qui m'étonne mais tant mieux. C'est plutôt bon signe !
- On va dire ça ! Le destin se ravise peut-être, le paradis ne veut pas d'une emmerdeuse comme moi…
- Taisez-vous donc ! Pourquoi imaginer une chose pareille ?
- Parce que ne pas l'imaginer serait de l'inconscience. Vous savez quoi ?
- Non !
- Je suis totalement inconsciente ! Pas une seule fois, je ne me suis sentie en danger de mort. Pourtant, il faut bien avouer que le cancer tue parfois mais pas moi. Je n'avais pas envie ! J'ai des tas de trucs à faire, plein de projets à réaliser. Le ciel peut bien attendre un peu !

L'infirmière lui souriait en jetant les compresses et le petit matériel utilisé dans un sac jaune. Elle le referma avec énergie et comme prévu, ne s'attarda pas.

Clarisse se sentit libre tout à coup. Elle réalisa alors combien cette machine pesait lourd. Elle n'aurait plus à chercher des stratégies pour la camoufler et la faire moins sonore. Elle n'aurait plus à supporter le goût salé de ce produit qui lui donnait l'impression d'être « une morue ». Elle signait pour quelques années de contrôles réguliers et ne pensait qu'à retrouver son travail à l'hôpital.

Maximilien, inquiet, se tenait caché derrière la porte entrouverte de sa chambre. Elle le rassura.

- Une collègue de travail qui est passée prendre une bricole. Rassurez-vous, elle ne peut pas imaginer une seconde que vous êtes planqué chez moi. Vous êtes prêt ? Il est bientôt l'heure de votre rendez-vous.

Elle prétexta un oubli pour vérifier par les fenêtres de son bureau que le bolide gris ne stationnait pas dans sa rue. La ville paraissait endormie en ce début d'après-midi. Comme Maximilien s'apprêtait à sortir, elle lui tendit le blouson et la paire de lunettes. Dans ce geste, presque autoritaire, il comprit qu'elle cherchait à le protéger. Il lui sourit pour la remercier d'être attentive et plus prudente que lui, qui s'apprêtait à sortir sans se cacher vraiment.

Ils traversèrent la ville rapidement, sans grande difficulté. La radio parlait de la France, du chômage, du monde et l'animateur terminait son flash par : « Concernant l'affaire van Hoff, toujours pas d'avancée significative dans l'enquête et toujours pas de signe de vie du chef d'entreprise. Son épouse craint le pire et malgré le versement de la rançon, les kidnappeurs ne donnent aucune information sur le lieu de sa détention ou d'indice permettant de retrouver son corps. »

- Mais quel abruti celui-là ! Lâcha Clarisse sur un ton sans appel.
- Mais non ! Il fait son travail et je donne assez peu d'informations sur le lieu où j'ai trouvé refuge.
- Pourquoi faites-vous cela ? Pourquoi ne pas…
- Mademoiselle Clarisse, nous n'allons pas en débattre encore une fois.
- Ok ! Je tourne à droite ?
- Oui, vous pourrez vous garer sur la petite place.
- Vous pensez qu'ils seront là ?
- Ils sont toujours très en avance.
- Pourquoi ?
- Ils ont toujours peur d'être en retard !
- Seriez-vous un patron très exigeant ?
- Non, je ne crois pas. Disons qu'ils sont des employés modèles.
- Vous les aimez beaucoup n'est ce pas ?
- Oui. Je leur dois… Regardez ! Ils sont déjà arrivés.
- Mais au fait, vous avez les clés de votre appartement ?
- Non, je n'ai plus rien. Jean-Marcel y aura certainement pensé. Il prévoit toujours tout.
- Il donne des cours ?
- Des cours ? Des cours de quoi ?
- Ben oui ! Moi, je ne pense jamais à rien.
- Je vous trouve très injuste !
- Bon, je vous laisse les rejoindre, je vous attends ici ou je reviens vous chercher dans quelques heures ?

- Accompagnez-moi plutôt ! Ils seront très heureux de rencontrer ma nouvelle assistante.
- Cool ! J'adore rencontrer de nouvelles personnes.
- Alors, disons que ces derniers jours, vous êtes particulièrement gâtée, répondit-il en ôtant les lunettes et en se précipitant vers le n°5 où la porte était entrouverte.

Jean-Marcel et Joséphine se tenaient discrètement dans l'encadrement de la porte qui ouvrait sur une petite cour. Leurs visages exprimaient tous les sentiments réunis et Clarisse assista à des retrouvailles teintées d'émotion toute retenue, puis plus retenues du tout.
Il y eut un petit hochement de tête très guindé et presque ridicule, puis de vrais sourires arrivèrent éclairer deux visages aux traits tendus et inquiets.

Les deux hommes se regardèrent avec respect, soulagement et puis, sans plus attendre, ils s'empoignèrent vraiment, se jetant l'un contre l'autre dans un mouvement viril et tendre à la fois.
Joséphine, toute petite, la soixantaine fatiguée, attendait son tour avec une réelle impatience. Elle aussi voulait se nicher dans les bras de Monsieur, lui raconter combien tout ce temps avait duré une éternité. Après, elle lui dirait son bonheur de le retrouver.
Mais tout d'abord, elle allait pleurer contre son épaule. Monsieur savait si bien consoler.

Clarisse restée en retrait, observait la scène et mesurait sans peine la magie qui les reliait tous les trois. Un trio uni et détonnant : Le boss, le chauffeur et la femme de ménage.

« Pas banal le trio » se disait-elle en continuant d'observer les mains qui se touchaient, les sourires qui répondaient aux questions que personne ne posait. Il était rare de voir s'échapper d'un silence autant de respect et d'affection partagée. Il flottait du bonheur et beaucoup d'amour dans cette cour protégée des regards indiscrets.
Ce moment fut impressionnant de gravité et de sourires retrouvés. Maximilien fit signe à Clarisse de s'approcher pour les présentations puis proposa aussitôt de rejoindre l'appartement.

Jean-Marcel, détenteur des clés montait les escaliers en premier, suivi de Joséphine, qui regardait derrière elle régulièrement pour observer Monsieur, qui lui traînait sa cheville gauche encore douloureuse. Clarisse fermait la marche, impressionnée par les nouvelles rencontres du jour.

La garçonnière était ravissante… Enfin, le mot n'était pas bien choisi. L'appartement était somptueux tout simplement ! Maximilien ouvrait les volets, laissant la douce lumière entrer…
Ouf ! Non, l'appartement ressemblait à un musée !

- Tout d'abord, je vous présente Mademoiselle Clarisse. Elle m'a recueilli lorsque je me suis échappé, voici deux jours.
- Bonjour Mademoiselle. C'est bien vous que j'ai eu au téléphone ? Questionna Jean-Marcel, du haut de son mètre quatre-vingt-dix, en lui serrant la main.

Impressionnant le chauffeur ! Pas le genre de gaillard à qui l'on cherche des noises. Pourtant, il avait bien morflé et son crâne portait encore un pansement.

Joséphine hésitait entre lui serrer la main ou lui sauter au cou pour la remercier d'avoir pris soin de Monsieur. Après réflexion, elle opta pour la deuxième solution.
Clarisse accueillit la franche démonstration de reconnaissance avec un rire léger dans un élan de sympathie communicative.

Monsieur regardait la scène avec une certaine satisfaction. À croire que : « Les amis de mes amis sont mes amis » lui convenait parfaitement.
À croire aussi qu'il voulait fêter les retrouvailles en leur proposant un café et en prenant la direction de ce qui semblait être une cuisine miniature.
Il est vrai que dans ce décor, un évier et une poubelle auraient fait désordre !

Installés dans des fauteuils magnifiques, ils attendaient semble-t-il que Monsieur revienne les servir. « Le monde à l'envers » se disait Clarisse, restée debout, amusée par le maître de maison qui posait sur la table du salon, un précieux service à café avec des cuillères d'un autre temps. Il servit avec tranquillité et continua de distribuer des sourires à ses invités avant de repartir. Joséphine qui n'aimait pas les silences prolongés s'empressa d'expliquer à Jean-Marcel :

- Oh là, là ! Lorsque vous m'avez téléphoné, j'étais si heureuse, mais si heureuse. J'ai pleuré vous savez, de bonheur et de soulagement. À la radio ce matin…

- Ces journalistes, ils parlent pour parler ! Ils ne savent rien mais ils racontent quand même ! répondit d'un ton sec, l'ancien rugbyman qui n'avait rien perdu de son accent du Béarn.
- Sans doute, mais moi, je ne sais pas faire la différence entre ce qui est vrai et ce qui ne l'est pas.
- Ils ne savent pas mieux ! Monsieur est de retour, sain et sauf, voilà ce qui compte. Ils n'ont qu'à bavasser dans leurs micros. Maintenant, il faudrait que les flics retrouvent ces voyous. La prison, c'est pour eux, c'est leur tour. Moi, j'aime la justice et il ne va pas falloir que ça traîne !

Maximilien servit le café avec une précision qui fit rêver Clarisse, qu'il invita à s'asseoir, tout surpris par sa timidité soudaine.

- Je prends un café avec vous et puis, je vous laisse bavarder tranquillement.

Devant les regards étonnés, elle s'aventura dans des explications en forme de justification.

- Oui, il est préférable que je vous… Enfin, je crois que vous serez plus… Comment vous dire ? Je suis ravie d'avoir fait votre connaissance. Ce rendez-vous est très important. Vous avez certainement des choses à vous confier. Ma présence pourrait… Enfin, il se peut que je sois…
- Quelque chose ne va pas Mademoiselle Clarisse ? S'inquiéta alors Maximilien, habitué à ses phrases d'ordinaire plus courtes et très directes.

- Non ! Tout va bien. J'imagine que Jean-Marcel et Joséphine ont besoin de vous raconter des choses personnelles. Ma présence pourrait vous gêner et j'aimerais que vous soyez libres…

Alors que, dans un même élan, un « Mais pas du tout » résonnait de concert, elle leur rendit un sourire qui voulait dire : « J'adore votre politesse, mais comment entrer dans votre trio infernal ? ».
Pour conclure et se sortir de cette délicate situation, elle s'empara de sa tasse, savoura en silence le café délicieux et d'un regard suppliant fit comprendre à Maximilien qu'il devait lui venir en aide.

Quelques minutes plus tard, il lui ouvrait la porte et gardait précieusement le numéro de son portable pour pouvoir la joindre.
Il fut décidé que Jean-Marcel reprenait du service et qu'il déposerait en fin de journée, Monsieur chez Mademoiselle. Cette information eut le mérite de rendre, instantanément, son sourire à Clarisse. Elle s'imaginait déjà seule ce soir, abandonnée par son cher Maximilien qui préférerait certainement l'appartement cossu à sa petite maison et son joyeux bazar.

Le « Seulement, si vous êtes d'accord bien sûr ? » la fit rougir jusqu'aux oreilles. Il y avait des moments périlleux dans la vie.
Elle se faufila dans les escaliers en lançant son « Tchao ! » habituel suivi d'un « à ce soir » véritablement délicieux.

En retrouvant sa voiture, elle s'accorda un temps de répit pour se demander ce qui la perturbait à ce point…

Son portable vibrait, un message s'affichait : « Merci Clarisse et à ce soir».
Elle se surprit de nouveau à piquer un fard.
Une balade en ville lui ferait le plus grand bien et puis elle rentrerait chez elle ranger le bazar.

Pendant qu'elle se garait quelques rues plus loin, en direction des magasins où elle n'avait envie de rien, la conversation reprenait au numéro cinq, rue de Bach.

Maximilien s'attarda un moment devant la porte qu'il venait de refermer en douceur, laissant partir Clarisse. Il devait s'entretenir avec ses deux amis, installés au salon et guettant son retour. Après un échange de sourires et la proposition d'un nouveau café, il s'assit face à eux et leur dit :

- Mes chers amis, je suis si heureux de vous retrouver. J'ai souhaité vous rencontrer pour plusieurs raisons. La toute première, je vous l'avoue, vous m'avez beaucoup manqué. J'étais dans une telle inquiétude pour vous Jean-Marcel. J'imaginais le pire et ce type ne voulait rien me dire. Hormis un regard vide et un sourire de sadique, je n'ai rien pu savoir.
- Nous aussi, nous imaginions le pire !
- Pas moi ! déclara haut et fort Joséphine. Je n'ai jamais pu me résoudre à imaginer que vous soyez mort. Je désirais tant vous revoir. Je suis si heureuse de vous retrouver sain et sauf !

Maximilien posa sa main sur son bras avec une infinie tendresse comme pour la remercier de tout cet espoir qu'il avait su capter de sa cage crasseuse.

- Je voulais m'assurer aussi, que vous avez été bien traités en mon absence et que vos salaires vous ont été versés normalement.
- Oui, répondit le chauffeur en précisant pourtant, d'une voix plus douce. Pour moi, c'était facile, la société me paie à la fin du mois et j'étais en arrêt maladie. Mais pour Joséphine, comme Madame Irina n'a plus voulu de ses services, elle n'a pas eu d'heures de travail, donc pas de salaire.
- Comment ça ? Qui a décidé d'une telle absurdité ? Vous travaillez chez moi depuis quinze ans et personne…
- Ne vous inquiétez pas Monsieur…
- Joséphine ! Je ne tolère pas que l'on vous traite de la sorte. Vous avez des droits comme tous mes autres salariés. Il fallait prévenir la comptabilité ou la police dans ce cas.
- Vous avez prévenu la police, vous ?
- Non… Vous avez raison !
- Ne vous inquiétez pas ! J'avais mes petites économies, je pouvais tenir encore un peu. Mais ce qui m'a fait de la peine, c'est que Madame n'a pas voulu de mon aide pendant cette période difficile.
- Racontez-moi exactement ce qui s'est passé, quand, comment, qui… Je veux tout savoir ! Du reste, tous vos souvenirs me seront utiles, j'ai besoin de comprendre et je compte sur votre franchise à tous

les deux. Je ne veux pas que vous tentiez, l'un comme l'autre de m'épargner, de me cacher des choses. J'ai besoin de vous et de votre vérité. Nous avons du temps. Ici, nous sommes à l'abri et en sécurité, heureux de nous retrouver. Parlez-moi…

La voix de Monsieur s'étranglait tout à coup de colère et d'émotion.
Jean-Marcel et Joséphine, amis de longue date, complices dans ces moments douloureux qu'ils venaient de partager, se regardèrent pour se donner mutuellement du courage.
Ce qu'ils devaient lui dire n'avait rien de facile. Pourtant, ils allaient le faire, ensemble, en prenant le temps de trouver les mots qui blesseraient le moins possible Monsieur.

Jean-Marcel prenait sa respiration, se concentrait et se lançait par un :

- Je vais commencer si Monsieur veut bien. On va aller dans l'ordre afin de mieux vous aider à comprendre. Je reviens au matin de votre kidnapping. Lorsqu'il a ouvert votre portière, je n'ai pas eu le temps de bouger qu'un type me menaçait d'un revolver. Je voyais des yeux gris mais une cagoule cachait son visage. J'ai vu le chauve vous attraper puis vous jeter dans le coffre, le refermer et se remettre au volant. Je crois que j'ai crié, puis plus rien. Je me suis réveillé à l'hôpital, le crâne sacrément amoché. Forcément, pour m'empêcher de parler, il valait mieux me supprimer. En plus d'un coup violent sur la tête, il m'a tiré une balle dans le dos. Coup de chance, ce jour-là, je portais ma coque.

- Votre coque ?
- Oui, j'ai souvent mal au dos. Je porte parfois une coque pour me soutenir les lombaires, surtout lorsque je conduis longtemps.
- Mais vous ne m'en avez jamais parlé ?
- Ce n'est pas le genre de chose que l'on dit à son patron !
- Vous auriez pu !
- Oui, sans doute ! La balle n'a pas traversé. Elle est restée logée dans la coque. J'avais la tête fracassée mais j'étais vivant. Remarquez, je ne me souviens de rien, ni des secours, ni de l'hôpital. Je suis resté deux jours dans les vapes… Après, tout est revenu par bribes. Je vous revoyais tout le temps tomber et disparaître dans ce coffre. Je devenais fou !

  Les policiers sont venus souvent m'interroger. Je débloquais pas mal les premiers temps. Je radotais toujours la même chose et ils ont fini par se lasser. La presse a raconté que j'avais échappé de peu à la mort. Après, un flic restait posté devant ma porte, de jour comme de nuit. Même Joséphine devait montrer sa carte d'identité pour entrer et je ne vous raconte pas les disputes avec ma femme. Vous connaissez Dolorès ?
- Très peu mais je sais qu'elle a son caractère.
- Bon, mais ce n'est pas l'important. À ma sortie de l'hôpital, je me suis caché chez des amis. Je regardais les informations tout le temps, je passais de la télé à la radio, je devenais « fada » à vous

attendre. Quand Joséphine m'a dit qu'elle ne pouvait plus travailler chez vous, je n'ai pas vraiment apprécié la décision de Madame. C'est bien plus tard que j'ai trouvé cette façon de faire très étrange, un peu bizarre. Elle va vous raconter.

Appuyé par un signe de tête qui disait : « À votre tour », Joséphine prit la parole. Monsieur l'intimidait un peu et surtout, elle n'allait pas maintenir Madame Irina sur le piédestal où il l'avait placée depuis leur maudite rencontre.

- Le jour de votre enlèvement, comme d'habitude, je travaillais chez vous, toute retournée vous pensez bien ! Des policiers fouillaient votre bureau comme des sans-gêne.

  Je me souviens, je terminais le repassage lorsque Madame a demandé à me parler. Elle avait pleuré, on le voyait, du noir avait coulé sous ses yeux. Elle m'a fait asseoir dans le fauteuil rouge mais elle restait debout et marchait de long en large dans le salon. Oh ! Elle me donnait le tournis.

- Que vous a-t-elle dit exactement ?
- Que pour ma sécurité, elle ne pouvait pas me garder à son service. Qu'elle trouvait dangereux que je vienne tous les jours mais que je retrouverais mon travail dès que Monsieur rentrerait. Elle me parlait de façon gentille et polie. Je n'ai pas compris sur le moment. Je me suis permis d'insister et de dire que je n'avais pas peur. Alors, elle s'est fâchée parce que je ne voulais pas partir tout de suite. Mais comme je n'avais pas terminé le ménage du bureau et puis aussi, il restait une lessive dans le sèche-linge.

- Que vous a-t-elle dit alors ?
- Que je devais partir et rentrer chez moi et surtout ne pas revenir, sous aucun prétexte, jamais !
- Comment ça jamais ?
- Oui, elle a dit ça et…
- Oui ? Poursuivez Joséphine.
- Qu'elle se passerait de moi sans aucun problème ! J'ai eu du chagrin vous savez. J'ai pris mes affaires et je suis partie en pleurant.
- Je suis désolé, vraiment. Je ne comprends pas pourquoi elle s'est comportée ainsi. Elle semblait pourtant beaucoup vous apprécier.
- Il faut croire que non ! Je n'ai pas cru une seconde qu'elle craignait quelque chose pour moi. Je lisais de la peur dans son regard comme si on l'obligeait. Je sais bien que Madame Irina n'est pas méchante. Je l'ai regardée droit dans les yeux avant de refermer la porte. Si vous voulez mon avis, elle se sentait bien seule et me semblait terrorisée.
- Mais par quoi Bon Dieu ?
- Ou par qui plutôt ?

La question de Joséphine rebondit dans un silence absolu. Alors qu'elle baissait la tête, jouait avec sa bague pendant que Jean-Marcel, l'air absent, regardait le tapis avec obstination.

- Vous n'y êtes jamais retournée depuis ?
- Oh non ! Je n'ai pas osé. J'ai téléphoné une fois, pour prendre de vos nouvelles. C'est Monsieur Victor qui a répondu.

- Monsieur Victor ? Il était donc chez moi ?
- Sans doute, puisqu'il répondait au téléphone.
- Que vous a-t-il dit ?
- Que l'enquête suivait son cours ! Que je pouvais me tenir informée par les médias. Le ton n'avait rien de très aimable.
- Et Irina, que vous a-t-elle dit ?
- D'après lui, Madame prenait son bain… À trois heures de l'après-midi ? Il m'a pris pour une imbécile mais je ne suis pas dupe. Je ne suis qu'une femme de ménage sans doute, mais pas idiote au point de ne pas deviner les mensonges de ce…
- Vous pensez que Victor vous mentait ?
- Du jour où vous avez disparu, il a tout pris en main. La société, la maison, votre épouse… Et fallait que tout marche droit. Enfin, c'est mon impression !

Maximilien chercha dans le regard de Jean-Marcel son approbation aux propos tenus par Joséphine.
D'accord et furieux, il s'empressa d'ajouter : « Et surtout, il se permet de prendre votre voiture ! ».
- Ce n'est pas si grave !
- Mais si, il prend la Porsche !
- Ah ! Irina lui aura donné les clés et l'autorisation de le faire. Vous ne l'aimez pas beaucoup n'est ce pas ?
- Non ! Je n'apprécie pas ses manières de se croire chez lui alors qu'il est chez vous !
  Nous avons demandé aux policiers de le surveiller de près, en leur précisant qu'il se comportait de façon étrange. Paraît qu'ils le faisaient déjà, postés devant votre appartement pour la sécurité de

Madame Irina. Sauf qu'avec Joséphine, nous avons pensé à la petite porte de derrière. Nous sommes allés ensemble faire le guet jusqu'au soir pour s'assurer que… Comment vous dire ?

- Qu'ils ne sortaient pas par le jardin ?
- Oui, mais nous n'avons pas prévenu la police. Ce soir-là, en rentrant, les informations annonçaient que la rançon avait été versée pour votre libération. Nous étions si heureux, si confiants aussi. Nous pensions naïvement vous retrouver libre, dès le lendemain.
- Qu'avez-vous vu dans la petite rue ? Irina et Victor, que cachent-ils exactement ?

L'hésitation, la gêne, le souci de ne pas blesser, l'incertitude aussi s'empilèrent tout à coup. Comment décrire la scène, comment retenir la colère qui allait le submerger et comment consoler la déception qui serait si grande ?

Jean-Marcel tenta un pas en avant vers la vérité mais se rétracta aussitôt.

Joséphine, toujours silencieuse ne l'aidait pas vraiment. D'un regard, ils décidèrent de ne pas donner à Monsieur l'occasion de se mettre en danger de nouveau. S'il l'apprenait, il serait peut-être tenté d'aller régler son compte à ce salaud de Victor. Aimer voulait dire protéger aussi. Ils aimaient vraiment Monsieur qui restait assis, figé, presque absent, espérant une explication qu'il redoutait.

Rien ne serait dit clairement. Tout resterait murmuré. Ils laissaient Monsieur se perdre dans le doute avec la possibilité de comprendre la vérité, à demi-mot. Au fond, il y avait une grande différence entre les deux trahisons.

D'une part, il y avait le kidnapping et les ravisseurs à retrouver, d'autre part, l'attitude pour le moins étrange et équivoque de sa jeune épouse.

Les deux enquêtes restaient distinctes bien sûr, pourtant les peines se cumulaient cruellement. Pour son retour à la liberté, Monsieur devait faire face à une désillusion qui le tenait toujours assis, secoué par le choc et perdu dans ses pensées. Il arborait un sourire étrange, une façon de leur pardonner d'être les porteurs d'une nouvelle sidérante, qui faisait de ce présent, une véritable désolation. Il lui fallait du temps pour encaisser la nouvelle annoncée malgré toute la délicatesse de ses amis.

L'après-midi s'écoula lentement. Les dialogues se firent comme au ralenti. Chacun cherchait et pesait ses mots en évitant de parler de Madame Irina.
Ils interrogèrent Monsieur sur ses conditions de vie pendant sa séquestration. Il répondit péniblement, revivait cet enfer passé en s'éloignant tant que possible de l'enfer à venir. Il avait compris.

Le droit d'ignorer cette immonde révélation à peine décrite, il se l'accordait encore un peu. Clarisse, sans le vouloir, l'avait déjà entraîné vers cette hypothèse nauséabonde.
Il demanda l'heure à Joséphine et se leva pour ranger la table. Le signal d'un départ imminent qui fut triste et empli d'un profond malaise. L'appartement se fit silencieux et le bonheur des retrouvailles se trouva entaché par ce qui devait rester un secret.

Joséphine suggéra à Jean-Marcel de la raccompagner. Comme il hésitait, elle prolongea sa demande d'un : « Je crois que Monsieur a besoin de rester seul !» Il se leva aussitôt en précisant :

- Monsieur, si vous le souhaitez, je viendrai vous chercher vers dix-neuf heures. Pour plus de sécurité, la nuit sera tombée. Il faut être prudent... À moins bien sûr, que vous pensiez à vous rendre au commissariat ?

- Dix-neuf heures, c'est très bien ! Si vous deviez me joindre, le plus simple serait de téléphoner sur le portable de Mademoiselle Clarisse. Je vais vous noter son numéro.
- Oui, faisons comme ça ! Précisa Joséphine au bord des larmes.

Maximilien l'embrassa deux fois, la raccompagnant sur le pas de la porte, sa main posée sur son épaule. Il avait besoin de ce contact pour lui exprimer sa reconnaissance et du même coup, lui assurer qu'il ne lui en voulait pas d'avoir parlé.

La porte se referma en douceur et les deux amis descendirent lentement les escaliers pour rejoindre la voiture de Jean-Marcel. Celle de Monsieur, très abîmée pendant le rapt et expertisée par des policiers, se trouvait toujours au garage.

- «Avons-nous bien fait ? » demanda Joséphine au chauffeur qui regardait ses mains serrées sur le volant sans penser à faire démarrer la voiture.
- Comment faire autrement ? Quelque chose me surprend vous savez !
- Oui, quoi ?

- Il n'a pas encore prévenu Irina de sa libération. Il a préféré rester chez Mademoiselle Clarisse. Il a dû comprendre pendant son enlèvement. Il a eu tout le temps de réfléchir ce pauvre Monsieur, seul si longtemps.
- Vous croyez qu'il savait ?
- Non, il ne savait pas. Il ne se doutait de rien mais nos explications pourtant réservées ne laissent désormais, plus de place au doute.
- Oh ! Mais je l'avais mis en garde pourtant ! Lorsqu'il est rentré avec la trop belle Irina, il a bien compris à mon regard que je n'étais pas d'accord.
- Bah ! Qu'est-ce que vous pouviez faire ? Amoureux fou comme il était, il s'en fichait pas mal de nos mises en garde. Moi aussi, j'ai essayé de lui dire, à ma façon bien sûr.
- Ah bon !
- Enfin, vous me connaissez ! Avec Monsieur, je donne toujours dans la nuance. Je garde mon franc-parler pour d'autres occasions. Dès que je monte dans la voiture, dès qu'il apparaît, je deviens différent, comme si je devenais un autre. Dédoublement de la personnalité me dit souvent Dolorès. J'aime tant ma vie auprès de Monsieur, il n'y a pas meilleur patron !
- Je dis tout pareil ! Que va-t-il faire maintenant ?
- Il va pleurer, Joséphine. Il va pleurer.
- Pourtant, je peux vous dire qu'il a déjà pleuré. Il a tout pour être heureux mais ça ne dure jamais bien

longtemps. Comme s'il avait le droit à la réussite, à l'argent mais pas au bonheur. Il n'y a pas de justice !
- Ce n'est pas si sûr !

Le soir était tombé depuis un long moment déjà. Maximilien guettait l'arrivée de son chauffeur. Il profita de ce temps en solitaire pour rejoindre sa société en toute discrétion. Les codes d'accès n'avaient pas été modifiés. Il pouvait surfer sur les comptes, vérifier sa boîte mail… Rien ne lui sembla anormal et surtout, rien ne lui sembla intéressant.

Étrangement, l'entreprise qu'il avait créée puis fait évoluer à une vitesse vertigineuse lui devenait étrangère. Il ne s'inquiétait pas vraiment de cette sensation et se doutait que le désir de retrouver ses activités reviendrait. Plus tard, il pourrait à nouveau s'investir. Pour l'heure, Irina et Victor occupaient toutes ses pensées avec une sensation persistante du dégoût.
Comment pouvaient-ils le trahir, profiter de sa disparition pour entretenir des relations amoureuses ? Irina, trop belle sans doute, plaisait aux hommes, elle envoûtait et il le savait bien. Pourtant, il croyait en son amour sincère et n'avait jamais douté d'elle.
Il lui offrait sans restriction une vie de rêve et désirait un enfant.

« La porte de derrière » sonnait comme un couperet. Il imagina Joséphine et Jean-Marcel, cachés pour espionner la femme de sa vie qui sortait en cachette au bras de Victor. Au nez et à la barbe des policiers qui, pour les protéger restaient des heures en faction, à l'opposé sur le boulevard.

N'avaient-ils donc aucune morale ?

Il décida que sa planque chez Mademoiselle Clarisse se poursuivrait, le temps d'y voir plus clair et de trouver des éléments concernant les ravisseurs. Aucune piste sérieuse, aucun indice, aucune preuve, pas de revendication… Tous ces « riens » le décourageaient vraiment.
Il devait oublier sa femme et Victor, se concentrer uniquement sur les voyous qui profitaient de son argent en espérant le retrouver. Pour le tuer, cette fois !

Il allait redoubler de vigilance pour protéger sa vie et surtout celle de Clarisse qui l'accueillait. Le danger pouvait surgir à n'importe quel moment. L'idée qu'ils puissent s'en prendre à elle lui sembla totalement insupportable. La peur redoubla sur le moment. C'est dans un état d'angoisse qu'il vit Jean-Marcel se garer.

Soulagé et pressé de rejoindre Clarisse, il referma doucement la porte de l'appartement et rangea les clés dans sa poche. Il reviendrait.

Maximilien sortit de la voiture rapidement, ayant pris soin de remercier à l'avance son chauffeur qui devinait toute l'imprudence de s'attarder dans la rue.
En grimpant les escaliers et en ouvrant la porte, il se sentait heureux de revenir chez elle. Il fut séduit par le spectacle qui l'attendait. Au fond du couloir, dans la grande pièce de vie, Mademoiselle Clarisse s'activait chiffon en main et dansait sur une musique entraînante. Grégoire hurlait : « Et on a tous le même soleil… ».

Après avoir posé les lunettes sur le meuble dans l'entrée et le blouson sur le portemanteaux, il resta là, rassuré par le bruit, la lumière, la douce chaleur, la musique dans cette maison qui l'accueillait et le sortait brusquement d'un si terrible silence.
« Et on a tous une main à tendre, peut-on encore vraiment attendre ? ».

Lorsqu'elle le vit debout et si hésitant dans le couloir, Clarisse tendit les mains, marchant vers lui en dansant et l'invita à improviser une valse entre le canapé et la table.

Il se laissa entraîner sans résister. Comment résister d'ailleurs ? Elle lui avait manqué.
Ils se laissèrent aller à la danse en souriant, cherchant le rythme idéal à trouver pour accompagner celui qui insistait sur : « On a tous une main à tendre ».

Elle lui tendait la main, venait à son secours, l'entraînait dans ses délires et partageait ses peines. Celle qui lui brûlait le cœur depuis des heures n'allait pas gâcher ce moment de pure fantaisie qui tombait à point nommé. Oublier. Le chanteur finissait sur un : « Peut-on vraiment attendre ? ».

Avant de rendre sa liberté à son cavalier, Clarisse le remercia par une délicate caresse sur la joue. Surpris, touché en plein cœur, il sentit ses yeux s'embuer.
Décidément, cette journée apportait son lot de surprises. Ils restèrent silencieux l'un et l'autre.
Lui, la remerciant sincèrement pour ce tourbillon de joie et de douceur. Elle, sidérée de s'autoriser ce geste aussi tendre sans y être invitée. Un gros n'importe quoi qu'elle cherchait à excuser par un :

- Vous devez me prendre pour une folle ?
- Folle ? Non. Si vous saviez comme je suis heureux de vous retrouver.
- Tant mieux ! J'ai mis une bouteille de vin blanc au frais. Nous allons nous offrir un petit apéro dînatoire… J'ai aussi, préparé des toasts et des cochonneries pour fêter… Que fêtons-nous d'ailleurs ?
- Oh ! Rien d'extraordinaire vraiment.

- Pas de vraies nouvelles importantes ? Rien qui ne vous aide à trouver la bonne direction ?
- Non, pas vraiment !
- Vous étiez heureux de vous retrouver tous les trois ?
- Oui, je suis rassuré à présent. Je me suis permis de leur donner votre numéro de portable. S'ils désirent me joindre. Pardon, mais j'aurais dû vous en parler avant.
- Bien sûr que non ! Ils téléphonent et viennent ici quand ils veulent. J'ai été drôlement secouée par vos retrouvailles. Quelle émotion de ressentir l'amitié, la tendresse et la sincérité qui irradie de votre trio étonnant !
- Mais pourquoi étonnant ?
- En général, le patron n'entretient pas ce genre de relation privilégiée avec ses salariés surtout dans une grosse boîte comme la vôtre.
- Sans doute, mais nous avons beaucoup partagé, parfois des moments difficiles. Avec le temps, nous avons su créer des liens très forts.
- Je confirme ! J'aime bien votre modestie.
- Ma modestie ?
- Oui, je déteste les prétentieux qui la ramènent sous prétexte qu'ils ont réussi, je ne supporte pas mieux les complexés qui se prennent pour des ratés parce qu'ils n'ont pas franchement réussi. Vous êtes à l'intermédiaire et j'adore ça !

Aussitôt, toute confuse de s'exprimer aussi librement, elle s'en alla vers la cuisine, chiffon en main, baissant au passage le son de la musique que Grégoire diffusait sans relâche.

Des livres, des photos, des fleurs, des tableaux, une lampe très originale… Maximilien détaillait avec intérêt cette pièce pour la première fois. Elle correspondait étonnamment à la personnalité simple et joyeuse de la propriétaire des lieux qui revenait chargée d'un plateau. Comme il fixait avec attention, la grande photo posée sur le petit guéridon, elle lui présenta ses parents.

- C'est incroyable ! Vous êtes la copie conforme de votre mère !
- Ah ! Vous trouvez ?
- Pourtant, vous ressemblez aussi à votre père. C'est étrange non ?
- Vous avez raison, je suis leur joli cocktail d'amour ! J'ai pris tout ce qu'il y a de meilleur chez l'un et de plus génial chez l'autre. Regardez-moi, la perfection en personne ! Non, je rigole, j'ai plein de défauts.
- Et de qualités aussi ! Vos parents vivent ici, à Bordeaux ?
- Non, ils ne vivent plus. Ils sont morts voici trois ans au Kenya, dans un accident.
- Pardon, je suis véritablement désolé.
- Ils sont morts ensemble et c'est plutôt bien ! Ils fêtaient leurs trente ans de mariage. Ils rêvaient de ce voyage au Kenya depuis très longtemps. Ils sont partis heureux. Ils s'aimaient tellement tous les deux.
- Qu'avez-vous fait toute seule ?

- J'ai pleuré, longtemps, beaucoup. Qu'est ce que j'ai pleuré ! Un matin, je me suis réveillée consolée, je crois. J'avais pleuré toutes les larmes qu'ils méritaient. Depuis ce jour, je peux parler d'eux, les regarder sur les photos, penser à eux sans problème. Ils me manquent bien sûr mais l'absence a versé tout son chagrin.
- Vous ne pleurez plus Mademoiselle Clarisse ?
- Non, j'ai déjà versé toutes les larmes que j'avais en stock… Disons que c'est très rare. Il me faut des occasions très spéciales. Devant un film parfois, je me laisse aller.
- Quel genre de film ?
- Euh ! Si ! Quand Richard Gere laisse repartir Julia Roberts dans « Pretty Woman ». Alors, là, je pleure à chaque fois !
- Vous savez pourtant qu'il va la retrouver ?
- Oui, mais dans la scène, quand il la laisse partir de l'hôtel… C'est trop triste.
- Il a besoin de temps et puis, reconnaissez qu'il a quelques excuses.
- Lesquelles ?
- Si je ne m'abuse, elle est avant tout, une prostituée.
- Mais on peut tomber amoureux d'une prostituée !
- Non, je crois que non !
- Je suis certaine du contraire.
- Franchement, vous croyez possible ce genre d'histoire ?

- Je crois que les hommes sont des lâches et que dans la vraie vie, Richard Gere n'irait pas la chercher. Le Prince charmant n'existe pas…

Maximilien tenait toujours la photo et contemplait le couple souriant assis sur un rocher devant une mer turquoise.

- Mais si, il existe ! Regardez votre mère l'a rencontré.
- Pas faux ! Je ne pleure plus mais je m'amuse en pensant à eux. Il faut avouer aussi que j'ai eu les parents les plus terribles qui soient. Deux adolescents qui refusaient de quitter les années soixante-dix. Gauchistes, révolutionnaires, hippies sur les bords, refaisant le monde avec des convictions chevillées aux corps. Ils étaient drôles, joyeux, optimistes, insolents et un peu barrés aussi. À la maison, je leur demandais souvent d'arrêter leur cinéma et leur boucan. Papa écoutait Johnny à fond la caisse pendant que Maman préparait ses banderoles pour les manifs… Où elle me traînait d'ailleurs. Je suis la plus jeune manifestante de ce pays !
- Vous alliez aux manifs ? interrogea Maximilien médusé tout à coup.
- Attendez ! Je vais vous montrer.

Elle revint avec un album photos qui visiblement, avait bien vécu. Assis tous les deux sur le canapé, la vie photographiée de Clarisse se dévoilait en noir et blanc et en couleurs. Les années soixante-dix n'avaient pas eu peur d'ajouter de la couleur et des fleurs un peu partout, sur les

murs de la maison, les chemises, les pantalons à pattes d'éléphant.
Ces années heureuses défilaient sous le regard attendri de Maximilien qui découvrait l'enfance et l'adolescence « Rock'n Roll » de Clarisse entourée de ses parents et d'amis échevelés au look : « Peace and Love »

- Celle-là, je l'adore ! Ma première manif à la Place des Vosges. J'ai deux ans et je lutte pour le féminisme.

La petite fille aux cheveux blonds, assise sur les épaules de son père, tenait dans ses petites mains levées, une pancarte qui disait « Respectez moi !».

Il riait, la questionnait, désirait savoir qui était qui, comment, où et pourquoi.
Elle expliquait, racontait, se perdait dans les anecdotes, partageait et revivait au présent, ce passé si tendre. En refermant l'album, elle le questionna avec un air grave et sérieux : « Vous alliez aux manifs vous aussi ? ».

- N'y songez même pas ! J'allais à la messe et à l'école.
- Piano pour la détente ?
- C'est exact.
- Ce n'était pas très drôle chez vous ! Vous me montrerez votre album photos un de ces jours ?
- Oui, si vous y tenez !
- Vous avez grandi où exactement ?
- Je n'ai pas grandi. Je suis devenu « grand d'un coup !».

Cette réponse inattendue les avait surpris. Ils se renvoyaient maladroitement, l'un à l'autre, un sourire triste et complice.

Grégoire s'offrait un quatrième tour de piste en non-stop. La soirée « Souvenirs-Souvenirs » s'achevait, la bouteille de blanc avait pris une vraie claque et le plateau vide rassurait Clarisse. Maximilien appréciait les cochonneries. Tout n'était donc pas perdu pour lui !

Après s'être remerciés mutuellement pour cette soirée, ils s'étaient souhaités une bonne nuit et avaient rejoint leurs chambres respectives.

Clarisse fit un petit détour par le bureau, histoire de vérifier que rien ne clochait dans sa rue et pour saluer « Cahier » qui devait se désespérer de ne plus recevoir les impressions du jour. Elle s'en voulait de l'abandonner ainsi… Lui si fidèle.
Il méritait mieux !

La voiture, tel un escargot gris remontait la rue à deux à l'heure et se garait à deux pas de chez elle. Son cœur battait fort, la peur se faisait plus forte comme si le danger s'amplifiait sans explication rationnelle. Sans même y réfléchir, elle courut vers la salle de bains, appelant Maximilien qui surpris lui demanda :

- Qui a-t-il Clarisse ?
- Il faut que je vous parle.
- Qu'avez-vous ? Que se passe-t-il ?
- Il est là, il rôde dans la rue.
- Qui ?
- Le type dans une drôle de voiture.
- De qui parlez-vous ?
- Il vous cherche.
- Comment est-il ? L'avez-vous vu ?

- Oui, il a des yeux de fou furieux, style loup affamé, un crâne rasé, il est très grand, solide, dans le genre champion du monde de la méchanceté.
- Quand l'avez-vous rencontré ?
- En rentrant, le soir où je vous ai trouvé dans mon jardin. Depuis, je l'ai repéré plusieurs fois dans ma rue. Parfois, il passe en voiture, il roule tout doucement, parfois il s'arrête, surtout la nuit.

Elle devait réfléchir vite, trouver une solution, continuer de l'espionner discrètement et prendre la bonne décision. Quitter les lieux, vite et loin.
Partir, s'éloigner du danger ou prévenir Lucas qui viendrait dans la minute arrêter ce type qui rôdait de façon trop répétée. Le Vieux-Boucau revenait avec force. Lucas s'interposait… Fuir au plus vite. Non ! Téléphoner, se montrer prudent et raisonnable…

- Où est-il ?
- Vous voyez le toit gris qui brille sous le lampadaire ?
- Oui.
- C'est sa bagnole de « gros naze ». Il doit monter ou descendre la rue.
- L'avez-vous vu entrer dans votre jardin ?
- Non. Jamais. Comment a-t-il pu savoir que vous étiez ici ? En arrivant par le jardin public, avez-vous croisé quelqu'un ?
- Non, je ne m'en souviens pas. Il faisait sombre déjà, presque nuit. J'ai essayé de me comporter le plus normalement possible… Enfin, je crois.
- Vous l'aviez assommé pour de bon ou juste un peu ?

- Pour de bon ! Je n'ai aucun doute sur la violence du coup porté.
- Bon ! S'il est resté dans les choux pendant quelque temps, il n'a pas pu vous suivre ?
- Non ! Aucune voiture ne pouvait prendre l'itinéraire que j'ai emprunté. Personne ne m'a suivi, je suis formel !
- Un truc cloche dans cette histoire ! Pourquoi ce type vous cherche-t-il dans ma rue si personne ne vous a suivi ? Les probabilités que vous soyez ailleurs, dans cette ville immense sont plutôt grandes ? Non ?
- Je ne sais pas.
- Eh bien moi, j'ai une idée ! Deux idées plutôt que, bien sûr, vous allez vous empresser de refuser mais je tente quand même !
- Je vous écoute.
- Nous allons téléphoner aux flics qu'ils viennent l'arrêter. Point final !
- Et sous quel prétexte, je vous prie ? Qu'il marche tranquillement dans votre rue ? Est-ce un délit vraiment ?
- Alors, je vais leur expliquer qu'il vous cherche avec sa tête de tueur, qu'il guette sa proie avec insistance et qu'il me fiche la trouille.
- Je souhaite laisser la police à l'écart encore quelques jours.
- J'en étais sûre ! Vous êtes vraiment tenace vous !
- Un ou deux jours et je vous promets de le faire.
- Alors, on s'en va au Vieux-Boucau et tout de suite !
- Pourquoi là-bas ?

- Parce que j'ai une maison dans les pins. Impossible de nous repérer d'autant qu'en cette saison, c'est le désert landais.
- Est-ce bien raisonnable de partir maintenant alors qu'il rôde si près ?
- Il va partir. Il s'en va toujours.
- En êtes-vous si sûre ?
- Je ne suis plus sûre de rien.

Pendant qu'il réfléchissait, qu'elle négociait un appel au commissariat, qu'il refusait avec ténacité, qu'elle insistait et trouvait des arguments imparables, qu'il la contredisait avec calme, elle prépara un énorme sac de voyage en passant d'une pièce à l'autre. Le toit luisant avait disparu. Elle rassembla ses affaires de toilette, sa petite boîte à bijoux, deux parfums, la trousse de médicaments pour les soins et la montre de Maximilien qui traînait sur le lavabo.

Elle laissa le volet du bureau ouvert pour ne pas donner l'impression au visiteur nocturne, d'une maison totalement fermée. Tromper l'ennemi, le laisser faire le guet pour rien comme un gros crétin.
Partir loin, revoir l'océan et respirer l'odeur des pins, s'éloigner quelques jours, avant que toute cette histoire ne trouve enfin sa véritable conclusion.

Elle ferma la porte et s'engouffra dans sa Clio garée devant la grille du jardin. D'un petit signe, elle invita Maximilien à la rejoindre avant de démarrer en trombe, regardant sans cesse dans son rétroviseur. Sa décision était prise, elle prenait le large accompagnée d'un homme silencieux à ses côtés. La ville s'éloignait, ils rejoignaient déjà le périphérique puis l'autoroute.

Elle roulait vite, ne respectant pas vraiment la limitation de vitesse et se détendait à chaque kilomètre parcouru. La radio diffusait des musiques douces ou rythmées. Maximilien jouait avec une pédale de frein imaginaire, pas rassuré d'avoir un pilote qui conduisait en fonction du rythme musical et l'envie d'arriver au plus vite dans le désert landais.

La longue ligne droite s'arrêta enfin, remplacée par une petite route sinueuse dans la forêt où la prudence s'imposait. Ils ne se parlaient toujours pas, chacun perdu dans ses pensées. Comme elle ralentissait franchement, il s'en étonna :

- Que faites-vous ? Vous quittez la route ?
- Mais non ! On se planque quelques minutes et on attend sagement.
- Mais qu'attendez-vous exactement ?
- Je vérifie que personne ne nous a suivis depuis Bordeaux.
- Pourquoi ? Quelque chose vous fait penser que nous sommes suivis ?
- Non, mais les flics font ça. Ils se planquent pendant deux ou trois minutes. Si personne ne passe, c'est bon. Ils repartent.
- Ah ! Vous pensez qu'ils procèdent de cette façon ?
- À vrai dire, je n'en sais rien du tout mais j'imagine. Il faudrait être bête pour ne pas le faire. Nous serons arrivés chez nous dans dix minutes environ.

La pleine lune permettait à Maximilien de l'observer en silence. Son idée n'était pas stupide et surtout, il se sentait reconnaissant à son égard.

Ces quelques jours en dehors de la ville lui permettraient d'y voir plus clair. Depuis deux jours, toutes ses tentatives de retrouver les coupables s'avéraient compliquées ou inutiles. Très inefficaces surtout !

Ces dernières heures, il songeait à abandonner son enquête personnelle. Il s'apprêtait à téléphoner à la police mais la proposition de partir dans les Landes l'avait séduit immédiatement. Il avançait dans la nuit pour rejoindre la maison de vacances de Mademoiselle Clarisse avec le sentiment de s'éloigner du danger. Il devinait au fond de lui, qu'il s'éloignait aussi de la vérité.
Pas une seule voiture ne vint troubler la nuit. Clarisse, rassurée, redémarra et regagna la route principale en sifflotant.

« Ce crâne rasé » qu'elle décrivait comme la méchanceté incarnée, lui rappelait son ravisseur. Que faisait-il dans la rue de Clarisse ? Pourquoi ne lui en avait-elle pas parlé plus tôt ?
De l'usine désaffectée qu'il avait quittée précipitamment, plusieurs directions et plusieurs refuges étaient possibles. Le hasard avait bon dos, pourtant aucune explication rationnelle et crédible ne lui venait pas vraiment à l'esprit.

Le panneau Vieux-Boucau se tenait droit à l'entrée du village. Elle tourna à droite très vite pour suivre un petit chemin qui menait à la maison. Elle annonçait déjà :
- Nous y sommes ! Je vais garer la voiture dans le jardin.
Elle ouvrit le portail et se gara, donnant à son passager le sentiment d'être soulagée. L'un et l'autre ressentaient la fatigue. Il était déjà une heure du matin.

Clarisse présenta les lieux à son invité qui découvrait la maison. Surpris, il s'interrogea tout haut :

- Elle est très grande cette propriété. Elle est à vous ?
- Oui et non ! Il y a vingt ans, nous sommes venus en vacances dans cette maison. Mes parents, ceux de Lucas, d'autres amis et tous les mômes. On campait dans le jardin. Je ne vous raconte pas le séjour d'enfer. Nous sommes tous tombés raides dingues de cet endroit. Il y a cinq ans, quand nous avons appris que la maison était à vendre, nous l'avons achetée.
- Nous ? C'est-à-dire qui ?
- Lucas et moi mais aussi Marion, Pierre et Sophie, Gilles et Gaspard.
- Je n'y comprends rien. À qui appartient cette maison ? Nous sommes chez qui exactement ?
- Nous sommes sept, comme les nains. Je suis dans ma maison, vous êtes chez moi et aussi un peu chez les autres mais ils sont d'accord.
- Hum…
- Voilà qui vous dépasse ! Pas vrai ?
- C'est-à-dire que…
- L'idée que nous soyons obligés de nous mettre à sept pour acheter un bien qui nous fait rêver, doit vous étonner. Vous, c'est tout seul et cash que vous l'achèteriez cette maison !
- Eh ! Bien…
- Elle n'est pas à vendre !

- Rassurez-vous ! Je n'avais pas l'intention de vous faire une proposition. Je possède déjà plusieurs résidences.
- Attention à ce que vous seriez tenté de dire ! Si ma maison vous fait penser à une grange ou à un modeste cabanon comparée à vos nombreuses et somptueuses résidences, je ne veux pas l'entendre. Suis-je bien claire ? Dans cette maison, les murs sont imprégnés de bonheur et de rires. Elle respire notre joie de vivre, d'être heureux ensemble. Elle sent le pin des Landes et la lavande du jardin. Vous n'imaginez pas combien nous l'aimons.
- Je n'en doute pas. Loin de moi l'idée d'émettre la moindre critique.
- À votre avis, je gagne combien par mois ? Une bonne question non ?
- Je dois dire que je n'en sais rien.
- Allez ! Combien selon vous ?
- Trois mille euros peut-être, selon l'expérience ?
- Mais vous êtes totalement en dehors du temps vous !
- Ah !
- Et ne prenez pas votre petit air affligé de celui qui vient de dire une grosse bêtise. Je comprends mieux pourquoi on vous appelle Maximum. Je gagne mille huit cents euros par mois, primes de nuits comprises. Voilà pourquoi nous sommes sept à nous offrir notre rêve.
- Il va sans dire que je vous rembourserai tous les désagréments et frais que je vous ai occasionnés. Je vous dois beaucoup Mademoiselle Clarisse.

- Vous pouvez dire Clarisse tout court… Je ne tiens pas vraiment à la particule Mademoiselle. J'allume le feu et je vais dormir, j'ai un peu sommeil. De plus, je vois bien que je vous fatigue.
- Pas du tout.
- Mais si ! Bon, c'est assez logique à la fois. Je suis fatigante !
- Non, je ne trouve pas. Je dirais vivante plutôt !

Le mot « vivante » résonna alors étrangement. Il fut suivi d'un silencieux et inattendu « pour combien de temps ? » qui la ramena à sa dernière cure de chimio et du même coup à sa réalité !
Pour échapper au trouble provoqué par cette question totalement idiote et surtout inédite, elle se dirigea furieuse contre elle vers la chambre.

Il se sentit tout à coup bien maladroit et chercha ce qui avait pu inscrire cet air triste sur ce visage si souvent habité par la joie de vivre.
Il fut sorti de ses réflexions par un joyeux : « Tenez ! Je vous ai préparé des vêtements. Ils sont à Lucas et à Gaspard. Pas de toute première jeunesse mais confortables et chauds !».

- Pensez-vous que cette chemise à carreaux ?
- Elle est chouette, non ?
- Je vais ressembler à un bûcheron !
- Super ! Je comptais sur vous pour rentrer du bois et allumer le feu. Au fond du jardin, près du petit cabanon. Vous trouverez certainement.

Il ajusta la surchemise rouge et noire à carreaux et resserra un jean qui avait bien vécu. Son air désolé et cette allure de cow-boy amusèrent Clarisse qui s'empressa de le rassurer d'un :

- « Vous ne ressemblez à rien là-dedans… Désolée, je n'ai pas de costumes italiens ou de chemise de marque ».

« Je vais chercher le bois » fut la réponse d'un homme de goût, habitué au beau et surtout, adepte du chauffage central. L'idée de traverser un jardin dans la nuit pour ramener des bûches qui chaufferaient à grand-peine cette maison glaciale, lui parut franchement pénible. Il ne savait plus très bien si ce séjour serait à la hauteur de ses espérances. Il s'éloignait du danger mais ne se rapprochait, ni de l'élégance, ni du confort.

Subitement et sans raison précise, l'odeur de sa prison lui revint à l'esprit. Il regarda la lune et les étoiles briller dans la nuit. C'est alors qu'il se sentit empreint d'un sentiment de calme et de liberté. Il ferma les yeux pour s'imprégner au mieux de cet état de bien-être et d'apaisement. Pour la première fois depuis longtemps, très longtemps, il n'avait pas ressenti cette étonnante impression d'être à sa vraie place. Seul dans un jardin inconnu, devinant un cabanon qui se détachait dans la nuit claire, il s'approcha du tas de bois.
Sa merveilleuse petite enfance, celle qu'il cherchait souvent au fond de sa mémoire arriva comme par magie. Il sentit alors la main de sa mère dans la sienne. Il aurait tout donné pour retenir cette sensation et redevenir un petit garçon.

Clarisse avait raison : « Il y a du bonheur à faire des choses simples !».
Il s'attarda dans le silence et la fraîcheur de la nuit, savourant l'étrange sentiment d'être consolé et de se sentir un peu moins chancelant. L'énergie ferait son retour, il n'en doutait plus.

Pendant ce temps, Clarisse prépara les lits, fit chauffer de l'eau, régla les radiateurs à fond, posa deux tasses, du sucre, du miel, des gâteaux et des tisanes sur la table du salon. Pour allumer le feu, elle attendait le bûcheron qui tardait…

Comme à chaque fois qu'elle préparait une flambée, elle entendait Johnny et son père chanter : « Allumer le feu, Allumer le feu… ».
Que penseraient ses parents de cette cavale pour le moins rocambolesque et scabreuse ?
L'auraient-ils encouragée à poursuivre ou recommandé un peu plus de prudence et de sérieux ?
Sérieux, ce mot leur correspondait si peu !

Maximilien revenait, les bras chargés comme s'il cherchait à battre le record du monde « du mec qui rentre le plus de bûches à la maison ».
Clarisse souriait en y pensant. Il apprécia à sa juste valeur ce signe de reconnaissance. Le feu crépitait déjà dans la cheminée. Elle ferma la vitre de l'insert en douceur en lui proposant :

- Voulez-vous une tisane, un thé, un chocolat avant de dormir ?
- Pourquoi pas ? C'est gentil, merci Clarisse.
- Vanille, cannelle, fruits rouges…Choisissez !

- Je réalise vraiment que je vous impose une vie impossible. Je tiens à m'en excuser et surtout, j'aimerais vous remercier. Rien ne vous oblige à supporter un type comme moi. Je suis comme un boulet que vous traînez derrière vous, j'hésite, je sombre par moments, je suis si confus dans mes décisions.
- Confus ? Je ne trouve pas. Vous allez surtout dans une direction qui m'échappe totalement.
- Vous auriez fait appel à la police ?
- Oui, bien sûr, évidemment, tout de suite ! Ils ont des moyens que vous n'avez pas. Vous le savez au fond mais vous vous obstinez. Je ne suis ni convaincue, ni rassurée mais je respecte votre décision. Est-ce si important de retrouver vos ravisseurs par vous-même ? Quelle importance au fond ! L'essentiel n'est-il pas de les arrêter avant qu'ils ne quittent le pays pour vivre tranquillement avec votre argent après avoir saccagé votre vie ?
- Je vais tenter quelque chose demain mais si je dois m'avouer vaincu, nous rentrerons sur Bordeaux et je me rendrai au commissariat.
- Vous me dites tous les jours : « Demain, demain » mais savez-vous que demain ne vient jamais… Qu'il est toujours rattrapé par un autre demain ?
- Je vous le promets. Demain.
- Nous sommes déjà demain. Et si nous dormions plutôt ?
- Vous avez raison ! Une grande nuit de sommeil et des idées claires au réveil.

- Et en prime, quelques idées neuves !
- Pensez-vous que je manque d'imagination ?
- D'imagination ? Non, de clairvoyance peut-être ?
- Que cherchez-vous à me dire exactement ?
- Qu'à votre place, je procéderais par élimination ! S'agit-il de proches ou d'inconnus, d'une vengeance ou de jalousie, de Malfrats ou simplement, un gros coup de pas de bol que ce soit tombé sur vous ? Si j'étais vous, je remonterai le temps jusqu'au petit détail qui fait clic !
- Qui fait clic ? C'est à dire ?
- Ben oui ! Le clic, le mot, le regard, l'événement, le nom, le truc, le clic quoi !

Le clic : « Frontenac » sonnait comme le mot évident à l'origine de tout.
Il baissa les yeux pour ne pas lui avouer qu'il savait.
Depuis que la porte du coffre de la voiture s'était refermée sur lui dans un bruit sourd et une angoisse effroyable, il savait.

Le cauchemar revenait, toujours le même. Maxi se réveilla brusquement, se leva d'un bond comme pour échapper à un terrible danger. Il se retrouva debout devant son lit, perdu, hésitant entre l'envie de dormir encore un peu et la peur de replonger dans cette terrifiante angoisse. Il n'avait pas crié, n'avait donc pas réveillé Clarisse dans la chambre voisine. Il s'en réjouissait et enfila son pull avant de sortir en direction de la cuisine pour y prendre un verre d'eau. En traversant le salon, le feu presque éteint le rappela à l'ordre. Il y posa délicatement deux bûches, refermant en douceur la vitre de l'insert de la cheminée. Il regardait les flammes revenir et éclairer la pièce. Il vit alors de la lumière dans le bureau.

« Mademoiselle Tête en l'air » se disait-il en pensant à cette étourdie de Clarisse, certainement partie se coucher sans prendre le soin d'éteindre. Il chercha l'interrupteur lorsqu'il la vit, enroulée dans une couette bien trop grande pour ce petit canapé dans lequel elle n'était pas censée dormir. Dans sa main, un crayon et sur le sol, un cahier attendaient le réveil de l'écrivain partie sans crier gare.

Le sommeil semblait l'avoir emportée en pleine inspiration. Elle avait dû sombrer d'un coup.

Maxi s'approcha pour lui ôter le crayon de la main, la recouvrir correctement pour qu'elle ne prenne pas froid dans cette pièce plutôt fraîche. Il ramassa le cahier ouvert et le posa sur le bureau.
C'est en le refermant sur sa première page que le mot *Cancérologue* lui sauta aux yeux avec violence. *Cancérologue* insistait. Il se sentait piégé par ce mot qui lui arrivait en plein cœur. Comprendre, lire, découvrir… Debout, le cahier en main, il lisait malgré lui les mots de Clarisse.

Le 13 août

Cahier, mon très cher cahier,

Aujourd'hui, tu arrives dans ma vie. Je t'ai acheté avec un seul désir, celui de te confier mes petits chagrins. Quand j'écris « petits », c'est pour ne pas te décourager. Mais tu vas voir, il y a du boulot !
J'ai sans doute besoin de perdre ma peine entre les lignes et de mettre des mots sur cet invisible qui me rend à la fois, forte et fragile. Tu vas voir comme je suis forte, têtue, tenace et incroyablement optimiste. Tu vas voir aussi comme je suis perdue, fragile et complexe. Parfois, je fais simple. En ce moment, tout est compliqué et j'ai besoin de toi.

J'aimerais que tu te transformes en buvard et que tu accueilles mes confidences avec patience. Imbibe-toi de mon récit, éponge ma peine s'il te plaît !
Lorsque tout sera dit, il n'en restera rien. Les mots seront devenus transparents.

Je t'ai choisi parce que j'aime le rouge brillant de ta couverture et la douceur de ton papier quadrillé de petits carreaux. Je trouve très gracieuse cette marge tracée d'un fin trait rouge. Elle va me permettre de noter à l'écart du récit, tout ce qui me passera par l'esprit.
Je te demande pardon d'avance. Je ne suis pas toujours très appliquée, souvent pressée et surtout, je suis très en colère. Très !
D'ordinaire, je parle, je commente, j'explique, je négocie et je râle. J'ai des amis qui accepteraient volontiers de m'écouter... Mais je n'y arrive pas. Je les aime. Je cherche à les écarter de ce chemin dans lequel je me suis embourbée.

Je ne veux pas de ce rendez-vous avec la mort. Je n'ai pas peur d'elle mais j'aime trop bien la vie. Je pense à mes enfants. Je n'ai pas d'enfant... Pas encore !

« Le Gastro » qui s'occupe de moi, un mec plutôt réservé et professionnel, vient de m'annoncer que j'allais au-devant de douze cures de chimiothérapie. J'ai failli tomber du fauteuil... D'ailleurs quand j'y pense, je suis tombée du fauteuil. Douze cures ! Ce type est fou et moi anéantie.

Si j'en parle à Lucas, il va m'expliquer que je dois obéir aux médecins... Problème majeur : je déteste obéir !

Je vais deviner les larmes dans ses grands yeux clairs et Lucas ne doit pas pleurer. Je m'en voudrais de ternir son bonheur retrouvé.
Si j'en parle à Gaspard, il va poser sa main sur mon épaule avec sérieux et tendresse et me servir une thèse de deux heures trente sur les bienfaits et les progrès de la chimiothérapie... (Beurk).

Si j'en parle à Sophie... Je n'en parle pas à Sophie. Elle attend son bébé et n'a pas besoin de mes états d'âme de cancéreuse pour gâcher la fête et faire tâche sur le rose layette. C'est une fille, une victoire sur l'infertilité. Le bonheur absolu.
Si je n'en parle pas à Sophie, je ne dis rien à Gilles. Lui aussi, il attend l'enfant, avec cet air niais du père qui couve le trésor qu'il n'espérait plus. Il est trop mignon ce Gilles, un enfant qui va devenir père. Ambiance garantie dans la chambre du nourrisson...
C'est réglé. Motus ! L'enfant n'a pas besoin d'entendre de si vilains mots. Cancérologue – Chambre Implantable – Tumeur... Tu trouves ça joli ?

Non, t'as raison, c'est bien moche et d'une violence insensée ! Je ne connais pas le crétin qui l'a baptisée « Tumeur » mais son optimisme fait rêver.
Moi, j'aurai parlé de « Tuvis », histoire d'encourager un minimum. Tumeur, c'est dur, ça tombe comme un couperet, ça fiche la trouille.

Si j'en parle à Pierre, il va se précipiter sur son téléphone portable pour me trouver le meilleur des meilleurs des médecins, un ami de son père, qu'il connaît parce qu'au golf... Oh non ! Pitié...

Je ne veux pas le meilleur des meilleurs. Celui qui a fait une entrée fracassante dans ma vie (il était de garde ce soir-là) me va très bien. Calme, discret, désolé pour moi, attentif et clair. On ne rigole pas beaucoup dans son bureau. Disons que j'ai connu des moments plus festifs... Bon, il n'y a pas de quoi rire non plus !

Si j'en parle à Marion... Les chutes du Niagara seront de petits ruisseaux à côté des larmes qu'elle va déverser. Marion rit et pleure pour un rien. Elle va tenter de me réconforter avec sa légendaire maladresse.
J'imagine déjà les gaffes monumentales dont elle a le secret. Marion est la « Gaston Lagaffe » la plus merveilleuse qui soit. Je l'aime même si elle n'a aucun talent pour consoler. Chacun fait comme il peut.

Voilà, je t'ai présenté mes amis (es). Les autres sont des potes, des collègues, des relations, des connaissances... Sympas mais bon ! Ils sont en vacances, parlent de leur bronzage et n'ont pas très envie de s'encombrer de mes états d'âme de patiente en route vers de la chimio à la douzaine. Pour plomber l'ambiance d'un barbecue, je crois qu'il n'y a pas mieux !

Je vais me confier à toi. Je devine que tu n'as pas le sens aigu de la contestation. Tu vas appréhender l'avenir avec moi, jour après jour. Je te ferai le résumé de mes aventures et de mes expériences. Tu auras la primeur de mes commentaires toujours fort intéressants. J'ai toujours un avis sur tout... D'habitude !
Ce soir, étrangement, je suis d'avis d'aller dormir. La promesse des douze cures m'a laissé KO !

PS : Si quelqu'un se permet de lire ces lignes... Tu lui précises que je ne pardonne pas ce genre d'intrusion dans ma vie privée. Sous aucun prétexte. Il n'y aura aucune exception et la sentence sera sans appel.

À la hâte, comme pris en faute, Maximilien reposa le cahier sur le canapé, tout près de Clarisse. Prévenu de la sentence qu'il encourait, il se sentait encore plus mal à l'aise qu'au début de sa lecture.

Pourtant, malgré la mise en garde, il ne pouvait résister. Quelque chose l'entraînait malgré lui à poursuivre ces lignes si personnelles. Envie, besoin de savoir, de partager le secret de Clarisse qui dormait toujours paisiblement. La couverture rouge l'attira de nouveau. Il tendit tranquillement la main vers les lignes interdites et malgré sa honte, il partit à la découverte d'un récit bien singulier.

Hello Toi !

Je suis de retour. Je t'assure que j'ai un look d'enfer ! Sur mon décolleté, on m'a collé un super pansement ultra-collant et brillant. Je ne suis pas présentable... Du coup, à presque seize heures, alors qu'il fait un temps radieux, j'ai fermé la maison. Nous sommes seuls au monde toi et moi. Les autres bronzent et vivent à la lumière. Moi, je me cache dans l'obscurité et le silence. Bon, tu es là, valeureux témoin de mon parcours désastreux.

Le plus dur n'est pas encore commencé que je déteste déjà cette CIP. Chambre implantable prépectorale pour être plus claire. Tu vois un peu le programme !
Imagine une espèce d'aiguille, plantée directement dans la veine pour m'empoisonner plus vite, à petites doses de chimio... Pour me guérir !

Sauf qu'en vrai, moi, je ne suis pas malade. Ils se trompent certainement. Parfois, je me demande pourquoi j'accepte ce cirque, pourquoi je ne dis pas « NON » tout simplement. J'avance, je me laisse harponner, programmer, consulter...
Serais-je devenue docile ? La rebelle se serait-elle endormie ?
Je ne me reconnais pas, je me faufile dans un brouillard dense, je me laisse imposer la loi d'un traitement obligatoire dans le cadre d'une hypothétique prévention. Je frôle l'absurde en silence sans trouver de raisons valables de le faire, sans trouver les arguments pour échapper à ces soins dont je n'ai nul besoin.

« Le cul entre deux chaises », voilà qui n'est pas ma place habituelle. D'ordinaire, je sais toujours dans quelles bottes mettre mes pieds. Je sais, je tranche, je décide en accord avec moi-même, j'avance et je n'hésite pas.

Ces cellules malignes n'auront pas raison de mon entêtement à vouloir vivre. Je pense à mes enfants. Rien d'autre ne compte... Si pourtant : leur trouver un père !
Pour aujourd'hui, c'est fichu ! Qui voudrait d'une femme avec un pansement aussi tarte et aussi absurde ? Le ridicule ne tue pas... Je n'ai donc encore des chances de survivre et il en faudra plus pour m'achever !

Le récit se poursuivait entre sérieux et légèreté. Les jours défilaient, les mots de Clarisse aussi, partagés entre colère, humour noir et petites anecdotes. Maximilien souriait malgré lui devant cette multitude de sentiments qui donnaient à l'écrivain un caractère empli de fantaisie et d'inquiétudes entremêlées. Elle parlait à son cahier en toute simplicité, le prenait à témoin, lui offrait des récits très réalistes de ses états d'âme. Elle se racontait sans détour, se décrivait toute bousculée par un présent difficile.

Il arrêta un instant sa lecture pour la regarder dormir. Il mesura alors l'énergie et la volonté dont elle faisait preuve et se sentit envahi d'une profonde tendresse pour elle. Lui aussi, sortait d'un moment difficile et si leurs parcours n'avaient rien en commun, il comprenait bien ce sentiment d'enfermement dans lequel elle se débattait.

Choisir entre l'audace d'un refus et la sécurité d'une acceptation était devenu le cauchemar d'une Clarisse qui refusait la maladie de toute son âme et qui pourtant, acceptait des soins qu'elle jugeait inutiles.
« En prévention » revenait souvent. Elle devait accepter de croire à un danger potentiel de récidive, possible dans les années à venir mais qu'aucun médecin ne pouvait promettre.

Sans même y réfléchir, il venait de s'asseoir sur la chaise de bureau. Étrangement, il reprenait sa lecture avec moins de scrupules, se laissant aller à la découverte de ce qu'elle nommait, écrit en grandes lettres rouges joliment dessinées : *Consultation d'Annonce*

Le 23 août

Je suis restée cinq longues minutes devant la porte sans pouvoir me résoudre à appuyer sur la sonnette.
Une patiente plus téméraire ou plus déterminée que moi s'en est chargée. La porte s'est ouverte. J'ai trouvé que cela faisait désordre de répartir sans dire « Bonjour ».

Elle s'appelle Sabrina. Elle se présente avec une simplicité touchante. Elle m'explique qu'elle commence dans ce service, qu'elle va réaliser sa première consultation d'annonce et qu'elle souhaite vraiment pouvoir m'aider au mieux.
Je la rassure d'un : «C'est ma première séance de chimio. Nous sommes donc au même point toutes les deux ».

Sans doute que mon sourire la surprend... Je vois ses yeux bleus briller tout à coup. Elle s'efforce donc de lire, de suivre avec rigueur sa longue liste de questions-réponses notées et préparées pour ce premier rendez-vous.

Il ne doit pas être simple de programmer douze cures de poison, à une fille qui a presque son âge et qui arrive toutes griffes dehors. Mon refus est palpable, ma révolte gronde comme un orage lointain. Je dois ressembler à une cocotte-minute sur le point d'exploser. Sabrina est douce et avance en tranquillité vers les consignes imposées.
Les interdictions d'usage arrivent telles des recommandations gentiment distillées. Pas de soleil sous peine de voir la peau brûler puis craqueler de façon irréversible. Un mois d'août fabuleux annonce une fin d'été merveilleuse... Et me voilà recouverte d'écran total sous un parasol avec en prime, un chapeau à large bord.

Sabrina devine que je ne suis pas du genre à obéir aussi simplement... Elle insiste, explique à nouveau, me fait promettre que je l'entends et que je respecterai ses consignes à la lettre. Je promets avec un large sourire...
Elle aussi me sourit. Le contact entre nous est bien réel, elle poursuit. Je n'écoute plus. J'ai l'art de m'absenter en douceur. En classe déjà, je promenais mon regard sur le prof et le tableau, je voyageais si loin que parfois, il fallait une sonnerie braillarde pour me sortir de mes rêves.
Je suis devenue une professionnelle de l'absence qui donne l'illusion de sa présence.

L'installation de l'aiguille qui va diffuser, me ramène à la réalité. Je me raidis de tout mon corps sans le vouloir, je refuse en bloc l'arrivée du produit et je me retranche derrière un silence qui pèse deux tonnes. Sabrina ne sait plus si elle doit rester à mes côtés ou sortir de cette petite pièce. Elle opte pour la deuxième solution. Je plonge alors dans un sommeil qui ressemble étrangement à une fuite en avant. Courage Fuyons !

Je me suis réveillée péniblement. Je suis invitée à quitter la petite pièce de consultation et à rejoindre le groupe. Le groupe de quoi ? Question idiote je te jure !
Le groupe de cancéreux est déjà installé dans la grande salle de perfusions à « toutes heures ».
Il faut choisir entre le fauteuil rose ou le fauteuil vert, alignés sur deux rangs se faisant face. Je découvre le service d'oncologie ambulatoire. Le choc est rude. Je suis habituée à la maladie, je la côtoie, je la soigne, je la connais, je la supporte, je la soulage souvent et la regarde s'éloigner avec satisfaction.

Le choc est rude quand même !

Les perruques sont nombreuses, parfois de travers, des patients pâlichons et amaigris me regardent comme une extraterrestre qui débarque de Mars, bronzée par un soleil dont j'ai abusé largement, les cheveux en bataille et l'air d'être de passage parmi eux. Je suis comme une énorme erreur dans ce monde. Je dois leur sembler trop colorée, trop insouciante, trop insolente et je me sens totalement égarée... Pour ne pas dire rejetée.

Je refuse d'entrer dans leur camp, de partager leur insoutenable tristesse. Ils le devinent et m'en veulent. Je ne suis pas des leurs.
Dehors ! Moi, je suis d'accord, j'aimerais sortir mais accrochée à la machine à roulettes qui diffuse, voilà qui va être compliqué. Je reste donc, comme perdue dans un univers parallèle et étrange.

Je me sens perdue dans cette salle qui m'accueille avec l'indifférence des uns, la surprise des autres et le malaise évident des derniers. Je lis dans leurs regards fatigués que tout ce qui va suivre ne sera pas un enchantement. Personne ne dit un mot. Je m'installe dans un fauteuil vert pomme... Et vite, je retourne sur Mars !

Beaucoup de patients sont déjà repartis. Je n'ai pas pris le temps de les saluer. Je n'ai pas cherché à les ignorer, disons pour simplifier, que j'ai trouvé refuge ailleurs.

Je suis rentrée chez moi accrochée à un mini-boîtier diffuseur. Pendant quarante-huit heures, cette charmante machine va poursuivre ses attaques et anéantir les cellules

dangereuses qui auraient eu la bonne idée de se répandre en moi, « à l'insu de mon plein gré !».
Pas facile à camoufler, crachant à intervalles réguliers un petit « Pschitt » exaspérant, je vais devoir trouver des ruses de Sioux pour la faire passer inaperçue.
Sabrina m'a bien proposé de l'apprivoiser... Mon refus ne s'est pas fait attendre ! Absolu et direct, je déteste cet engin de malheur. Je ne l'adopterai pas.

Interrompu par Clarisse qui parlait dans son sommeil en se retournant vers lui brusquement, Maximilien s'empressa de reposer le cahier. Il fut tout à coup envahi par la panique, s'aidant des roulettes de la chaise pour se déplacer en silence et disparaître de son champ de vision. Il resta ainsi longtemps, la tête baissée, se récitant les mots qu'il venait de lui voler à la faveur d'une nuit calme. Il n'en revenait pas, découvrait ce qu'elle venait de vivre et laissait l'émotion le gagner. La culpabilité se faisait oppressante. Comment pouvait-il lire le journal de celle qui l'aidait depuis plusieurs jours ? Il trahissait sa confiance, découvrait ses secrets, lui manquait de respect tout simplement.

Il se promit de ne pas poursuivre ce récit qui ne lui appartenait pas, de rejoindre immédiatement son lit et de taire sa curiosité. Honteux, il se leva doucement, regarda la jeune femme endormie, lui demanda pardon mais reprit la lecture d'un dernier passage.
Il lisait les toutes dernières pages, celles qu'elle venait d'écrire, ressentant au fond de lui l'intolérable besoin de savoir ce qu'elle vivait ces derniers jours à ses côtés.

Parlait-elle un peu de lui à son confident ? Si oui, que lui disait-elle ?

Le 13 février

Ce matin, je suis d'une humeur de chien. Chien hargneux évidemment ! J'y retourne avec la peur au ventre. J'ai négocié une réduction de peine et c'est demain que la décision tombe. Dix ou douze cures ?
Dix, Dix, Dix... Pas une de plus !

Je suis de retour. Rien de bien spécial mon cher... La routine ! Quatre heures à occuper. J'ai terminé mon livre et je suis passée aux magazines. J'ai fait la connaissance du kidnappé que Lucas cherche partout depuis deux semaines.

Posé sur la table, il me regarde droit dans les yeux. J'ai l'impression qu'il cherche à m'encourager. Je l'ai déjà vu chez Madame Violette. Elle m'a raconté son histoire et attend sa libération avec beaucoup d'espoir. L'occasion pour moi de vérifier que Madame Violette est digne de confiance dans ses récits.

Pour ne pas revenir dans ce monde silencieux qui diffuse du « miracle de vie » aux tumeurs en tout genre, je m'applique, je me noie dans l'histoire de Monsieur van Hoff. Je m'invite dans son enfance de petit héritier très gâté, je vais étudier à Harvard à ses côtés, je découvre la grandeur de son empire textile, je m'offre des virées sur son yacht magnifique. Pendant que j'y suis, je m'incruste à son mariage. Sa femme est trop belle, mais vraiment trop belle ! La robe, la bague, les boucles d'oreilles... Tout est trop beau !

Je me suis laissée happée par ce récit pour échapper à la misère ambiante. Le bruit de la machine à laquelle je suis reliée depuis quatre heures m'a sortie du conte de fées un peu brutalement. Comme je dois revenir demain en deuxième séance, je prends rendez-vous avec lui. Quelque chose me dit qu'il va m'attendre patiemment sur la table où je le pose avec délicatesse.
Tout à coup, j'ai de la peine de le savoir enfermé quelque part, malmené sans doute, égaré lui aussi. Vivant ?
Je n'ai pas pu résister. J'ai fait un pari avec lui. S'il sort vivant de ce kidnapping, je sors indemne de mon séjour en oncologie. Y a pas de raison ! Marché conclu.
Il me sourit tranquillement. Enfin, j'imagine !
J'ai toujours aimé les défis tordus. Cette fois, je suis servie.
Tu me connais... La chimio ne change rien à l'affaire... « Quand on est con, on est... »
Lucas arrive. Je te dis à demain.

Le 14 février

Aujourd'hui, une bonne nouvelle et un scoop !
La bonne nouvelle : Le cancérologue a cédé devant les résultats, brillants comme tu peux l'imaginer... Je m'étais pourtant préparée au combat et à la déception.
Non, je suis libre dans quelques heures ! Mes négociations sont acceptées. Yes !

Dix, Dix, Dix pas une de plus.

Merci Cahier pour ton aide précieuse, ton soutien sans faille, ton écoute attentive et ta disponibilité. Pardon pour les heures tardives, les nuits entrecoupées, les phrases assassines ou les moments de découragement. Ce soir, bizarrement, j'ai très envie de passer à autre chose... Voilà qui va te réjouir certainement !

Le scoop : Une arrivée un peu particulière dans mon jardin et dans ma vie. Monsieur van Hoff, Maximilien de son prénom, vient de débarquer à la maison... Dans un très piteux état.

Je lui ai lancé un défi hier, il a dû m'entendre. Une histoire de fou, un truc incroyable qui tombe sur moi bien entendu !
J'ai bien tenté de le convaincre de rejoindre l'hôpital en urgence... Puis par lâcheté ou par compassion, voilà qui reste à déterminer, j'ai cédé à son étrange demande. Il est du genre têtu et on va bien s'entendre, je crois. Deux têtes de mules dans une même maison... Ambiance garantie !

En ce moment, il dort dans mon lit. Je sais, d'habitude c'est la dernière chose que je prête...
J'ai eu pitié de lui. Des dingues l'ont vraiment malmené pour obtenir une rançon. D'après les infos, l'argent a été versé (deux millions d'euros) mais le kidnappé n'est pas encore libéré et reste introuvable. Forcément, il dort chez moi !
Quand Lucas va l'apprendre, je sens bien que ça va barder pour mon matricule ! Je te raconterai la scène qui promet d'être grandiose, que tu te marres un peu. Cette

fois, nous allons passer au stade supérieur. Je sais déjà que cette plaisanterie ne va pas être du goût de mon flic préféré. J'abuse c'est vrai, mais entre nous, je dois bien t'avouer que je suis ravie de cohabiter avec Maximilien van Hoff.
Quelques heures depuis notre rencontre et le voilà déjà précieux pour moi. J'aime son sourire triste et ses manières courtoises et polies, pas précieuses... J'ai dit polies ! Malgré ses blessures, que je soigne avec une émotion toute nouvelle que je ne cherche pas à analyser (pour le moment), je le trouve beau et touchant.

Ce qui m'inquiète vraiment, ressemble à une voiture étrange conduite par un drôle de type. Quand je dis « drôle » c'est pour me rassurer un peu. Pour te le décrire au plus près, je dirai « la méchanceté incarnée ! ». Ce mec me fait froid dans le dos malgré le chauffage. Je n'aime pas cette sensation angoissante qui s'obstine. Je me sens surveillée par ce drôle de colosse qui remonte ou descend doucement ma rue dans un bolide trop silencieux à mon goût. Pire, parfois il s'arrête.

Bon, je me suis encore fichue dans une situation super géniale mais je ne pouvais pas laisser Maximilien dans mon jardin. Le pauvre, tout bleu, tout cabossé et terrorisé par des méchants qui rôdent. Je n'aime pas l'idée qu'on lui fasse du mal. Je le trouve si touchant mon passager clandestin.

Le15 février

J'ai pensé souvent à toi aujourd'hui. Il faut que je te raconte mon tout dernier passage en oncologie. Tous les fauteuils étaient déjà occupés. Je me suis assise aux côtés d'une petite dame âgée qui tricotait. Tu sais ce qu'elle m'a dit ? : « La brassière sera terminée, mais je ne suis pas certaine d'être encore là pour voir la petite !».

C'est parti tout seul, j'ai riposté : « Mais non ! Qu'elle drôle d'idée ? Bien sûr que vous serez encore là ! Nous serons tous encore là !».

Mais rien ! Aucune réaction comme je l'espérais.
Bien sûr, je n'espérais pas une salve d'applaudissements ou une ovation ! Tout simplement qu'ils me montrent que ce pronostic de guérison pour tous, les réconfortait un peu.
Non, pas même un mouvement de colère contre la maladie ou une forme d'espoir collectif pour encourager la guérison. Rien, seulement de tristes sourires ou des grimaces de vaincus sur des visages amaigris et fatigués, des regards embués qui se détournent. J'ai vraiment fait des efforts pour ne pas les virer de leurs fauteuils pour les bouger un peu, tous ces mous qui se complaisent dans le chagrin. Je suis cancéreux donc je ne souris plus parce que je vais mourir bientôt !
Coup de bol, je ne me suis pas laissée atteindre par cet étrange phénomène !
Bon, je sais. Chacun fait comme il peut !

Je suis comme Goethe : « J'aime celui qui rêve l'impossible surtout quand c'est possible !».
On ne va quand même pas se « chimiothéraper » pour rien ?
Je dois te dire que je ne suis pas mécontente de ne plus y remettre les pieds. On passe à autre chose…

Mon invité surprise va beaucoup mieux. Il reprend forme humaine et les bleus-bosses ne vont pas s'éterniser. Il est si drôle ce Maximilien. Je le sens partagé entre le simple et le complexe, le prétentieux bien élevé en surface et le mec gentil sous le vernis qui ne demande qu'à craquer. Il ne tente pas de se mettre à ma portée, de rejoindre mon univers. Il est du même monde que moi, même s'il navigue dans d'autres sphères.
Je suis certaine que tu n'y comprends rien… Rien n'est grave, moi je savoure cette rencontre inattendue.

1er) Il est fou amoureux de sa femme mais il ne lui téléphone pas pour la rassurer, pour prendre de ses nouvelles. L'idée de la retrouver, de la rejoindre au plus vite ne semble pas l'effleurer. Quelque chose m'échappe. T'es d'accord avec moi ? Il y a un truc !

2) Il s'obstine à faire sa petite enquête perso, refuse de téléphoner aux flics et glande toute la journée. Pas un coup de téléphone, pas une sortie… Étrange !

Remarque, sa longue sieste m'arrangeait bien. J'ai pu faire ma dernière cure de chimio. Je n'écrirais plus jamais ce mot barbare que je déteste.
J'oublie, tu oublies, on oublie.

Les autres, les nous, les vous et les ils, n'en savent toujours rien, sauf Lucas, qui sait toujours tout... Pas flic pour rien, le grand balèze, qui devient blême s'il entraperçoit une seringue ou transparent à l'idée de faire une prise de sang. Voilà un paradoxe qui m'a toujours étonnée : Il peut approcher d'une scène de crime sordide et sanguinolente sans faiblir mais ne peut pas entendre le mot chimio.
Il devient fou à l'idée de me savoir en cure à la clinique. Il a sans doute peur que je meure et que je l'abandonne.

Je te jure « Cahier », que je me donne du mal pour qu'il oublie ce passage scabreux de ma vie. J'en rajoute pour rendre tout cela plus léger... Rien n'y fait !
Il a peur le flic, il est terrorisé à l'idée de me perdre, il craint mon absence définitive. Il sait que sa vie sans moi serait pire qu'avec une « casse-pieds de mon genre !».
Pourtant, j'ai bien l'intention de l'accompagner encore un peu. Demain, s'il a cinq minutes à m'accorder, je lui raconterai le Happy End de cette lamentable Story ! Il va pouvoir souffler et se concentrer sérieusement sur les recherches de Monsieur van Hoff.

Oui, je suis assez d'accord avec toi « Cahier ».
J'exagère, je suis infernale, pas gentille, très méchante même, limite infecte de cacher dans mon lit, celui que Lucas et sa bande espèrent tant retrouver.
Mais Maximilien ne veut toujours rien dire...
Pour une fois, je la boucle et je donne dans la discrétion !
Je dois te dire qu'en vérité, mes intentions sont peu avouables...J'aime trop sa tendre compagnie.

Vendredi 17 février

Hier, journée étonnante…
La rencontre de Jean-Marcel, Chauffeur au service de Monsieur et de Joséphine, sa femme de ménage depuis des années. Moment intense comme je les aime. Imagine un peu : Un grand type brun, genre joueur de Rugby, avec un accent du sud-ouest, un pansement sur la tête, des mains en forme de battoir, un sourire à faire pâlir Georges Clooney, une façon précieuse de parler surtout quand il dit « Monsieur » et une incroyable galanterie qui n'existe plus. Bref, lui, c'est un personnage !

Elle, Joséphine, petite, menue, blondinette, des yeux noisette qui ne donnent que dans la douceur, spontanée et généreuse. Une perle de tendresse qui dit « Monsieur » avec tant d'amour que tu penses qu'elle en est raide amoureuse. Sauf que pas du tout ! Elle est éperdument attachée à Maximilien, qui le lui rend bien.

Ma virée au centre-ville m'a réconciliée avec le genre humain. Il y a encore de l'amour dans cette vie et sur cette terre. En prime, le patronat peut donner aussi dans le sincère et l'amitié. Touchant le trio « d'enfer ».

À son retour, nous avons picolé du vin blanc… Idéal pour libérer le stress et consoler les états d'âme. Il est rentré tout perturbé et en grand professionnel des émotions retenues, voire guindées, il s'est bien gardé de me le dire. Il pense sincèrement que je n'ai rien vu, rien compris…

Sauf que sa peine pesait des kilos et se diffusait dans tout le salon. J'aurais pu éteindre le chauffage, sa douleur aurait suffi à nous tenir chaud.
Un mec quoi ! Ne pas dire, ne pas montrer...

Je devine que les nouvelles de chez lui ne sont pas celles qu'il espérait. Comme il ne voulait pas parler de lui, j'ai parlé de moi.
La soirée « confidences pour confidences » s'est un peu accélérée lorsque j'ai vu le « Bouledogue » posté dans ma rue. Pour plus de sécurité, nous avons filé à l'anglaise et nous voici installés tous les deux au Vieux-Boucau. Je sais que cette décision n'est pas très...

Maximilien s'attarda une fois encore : « *Sauf que sa peine pesait des kilos !* » puis referma tranquillement le cahier en se promettant de ne plus jamais recommencer.
Dès son réveil, il en parlerait avec elle, lui avouerait sa tentation, sa lecture, sa surprise aussi. Elle comprendrait certainement et lui pardonnerait cette intrusion dans sa vie.

Pourtant, dans la seconde qui suivit, il se persuada du contraire.
Une vive inquiétude le prévenait d'un danger imminent. Il quitta le bureau, laissant la lumière allumée et s'en retourna tristement vers sa chambre.

Silencieux, empreint d'une émotion toute nouvelle, il se rappelait un passage précisément : « *Quelques heures depuis notre rencontre et le voilà déjà précieux pour moi. J'aime son sourire triste et ses manières polies, pas précieuses... J'ai dit polies !* ».

« Précieux pour moi » l'accompagna en douceur jusqu'à son lit. Si le sommeil ne voulait pas de lui, les questions et le récit de Clarisse lui tiendraient compagnie jusqu'au petit matin.

Il en fut autrement et le réveil indiquait déjà neuf heures, lorsqu'il ouvrit les yeux. Il se leva et prépara le petit-déjeuner tout en se remémorant les mots trouvés pour justifier son comportement de curieux qui s'était introduit dans la vie privée de son hôte. En se rongeant les ongles devant son café, il changeait un mot, déplaçait une phrase, imaginait sa réaction et s'excusait déjà avec un air penaud. Il revenait malgré lui au fauteuil vert pomme et cherchait à comprendre comment elle pouvait si bien cacher ce parcours difficile. D'où lui venait cette force de vie ?

Elle débarquait déjà, à peine réveillée, dans un pantalon de pyjama qui cachait des vieux chaussons usés et perdue dans un pull deux fois trop grand pour elle.

- Bonjour vous ! Vous avez bien dormi ?
- Oui et vous Clarisse ?
- Parfait ! Un peu court mais je vais m'offrir une petite sieste cet après-midi, histoire de récupérer un peu.
- Clarisse, je voulais vous dire…

Le silence s'imposa à lui, prenant toute la place du gagnant sur le dégonflé qui n'osait plus avouer son comportement lamentable de la veille à celle qui se préparait une énorme tartine de pain grillé.

- Oui, je sais. J'ai compris. Vous regrettez d'être venu ici, d'avoir quitté Bordeaux ? Vous préférez rentrer ?
- Non souffla-t-il, soulagé de passer à autre chose. Il lui parlerait plus tard.
- Bon, tant mieux, moi j'adore être ici. Pour votre enquête par contre, je suis consciente qu'il n'y a pas que des avantages. Vous avancez un peu ?
- Pas vraiment !
- Je viens d'écouter les infos à la radio. Ils s'inquiètent de ne pas vous retrouver. Vous êtes mort pour eux, pour votre femme et votre ami…
- Qu'ils se taisent plutôt ces deux-là !

Sans prévenir, le dégonflé sortait de ses gonds sous le regard effaré de Clarisse qui croquait dans sa tartine. Le ton était à l'opposé de celui qu'elle lui connaissait, toujours si posé. « Ces deux-là » empli de mépris et de hargne ne trompait pas la spectatrice éberluée.

- Excusez-moi, je n'aurais pas dû vous parler des infos, mais c'est un vrai problème s'ils vous croient mort… Vous imaginez l'angoisse pour votre épouse ?
- En admettant qu'ils le croient !
- Pardon ? Vous pensez qu'ils savent tous les deux que vous vous êtes échappé ?

Pour ne pas lui répondre, il quitta la table brusquement, laissant Clarisse à sa tartine et à sa question restée en suspens. Elle l'entendit ouvrir la porte donnant sur le jardin.
« De l'air, j'ai besoin d'air » semblait hurler la sortie énergique, voire désespérée de Maximilien van Hoff.

Elle se refaisait le dialogue à l'envers. Qu'avait-elle dit de si terrible ? Pourquoi cette réaction si soudaine, et surtout si brutale ?
Si « votre femme et votre ami » le mettaient dans un tel état, elle supposait que son enquête avançait un peu. La direction que les événements prenaient inspirait à Clarisse un : « Non, ce n'est pas possible une histoire aussi glauque ! ».
Bizarrement, elle revoyait le regard étrange de la jeune mariée et les chaussures du témoin. Décidément, le malaise subsistait. Depuis le début, un truc clochait.

Quand il revint les bras chargés de bois, il croisa le regard étonné de Clarisse et s'en alla vers la cheminée. Elle prit alors la direction de la salle de bains, ressentant le besoin impérieux d'une douche qui réveille et qui nettoie. L'idée qui venait de lui traverser l'esprit lui donnait la sensation d'être sale. Une femme ne pouvait pas trahir son mari au point d'être la complice de son kidnapping. Cette histoire ne tenait pas la route. Il fallait trouver très vite un autre scénario…
Bon, il y avait les godasses de l'autre « belle gueule » de témoin. Celui-là, à dix pas elle s'en serait méfiée. Un peu mince aussi pour l'accuser d'être un ravisseur…
Le crâne rasé revenait. Mais qui était vraiment ce type ?

Elle allait téléphoner à Lucas. Lui, il pourrait retrouver le pilote au regard de braise qui déambulait dans son quartier au volant d'une voiture de « gros naze » avec un scorpion rouge sur la portière. Il ne fallait vraiment pas être finaud et pour se faire repérer, difficile de trouver mieux…
Mais d'abord, elle rêvait d'un bain avec de la mousse, histoire de se détendre avant de persuader Maximilien d'accepter l'aide d'un flic. Attention : Pas n'importe quel flic !

Alors qu'elle voulait verser des sels dans la baignoire, elle vit briller une alliance sur le bouchon de liège du bocal en verre. Un anneau en or blanc qu'elle reconnaissait. Un travail ciselé dans une finesse incroyable donnait au bijou une élégance toute masculine.
Pourquoi Maximilien n'avait pas jugé utile de la remettre à son doigt ? Il avait certainement oublié !
Elle la posa avec délicatesse sur le lavabo et l'entendit dire à nouveau : « Ces deux-là ».
Elle regarda l'alliance avec un triste sourire, se disant qu'il l'avait retirée dans un geste de colère et abandonnée là, désireux de penser à autre chose.
« Il doit être difficile de se défaire d'un tel bijou… ». Pretty Woman faisait son retour. Elle connaissait le scénario par cœur. Un cœur qui se serra en imaginant la peine qu'il devait ressentir.

En se plongeant dans l'eau trop chaude, elle devinait que rien n'était gagné.
Elle aimait bien les « têtes de mules » et pour le coup, elle était servie et plutôt bien accompagnée. Elle retarda volontairement le moment de rejoindre au salon

« Monsieur Ronchon » où elle l'imaginait très bien, poursuivant sa drôle d'enquête façon : « Je boude ».
Il fallait bien avouer qu'avec aussi peu d'éléments, aucune preuve, coupé du monde extérieur et au bord de la crise de nerfs, lorsqu'elle prononçait les noms d'Irina et de Victor, Monsieur Maximum n'était pas au meilleur de sa forme !

Elle alla d'un pas alerte à sa rencontre dans l'espoir de le sortir de sa torpeur et du fauteuil par la même occasion. Elle lui proposa :

- Je vais faire des courses au village. Vous m'accompagnez ? J'y vais à vélo, ça vous tente une petite virée ?

Il la regarda longuement avant de lui répondre par un triste sourire qui disait : « Non, merci mais je n'ai pas très envie de bouger ».

- Que voulez-vous manger à midi ?
- Ce qui vous plaira, faites comme bon vous semble !
- Sympa ! Voilà qui m'aide ! J'improvise alors ?
- Pensez à vous, je n'ai pas très faim en ce moment.
- Il va falloir penser à reprendre quelques kilos, vous êtes maigre comme un clou et vous perdez votre pantalon.
- Ce n'est pas mon pantalon.
- Pas faux ! On va investir à votre taille.
- Ce n'est pas si important.
- Tchao ! Je fais vite. Ôtez vos bandes pendant mon absence, je regarderai les progrès en rentrant.
- Oui, je vais le faire.

Par la grande baie vitrée, il la regarda partir sur son vélo, dans une attitude décidée comme toujours. La tentation de

profiter de son absence pour reprendre son récit revenait. Pour y échapper et tenir la promesse faite quelques heures plut tôt, il se leva d'un bon, furieux contre lui-même et contre tous ces traîtres qui l'avaient malmené. Il se sentait brisé, incapable de rebondir, anéanti par trop de peurs et perdu dans des recherches qui n'aboutissaient qu'à l'innommable.
Clarisse lui manquait déjà, tellement !
Là, maintenant, il avait terriblement besoin de sa présence. Sans réfléchir, il enfila le blouson, ferma la porte à clé, s'engouffra dans le cabanon en retenant son pantalon qui glissait et prit un vélo.
Elle n'avait pas pris beaucoup d'avance. Elle parlait avec un voisin qui promenait son chien sur la petite allée bordée de grands pins. La main sur la poignée du portail, il se rappela soudain qu'il était activement recherché et tout à fait reconnaissable. Il rangea le vélo et rentra désespéré à la maison.

Une heure plus tard, elle rentra en sifflant, le panier débordant de sacs remplis de victuailles. La baguette fraîche avait assez mal supporté le voyage. Clarisse s'en amusait en retrouvant son colocataire. Pour apaiser l'atmosphère, elle lui raconta dans les moindres détails son périple matinal, son plaisir à retrouver son village, les commerçants et lui annonça le menu prévu.

- Vous auriez dû m'accompagner ! Un grand bol d'air vous aurait fait le plus grand bien !
- Savez-vous que je suis toujours recherché en ce moment même ?
- Oh ! Je l'ai juste un peu oublié. Pardon !

Elle avait saisi les pieds du récalcitrant boudeur et jugea une nette amélioration avec satisfaction. Les peaux rejointes ne suintaient plus, les cicatrices paraissaient propres en surface. Le temps, la patience et quelques précautions feraient le reste. Elle alla chercher la trousse pour renouveler les soins lorsqu'il lui annonça :

- J'ai réalisé mes soins en votre absence. Tout va bien.
- Vous portez votre montre ? N'est ce pas trop tôt ?
- Elle me manquait.
- Un cadeau ?
- Oui, un cadeau.
- Bon, mais elle ne doit pas toucher votre plaie. Ce n'est pas encore totalement guéri. Peut mieux faire !

Elle vérifia discrètement. S'il portait sa montre, son alliance n'avait pas retrouvé sa place à son doigt.
Il lui adressa son premier sourire depuis le matin. Ravie, elle s'en retourna à la cuisine pour mijoter le risotto promis. Il s'empressa de la rejoindre et proposa ses services. Sur vingt, son niveau en cuisine stagnait aux environs de deux. Il était capable de trouver la passoire et de remplir une casserole d'eau…
Pour le reste, il la laissa faire.

Il la suivait du regard, intrigué par cette énergie et cette capacité à faire plusieurs choses en même temps. D'une main, elle tournait une sauce, de l'autre, elle attrapait un plat, d'un pied, elle ramenait un torchon posé sur la chaise, le tout en jacassant bien sûr.
Il la soupçonnait d'être capable de réfléchir dans le même temps.

Jamais encore, il n'avait rien partagé de tel avec une femme. Joséphine se chargeait de tout. Son épouse ne participait pas, n'entrait que rarement dans la cuisine.
Ses autres compagnes, conquêtes corrigea-t-il immédiatement, n'avaient pas partagé autre chose que son lit et la salle de bains, dans laquelle elles restaient des heures !
Comme il souriait en y repensant, Clarisse l'invita à mettre la table dans la salle à manger. Son sourire fut accueilli comme une acceptation immédiate et heureuse de se rendre utile.
Dresser une table, il savait faire. Il aurait dix sur dix .

Vélo à la main, ils montèrent la longue côte qui menait à l'océan. Elle, comme un joyeux cabri, lui, un ours qui se traîne sans un mot, pas très fier de son comportement et perdu dans ses sombres pensées. Depuis le petit-déjeuner, il cherchait à lui parler de sa déplorable attitude. Il n'y parvenait pas, sentait au plus profond de lui que cette révélation serait en quelque sorte, le point final d'une complicité très agréable à partager.

Ils étaient semblables. Bien vivants après avoir flirté avec la mort, comme avec une dangereuse courtisane. Ils l'avaient regardée droit dans les yeux avec un air effronté et l'assurance qu'elle ne les emmènerait pas. En réalité, ils menaient le même combat. Elle dans l'énergie et le mouvement, lui, replié sur la peur et terrorisé à l'idée d'apprendre une vérité qui se dessinait de jour en jour. L'orgueil aussi l'asphyxiait et le faisait suffoquer. Comment avait-il pu être si naïf ?

Il se sentait dépossédé de tout. De sa liberté, de son entreprise, de son grand amour et cet avenir dont il rêvait. Il ne lui restait plus rien.
Si pourtant ! La compagnie de Clarisse qui le bousculait sans ménagement dans ses petits codes étriqués. Elle le surprenait, se permettait des fantaisies dignes d'une petite fille qu'elle n'était plus. Dans la seconde qui suivait, elle prenait des décisions importantes et courageuses. Pourtant, parfois, il voyait apparaître une ombre dans son regard et il n'aimait pas ce reflet triste qui ne s'attardait jamais bien longtemps. Un sourire venait toujours l'effacer avec bonheur.

Elle courait vers la plage, saluait l'océan comme un ami qu'elle n'avait pas vu depuis trop longtemps. Elle ressentait un réel bonheur qu'elle cherchait à partager avec lui. Il se laissa entraîner par cette joie qui s'exprimait librement. Elle le prit par le bras, se serra contre lui de façon amicale et l'invita à marcher sur le sable mouillé pour ne pas fatiguer ses chevilles « en cours de réparation ».
Cette expression bien à elle revenait souvent et malgré sa légèreté apparente, elle soignait trois fois par jour ses blessures avec application et une parfaite maîtrise. Les plaies cicatrisaient chaque jour un peu mieux et la disparition de toutes ces traces lui rendait son beau visage et un corps moins douloureux.

Pourtant, si l'enfer s'éloignait, le film de sa captivité se déroulait sans fin dans son esprit. Le jour, ses questions trouvaient des réponses effrayantes et la nuit ses cauchemars réveillaient Clarisse en sursaut. Parfois, elle arrivait avec une tisane sucrée au miel ou un chocolat, une douceur pour gommer la peur. Elle s'installait sur le bord de son lit, l'accompagnait un moment sa tasse à la main, bavardait avec lui puis s'en retournait dormir. Elle laissait toujours derrière elle, sans le savoir, le doux sentiment du calme retrouvé. Il se rendormait et lorsque le matin revenait, ni l'un, ni l'autre n'abordait le sujet de ses peurs nocturnes.

Il s'en voulait de ne pas trouver les mots pour la remercier de son aide si précieuse. Il aimait sa présence rassurante et s'étonnait toujours qu'elle sache trouver les mots qui calmaient ses tourments. Il appréciait sa discrétion, cette façon de ne jamais faire allusion à la terreur qui agitait son sommeil. Elle saupoudrait toutes leurs conversations d'un humour ravageur et émaillait ainsi leurs dialogues parfois savoureux de rires et d'expressions personnelles qui ne manquaient pas de charme.

Il ne s'en doutait pas, mais Clarisse supportait mal le récit de ces jours de séquestration et la violence qui s'y rattachait. Égoïstement, elle lui laissait ses cauchemars pour ne pas avoir à les vivre. La captivité racontée dans les premières heures l'avait profondément perturbée. Elle faisait tout pour ne pas l'inciter à revenir sur les détails sordides de ce drame, préférant des conversations décousues, sur leurs enfances respectives, leur travail, leurs amis ou leurs loisirs. Depuis la lecture du reportage photos, Irina ne faisait jamais partie des sujets abordés. Elle respectait… Non, elle s'en étonnait.
Bref, sans se l'avouer vraiment, elle appréciait sans comprendre ce petit mystère aux allures de mirage !

La longue marche sur la plage prit fin sur le haut de la dune où ils restèrent silencieux, perdus dans leurs pensées, assis à contempler la mer.
La fin d'après-midi apportait du large un vent d'ouest et de gros nuages menaçants.
Clarisse proposa un retour par la ville et de faire quelques courses pour le dîner. Maximilien accepta en s'excusant une fois encore :

- Je suis désolé de ne pouvoir participer financièrement, mais il va de soi, que je vous rembourserai au centuple.
- Laissez tomber ce genre d'ânerie ! En général, mon taux de crédit n'est pas de cent. D'abord, vous n'avez plus d'argent. Ils sont partis avec votre rançon. Vous étiez riche quand même !
- Ils seront retrouvés ! Je n'en doute pas un seul instant. Effectivement, me voici quelque peu délesté.
- Délesté ! Allez, avouez ! Il doit bien vous rester un petit magot planqué aux îles Caméléon ?
- Les îles Caïmans voulez-vous dire ?
- Ouais, c'est vrai ! Même pas un petit compte sans surveillance dans une banque suisse ou ailleurs ? Ok ! Chacun garde ses secrets.
- Clarisse, ma situation est particulièrement délicate.
- La mienne aussi. On s'offre un plateau de fruits de mer pour fêter ça ?
- Fêter quoi au juste ?
- Votre délestage pardi ! Je me marre mais je sais bien que cette somme représente beaucoup de travail… Et pas que le vôtre.

- C'est exact et j'apprécie votre respect pour le travail des autres. Pendant ce temps, des voleurs en profitent sans aucun scrupule.
- En même temps, ils n'allaient pas kidnapper un type fauché. Faut être bon joueur aussi !
- Joueur ? Vous êtes joueuse vous ?
- Pas vraiment ! Je ne joue pas au loto, j'ai trop peur de gagner. Par contre, j'aime bien les défis, les paris idiots, les challenges gratuits.
- C'est-à-dire ?
- Des machins tartignoles qui ne servent à rien. Par exemple, j'aime bien parier que si telle chose arrive, alors, une autre chose arrivera... C'est un peu compliqué. Enfin pas très simple et vous allez me prendre pour une folle.
- Je ne crois pas.
- Si, si. D'ailleurs, je suis un peu folle.

Clarisse riait en remontant sur son vélo. Les deux millions d'euros dérobés ne l'impressionnaient pas vraiment. Elle n'avait pas la moindre idée de ce que cette somme représentait.
Lui, il se concentrait sur ce nouveau moyen de locomotion qui réclamait un minimum d'équilibre. Il aborda la longue descente avec appréhension et se rassura en vérifiant à plusieurs reprises, la bonne marche des freins. Il ne cherchait pas à la rejoindre, préférant la prudence. Elle filait cheveux au vent, loin devant. Il savait bien qu'elle attendrait... Elle l'attendait toujours.

Elle jouait parfois d'un humour féroce mais elle ne manquait pas d'attentions délicates à son égard. Ce cocktail savoureux le surprenait à chaque fois. Il ne côtoyait pas souvent l'humour. Les attentions dont il bénéficiait depuis son plus jeune âge, n'étaient en réalité, que politesses et services rémunérés. Maximilien découvrait la gratuité et la fantaisie, la vraie gentillesse teintée d'insolence et la joie de vivre en toutes circonstances.

Ils bavardèrent avec le poissonnier qui leur prépara un plateau, précisant que tous ces produits frais, cuits du matin, ne les décevraient pas.
La grande vitrine donnait sur la petite rue déserte. Clarisse revoyait l'été, lorsque les piétons croisent les cyclistes, qui eux, font attendre les voitures, tout cela dans une ambiance estivale et détendue. Elle aimait cet endroit aussi pour cette atmosphère simple. Beaucoup de monde et à la fois, une sensation de calme et de répit pour chacun.
Elle cherchait son porte-monnaie dans son sac lorsque là-bas, dans la petite rue qui longeait la rivière, elle la vit arriver lentement. Elle venait vers eux.
- Maximi…
Il n'eut pas le temps de répondre, ni même de se retourner, qu'elle se jeta sur lui, le prenant dans ses bras, cherchant à le faire se déplacer vers l'étal du poissonnier qui s'amusait de cet élan amoureux au beau milieu de sa boutique.
- Que se passe-t-il Clarisse ?
- Rentrons, rentrons vite. Mettez votre capuche !
Elle paya, souriant comme un automate en disant au revoir et courait déjà vers les vélos restés sur le parking.

- Puis-je comprendre Clarisse ?
- Non, pédalez, pédalez comme un fou ! On doit se mettre à l'abri tout de suite. Je vous expliquerai en arrivant.

Le ton sec et empreint de panique ne laissa pas à Maximilien le loisir de demander d'autres explications. Il enfourcha sa bicyclette sans autre protestation et tenta maladroitement de la rattraper.
Elle avait déjà pris une avance considérable, traversait tout droit le rond-point et regardait souvent derrière elle, comme si elle était poursuivie. Il fit le vide dans sa tête et pédala aussi vite que possible. Bientôt, il arriva à sa hauteur, c'est alors qu'elle prit un raccourci et toujours sans un mot, ils arrivèrent devant le portail de la maison qu'elle ouvrit d'un grand coup de pied. Elle lui jeta la clé en lui disant : « Cachez-vous ! Entrez, vite ! Je vais prendre une échelle. »
- Qu'allez-vous faire d'une…
- Entrez et ne ressortez plus ! Je vous en supplie !

Intrigué, il entra, referma la porte et avança vers le salon sans comprendre ce qui provoquait cette attitude aussi étrange que soudaine. Il revoyait la scène à la poissonnerie et ne comprenait pas pourquoi, d'un seul coup et sans préavis, elle s'était autorisée à se jeter ainsi sur lui. S'il n'avait ressenti toute l'angoisse qui se dégageait de ce rapprochement inattendu, il aurait savouré l'instant…

Par la fenêtre, il la voyait arriver du fond du jardin en courant, traînant avec difficulté une échelle, avec un air sombre et déterminé comme jamais. Il lui ouvrit la porte, faisant part de son étonnement :

- Vous n'allez pas la faire entrer dans la maison ?
- Mais si ! J'en ai besoin. Poussez-vous s'il vous plaît.

Totalement éberlué, il la regarda manipuler cette échelle dans un entêtement qu'il devinait inutile de contrarier. L'idée de l'aider ne l'effleura pas non plus. Le rappel à l'ordre fut bref : « Et si vous m'aidiez ? ».

- Mais certainement.
- Je dois la poser à hauteur de la petite fenêtre. On va pousser le canapé pour la retenir. Restez là, je ferme tout.
- Oui, mais…

Elle courait déjà d'une pièce à l'autre. Elle ferma volets et fenêtres en un temps record, retourna vers la porte d'entrée pour s'assurer qu'elle l'avait bien fermée avant de pousser deux énormes verrous intérieurs. L'obscurité se fit soudain, le silence aussi.
Clarisse s'affala dans le grand fauteuil en se disant : « Comment, mais comment il a su que nous étions ici ? Je n'y crois pas ! ».

Maximilien tenait toujours l'échelle, n'osait pas interrompre la profonde réflexion de cette fille un peu fofolle qui ne s'expliquait toujours pas quant à cette agitation soudaine. C'est alors qu'elle le regarda d'un air étrange. La peur agrandissait ses yeux déjà expressifs et le front relevé pour marquer son incompréhension chagrinait Maximilien qui osa lui demander :

- Pouvez-vous m'expliquer ce qui se passe depuis dix minutes. Je dois dire…
- Il nous a retrouvés.

- Qui, mais qui voyons ?
- Votre ravisseur ! J'ai reconnu sa voiture. Il y a un scorpion sur la portière. De la poissonnerie, je l'ai vu arriver, il nous cherchait dans la ville. Il sait que nous sommes ici. J'ai pris toutes les précautions. Je vous jure que personne ne sait que vous êtes avec moi. Je n'ai pas utilisé mon téléphone, pas de mail, rien. Je me terre depuis deux jours pour ne pas vous trahir, pour vous protéger.
- Oui, je le sais bien.
- Je nous pensais à l'abri ici, vous comprenez ?
- Hum…Je suis comme vous, je ne comprends pas… Mais qu'allez-vous faire encore ?

Clarisse stabilisait l'échelle, poussant le canapé au plus près du mur et montait tranquillement. La fenêtre découpée en triangle située sous le toit, typique des maisons landaises, devenait la seule source de lumière et le point d'observation idéal. Un point stratégique incroyable qu'elle justifia avec beaucoup d'ardeur à un Maximilien accablé et silencieux.

- Je vais le voir sans être vue ! S'il arrive, il pensera que cette maison est fermée comme beaucoup d'autres. Mais moi, je verrai ce qu'il prépare ce gros nuisible !
- Son arme !
- Pardon ?
- Il prépare son arme pour me tuer.
- Pour nous tuer plutôt ! J'imagine qu'il ne va pas faire dans le détail et m'épargner !

- Je m'en veux terriblement de vous avoir entraînée dans cette dangereuse situation. J'imaginais régler cette affaire en quelques heures mais les problèmes surgissent les uns après les autres. Faire croire à sa mort se prépare sans aucun doute. Je me suis égaré dans des stratégies aussi vaines que peu réfléchies. Je vous demande sincèrement pardon.
- Je téléphone à Lucas. J'espère qu'il est à Bordeaux et qu'il pourra venir avec du renfort. La plaisanterie a suffisamment duré. Vous êtes d'accord ?
- Du renfort, mais que voulez-vous dire exactement ?
- Oui, du renfort ! Il va venir avec des collègues, des flics armés et habitués à ce genre de situation. Vous vous sentez de taille à l'affronter ce colosse qui nous poursuit ?
- Quelle imprudence ! Je ne tiens pas à être responsable d'un carnage. Savez-vous combien ce type est mauvais ?
- Non, je ne sais pas et je ne veux rien savoir. J'appelle Lucas !

Elle descendit puis remonta sur son perchoir, le téléphone en main, en se bagarrant avec le fil qui refusait de la suivre en altitude.

Maximilien se laissa envahir par cette peur qu'il connaissait bien. Sourde, sournoise, elle se répandait en lui. Depuis leur arrivée ici, il retrouvait le goût des choses et il savourait à chaque instant l'abandon de la peur qui reculait de jour en jour. Voici qu'elle revenait d'un coup, avec la même violence mais il ne se sentait plus le courage de lui faire face. Ses longues réflexions sur ceux qui avaient organisé ce rapt l'avaient amené à un scénario très clair. Il manquait de preuves, qu'il s'obstinait à ne pas rechercher vraiment, pour protéger Irina. L'évidence se révélait toute simple. Pourtant, maintenant Clarisse aussi devait être protégée.

En soupirant, elle composa le numéro de Lucas pour la deuxième fois. Déjà en ligne, il ne répondait pas. Assise sur le dernier barreau, elle vérifiait que la voiture ne se rapprochait pas de la maison. De cette hauteur, elle voyait bien l'allée, le petit parking et les autres habitations, toutes fermées en cette saison. Elle aussi, sentait son cœur battre, la tension raidissait son corps et sa recherche d'un équilibre sur cette chaise étroite et improvisée n'avait rien d'agréable.

- Allô, Lucas ? C'est toi ?
- Salut la Miss ! Tu es descendue au Vieux-Bouc ?
- Comment le sais-tu ?
- Le numéro s'affiche ! Tu pourrais répondre au téléphone et prévenir quand tu te barres. Sérieux. T'es franchement pas sympa !
- Ah ! Bon, écoute, écoute-moi !
- Mais comme d'habitude. Tu parles et j'écoute !
- Non, Lucas ! Nous sommes dans une situation très grave, désastreuse et terriblement angoissante ! Tu dois venir tout de suite avec tous les flics de Bordeaux pour nous libérer. Le ravisseur nous a retrouvés. Il veut le tuer et moi aussi. Enfin j'imagine !

- Clarisse, mais c'est quoi ce délire ? La chimio ne t'arrange pas vraiment ou tu as bu plus que de raison ?
- Je t'explique. Je suis avec Maximilien van Hoff. Tu sais, le kidnappé. Tu sais qui c'est ?
- Un peu oui ! On le cherche depuis trois semaines. Ta blague n'est pas franchement très drôle et tu m'as habitué à mieux !
- Je te jure qu'il est ici, avec moi et je ne rigole pas !
- Bon, je manque de temps pour la plaisanterie ! Déjà que je prends ma garde en avance pour retrouver van Hoff, alors tes conneries…
- Tu ne me crois pas ? Pas de problème, je te le passe tout de suite. Il va t'expliquer en direct.

Maximilien prit le téléphone des mains tremblantes de Clarisse. Elle appuya sur la touche « haut parleur » de façon à entendre un dialogue qui n'allait certainement pas manquer de piquant. Sans cette peur, elle aurait trouvé la situation drôle et cocasse. De sa hauteur, elle regardait tendrement son compagnon d'infortune prendre sa respiration et répondre à Lucas qui braillait : « Allô ? Allô ? »

- Bonjour Monsieur. Je suis Maximilien van Hoff. Clarisse ne vous a pas menti. Je suis bien chez elle et nous sommes réellement en grand danger.
- Et vous m'annoncez ça tranquillement ! Savez-vous que trois équipes vous cherchent jour et nuit pendant que vous comptez fleurette dans ma maison de vacances ?

- Oh, mais non ! C'est-à-dire que…
- Qu'est ce qui me prouve que vous êtes bien van Hoff ?
- Rien. Si pourtant, je peux répondre à toutes vos questions.

Clarisse attrapa son téléphone portable et du fond de la pièce cria à l'attention de Lucas : « Bouge pas, je fais une photo. Je te l'envoie tout de suite ».

- Une photo où je vous vois tous les deux. Des photos de van Hoff, j'en ai plein mon bureau. Et magne-toi un peu !
- Mais dis donc ! Tu as mis des lustres à le retrouver, tu peux attendre une minute. Faut que je cadre un peu !
- Clarisse, ne me cherche pas ou ça va barder pour toi !
- Arrête de brailler, je déteste quand tu cries !
- Tu préfères que je te coffre pour séquestration ?
- Quoi ? Faudrait penser à ne pas tout mélanger. Moi, je l'ai juste secouru et crois-moi, il en avait bien besoin. Je te rappelle que je suis infirmière, donc j'ai fait mon boulot. Secret professionnel et assistance à personne en danger. Capito ?
- Tu t'es bien gardée de me prévenir… Vous êtes ensemble depuis combien de temps ?
- Nous sommes restés deux jours à la maison et puis, nous sommes venus ici, dans la nuit de vendredi.

- Mais je rêve ! Vous êtes poursuivis par un fou furieux depuis presque trois jours et tu n'appelles pas les flics ?
- Mais Maximilien voulait retrouver ses ravisseurs. Il pensait que…
- Tu me prends pour un guignol ou quoi ? Nous sommes des dizaines à le rechercher dans toute la ville et vous, « tranquilles pépères » vous partez en vacances !
- Ah non ! Lucas, tu arrêtes de hurler dans ce téléphone, voilà qui devient exaspérant.
- Tu sais que tu es une grande malade toi ! On pourrait t'accuser de dissimulation ou de destruction de preuves dans une enquête en cours.
- Mais je n'ai rien détruit du tout ! Je te le rends ton kidnappé, tout beau et réparé en plus. Tu arrêtes ton cinéma et tes menaces à la noix, j'ai ma dose pour ce soir.

Maximilien, assis dans le fauteuil, regardait la scène surréaliste qui se jouait en direct au rythme de l'impatience de l'un et de l'insolence de l'autre.
Il ne se souvenait pas d'avoir vécu pareil moment. L'humour, la complicité légère et le sérieux de la situation s'entremêlaient par téléphones interposés.
Dans le même temps, Clarisse jouait avec son portable, se rapprochant de lui pour cadrer. Agacée de ne pas avoir les deux visages sur son petit écran, elle s'assit en toute simplicité sur ses genoux. Elle colla sa joue contre la sienne et s'obligea à un joli sourire. Le flash se déclencha,

suivi d'un : « Super, nous sommes vachement beaux » qui semblait la ravir.

- Coucou ? Lucas, t'es toujours là ?
- Très drôle ! Alors ?
- C'est bon ! La photo va arriver sur ton portable. T'es quand même pénible comme mec ! Et pourquoi, j'inventerais une histoire pareille ? Bonjour la confiance !
- J'ai besoin d'une preuve si tu veux que je débarque… Tu piges ?
- Vaguement, mais l'autre aussi va arriver. Je suis certaine qu'il va nous retrouver. Nous sommes enfermés dans la maison et je regarde par la fenêtre au-dessus de la baie vitrée, tu sais celle de tout là-haut.
- Mais t'es complètement folle ? Tu es montée sur quoi ?
- Sur l'échelle pardi !
- Quoi ? Tu as mis l'échelle dans le salon ?
- Forcément ! Je ne vais pas rester l'attendre sur la terrasse. Si je peux éviter de me prendre une balle entre les deux yeux, ça m'arrange un peu.
- Il est où ton ravisseur ?
- En ville. Nous sommes rentrés vite fait nous planquer mais…
- OK ! Je vous vois sur la photo. Tu as le sourire radieux dis-moi !
- Gros malin ! Tu arrives quand ?
- Avant, il faut que j'avise avec mon boss.
- Tu viens avec tes amis noirs ?

- Mes amis noirs ? C'est quoi ça ?
- Les flics en noir, avec des cagoules et qui tirent toujours en plein dans le mille.
- Le G.I.G.N s'il te plaît !
- Ils vont venir ?
- Il est armé ton type ?
- Jusqu'aux dents !
- Comment le sais-tu ? Il vous a menacés ?
- Si je te dis non, tu vas nous laisser ici, enfermés comme des rats. Je te jure qu'il veut tuer Monsieur Maximum.
- Monsieur Maximum ?
- Laisse tomber ! C'est du compliqué pas simple. Grouillez-vous ! Je reste près du téléphone. Tu as besoin de son immatriculation ?
- Un peu oui ! Je note. Je t'appelle régulièrement.
- Cool ! Tu me fais des bisous ?
- J'ai pas le temps et tu ne les mérites pas !

Lucas agacé et furieux venait de raccrocher. Clarisse regardait Maximilien et exprimait son soulagement à grand renfort de « Yes, Yes et Yes !».
Elle remonta pour avoir une vision plus large de ce qui se passait au dehors. Pendant ce temps, le bolide gris argent aux vitres teintées s'était garé sous le mimosa, à six mètres de la maison.
Elle apercevait le conducteur de dos. Après un long silence tétanisé, elle souffla tout doucement en direction de Maximilien :

- Il est là !
- Qui ?

- Le fauve.
- Mais comment est-ce possible ?
- Il nous a suivis…
- Il ne me semblait pas et puis, nous sommes passés par la toute petite ruelle.
- Oui, c'est vrai ! Mais alors ? Pourquoi est-il là, juste devant la maison ?
- Ne paniquons pas ! Il ne peut pas entrer.
- Mais il peut sortir… D'ailleurs, il s'allume une clope. Je le vois, il regarde vers nous avec une vraie tête de tueur !
- Ne vous faites pas voir Clarisse. Descendez, soyez raisonnable !

Pour la première fois depuis longtemps, Clarisse obtempéra sans rechigner. Elle retrouva le fauteuil du salon où elle se laissa tomber comme une âme en peine. Spontanément, Maximilien éprouva l'envie de lui adresser une marque de tendresse ou d'encouragement en lui frôlant l'épaule dans un geste délicat et amical. Ils partagèrent alors la même émotion : Vive et surprenante, fugace et pourtant bien réelle.

Clarisse quitta le fauteuil d'un bond et remonta à la vitesse de l'éclair, troublée par cette sensation pour le moins perturbante. Elle surveillait d'un œil, l'homme dont ils étaient désormais la proie. Il fumait toujours, adossé à sa voiture et regardait de près un petit boîtier noir, un téléphone sans doute.
La nuit tombait doucement, cette soirée serait d'une longueur effroyable.

Elle n'avait encore jamais autant espéré la présence de Lucas à ses côtés. Pour la première fois de sa vie, elle faisait appel au flic autant qu'à l'ami. Les autres fois, ne comptaient pas. Les manifs et le supermarché, feraient office de rigolade à côté de cette soirée qui ne laissait rien présager de bon.

Maximilien, troublé par ce qu'il venait de ressentir en frôlant l'épaule de Clarisse s'empressa de lui demander :

- Lucas est votre amoureux n'est-ce pas ?
- Mon frère plutôt.
- Fille unique, m'avez-vous dit !
- C'est bien, vous suivez… Lucas est mon ami d'enfance. Notre première rencontre remonte à la maternelle et jusqu'à la Fac, nous nous sommes toujours accompagnés. Bon, il y a eu des disputes devenues légendaires depuis, des petites et grandes ruptures, des trahisons, des fous rires, des secrets. À neuf ans, on s'est embrassé comme les grands. On a trouvé ça totalement dégueulasse. Nous n'avons jamais recommencé depuis.
- Il n'est donc pas votre petit ami ?
- Petit ! Pourquoi petit ? Il est grand, vous verrez ! Il est beau et intelligent, rapide, vif, précis, efficace et brillant. Il est toujours présent, précieux et super-courageux. Il est très drôle, très tendre aussi et très flic, donc râleur. Il est flic depuis qu'il sait lire et c'est le meilleur. Dans ma vie, voilà le goût qu'il a : Le meilleur !
- Flic depuis qu'il sait lire ? N'avez-vous pas le goût de l'exagération ?

- Mais pas du tout ! Il a lu son premier « Club des Cinq » à sept ans. La révélation de sa vie, il serait flic, une vocation, un sacerdoce. Il a travaillé comme un fou pour y parvenir.
- Le Club des Cinq, dites-vous ?
- Oui, il a lu toute la bibliothèque de l'école, puis celle de Bordeaux. Il est le meilleur parce qu'il a commencé très jeune. Petit, il était très timide, presque peureux. Je l'ai vu changer, grandir, s'appliquer à devenir un autre pour réaliser son rêve. Il aime son job, son équipe et il ne lâche jamais rien, surtout pas les kidnappeurs, les truands, les voleurs… Et j'en passe ! Tous ceux qui ne suivent pas sa ligne de conduite ont du souci à se faire.
- Il exerce où ses talents ce jeune homme si parfait ?
- Au SRPJ de Bordeaux. Inspecteur sorti major de sa promo. Il va vous impressionner et surtout, il va nous sortir de ce merdier. C'est vrai, nous n'allons pas rester ici planqués comme des cafards en attendant que l'autre furieux abandonne. Il me fait penser à un « Pitbull ascendant Sangsue !». Il me fiche la trouille ce dégénéré, même sa voiture me donne la chair de poule.
- Ne craignez rien. Votre Lucas arrive comme le Messie !
- Oui, tout à fait ! Ne vous moquez pas et en parlant du messie, l'autre Marie-Madeleine doit se demander comment vous êtes sorti du tombeau.
- Pardon ?

- Aucune culture religieuse Monsieur Maximum ? Pourtant, j'avais cru… Bon ! Je l'avoue, j'ai parfois des références assez personnelles. D'habitude, un rien m'amuse mais ce soir, je suis plutôt tendue et pas vraiment portée sur la rigolade !
- J'ai peur que votre ami ne se mette en danger en venant nous secourir.
- Depuis quand, les voyous tirent sur les flics ? Hein, depuis quand ? Premièrement, votre « gorille-guetteur », là dehors, ne peut pas deviner que Lucas arrive pour lui régler son compte. Il a sa clé, il va arriver comme un mec normal qui rentre chez lui. L'autre cinglé ne va pas l'abattre pour rien. D'abord, c'est vous qu'il veut !
- Merci, c'est très gentil de me le rappeler !
- Il nous faut un pro pour nous sortir d'ici et vous le savez très bien !
- Oui, sans doute.
- Tout à l'heure, lorsque Lucas arrivera, il faudra suivre.
- Que voulez-vous dire ?
- Il n'aime que la vérité. Si votre kidnapping ressemble de loin ou de près à une petite vengeance, si vous avez trempé dans des magouilles pas trop nettes, il ne faudra pas le prendre pour un débutant. Je vous conseille de tout lui dire même si ce n'est pas joli-joli.
- Mais qu'insinuez-vous ? Vous me soupçonnez d'être capable de telles choses ?

- C’est une simple précision. Mais importante la précision. Vous verrez !
- Soyez sans crainte, je…
- Sans crainte ? Mais nous sommes englués tous les deux dans la peur et l’incompréhension depuis des jours. Vous faites toujours semblant comme ça ou j’ai le droit à un régime de faveur ?
- Pardon ! Le mot est vraiment mal choisi. Je vous fais vivre un enfer.
- Disons que la situation n’est pas brillante mais elle n’est pas désespérée. J’ai connu des jours meilleurs, des soirées plus détendues et aussi moins perchées.
- Et si vous descendiez maintenant ?
- J’y pensais.
- Il est toujours là ?
- Oui, il doit dormir dans son carrosse venu tout droit du pays des teigneux malfaisants. Vous savez, c’est la première fois que je souhaite qu’un type fasse un infarctus, une rupture d’anévrisme ou un machin bien moche qui le laisserait KO. Qu’il crève tiens ! Un mec capable de donner des croquettes pour chien à un autre homme ne m’inspire que du dégoût et plus encore. D’habitude, je veux sauver des vies mais pas ce soir et je me trouve tellement nulle !

Elle descendit prudemment, enjamba le canapé, évitant soigneusement le regard de Maximilien qui n’en revenait pas. Elle venait d’exprimer sa colère et sa peur. La tension devenait palpable dans cette maison sombre qui espérait l’arrivée prochaine du libérateur. Maximilien s’excusait encore une fois :

- Si vous saviez comme je m'en veux de vous avoir entraînée dans ce cauchemar. Je pensais y arriver seul. J'aurai dû vous écouter, me rendre à l'hôpital…
- Vous êtes un prétentieux doublé d'un imbécile ! Comment résoudre une énigme aussi tordue sans relations extérieures ? Tout seul, comprendre… Vous répétez ça en boucle depuis des jours et rien n'avance. Je me demande pourquoi j'ai accepté de jouer un rôle dans un film aussi lamentable… En espérant que le clap de fin ne soit pas pour ce soir. Reconnaissez que votre scénario est archi nul !
- Ce n'est pas faux.
- C'est même très vrai !
- Vous m'en voulez Clarisse ?
- Mais non ! J'ai toujours rêvé de trouver plus têtu que moi. Voilà qui est fait et franchement félicitations. Vous êtes au top ! De quel signe astral êtes-vous ?
- Verseau. Pourquoi ?
- Tiens ! Étrange, j'aurais parié sur « Taureau ascendant Mulet !».
- Ne vous inquiétez pas, nous…

Son portable vibra dans l'obscurité. Elle devinait la table basse et cherchait à tâtons en râlant.

- Oui ! Lucas ?
- Tout va bien pour vous ?
- Il fait nuit dans la maison et le molosse fume dehors. Il guette mais il ne bouge toujours pas. Il doit réfléchir… En admettant qu'il soit équipé de quelques neurones pour le faire.

- Nous prenons la route, nous sommes sortis de Bordeaux.
- Oh là, là ! Déjà ? Vous êtes nombreux ?
- Restez enfermés ! Toi, tu n'inventes rien et pas d'improvisation. Compris ?
- Oh ! Mais tu me connais quand même ?
- Justement…
- Sympa !
- Bon, je dois préparer notre arrivée. S'il bouge, s'il cherche à entrer ou s'il part, tu me téléphones aussitôt sur le portable.
- Je m'en doute ! Je ne vais pas téléphoner au bureau. Tu me prends pour une niaise ou quoi ?
- Tu arrêtes un peu !
- Mais c'est la vérité ! Tu me prends pour une niaise qui kidnappe les grands patrons d'industrie. Faut que tu saches que j'ai planqué la rançon dans ton armoire. Ils vont te coffrer pour association de malfaiteurs et j'irai te porter des oranges.
- Clarisse ! Je bosse, c'est sérieux, gravissime même et toi, tu déconnes.
- Je déconne parce que j'ai peur, j'ai la trouille de ma vie. Je ne me suis pas tapée dix cures de chimio pour finir trucidée par un chien enragé…
- Oh ! Mais non, voyons ! T'inquiète pas ma puce, j'arrive vite. Je te fais des bisous.
- Bon, moi aussi. Zou.

Clarisse raccrocha doucement, regrettant déjà d'avoir plongé son ami dans la tourmente en faisant de l'humour.

Lucas ne supportait pas le mot « chimio ». Elle garda les yeux longuement sur son portable qui éclairait un peu la pièce. Elle se dirigea lentement vers la cuisine, souhaitant que Maximum se contente pour une fois du minimum et ne relève pas sa dernière phrase.

Elle refusait de parler de ces derniers mois de galère qu'elle venait de traverser. Elle les racontait uniquement à son ami « Cahier ». Lorsque tout serait écrit, raconté, décortiqué et ressassé, elle ferait un grand feu de joie au fond du jardin. Elle se sentirait libérée et passerait à un avenir redevenu possible.
Pour le moment, elle mesurait combien l'avenir semblait incertain. Des larmes montaient et lui brûlaient affreusement les yeux. Cette saloperie de chimio la privait désormais du plaisir de pleurer. C'était franchement pas juste !

Elle ouvrit le frigo seulement pour voir la lumière et regarda tristement le sachet de fruits de mer qui attendait l'heure de la dégustation. Ce soir, ils devaient fêter le « délestage de Monsieur » mais c'était sans compter sur la ténacité de l'adversaire. Espérer un infarctus chez ce gros malade relevait de la naïveté dont elle savait faire preuve parfois.

Maximilien s'approcha d'elle, gêné et silencieux. La petite lumière donnait à la cuisine, une ambiance douce et feutrée. Ils se retrouvèrent dans les bras l'un de l'autre, sans bien comprendre pourquoi et comment.
Elle n'avait plus les larmes. Il n'avait plus les mots.
La vie les avait malmenés ces derniers temps. Ils éprouvaient le besoin de se réconforter mutuellement,

comme si l'un tentait d'absorber la peine de l'autre. La peur s'éloignait tout à coup, l'énergie faisait son retour dans un balancement tendre et murmuré de deux corps qui ne revendiquent pas le plaisir mais le désir de faire connaissance dans une confiance réciproque qui ne parlait pas d'avenir. Le présent suffisait, tel un instant de répit dans une tourmente de folie.

- Merci Clarisse.
- Je vous en supplie, ne rajoutez surtout pas qu'il s'agit d'un moment d'égarement. Je pourrais mal le prendre.
- Bien sûr que non, c'était un moment délicieux, vraiment !
- Et totalement décalé vu le contexte gratiné de la soirée mais si réconfortant. Une façon d'améliorer votre pitoyable scénario dirons-nous. Moi, je mangerais bien du crabe. Pas vous ?
- Pourquoi pas ? Dans le noir, voilà qui ne va pas être si aisé.
- Mais avec le frigo ouvert, on y voit très bien.
- Je ne vois pas de table !
- Nous allons pique-niquer par terre. Dîner-carrelage. Vous ne connaissez pas ?
- Pas encore, mais j'ai tant de choses à apprendre de vous !

Clarisse lui souriait, lui pardonnait d'être si peu fantaisiste et réalisait surtout qu'elle mettait du temps à grandir. Elle, la reine de l'improvisation, des défis en tous genres, riait de ses délires puérils mais ne regrettait pas d'avoir cette capacité à rebondir quelles que soient les circonstances. L'amusement dans sa vie paraissait aussi important que la réussite dans celle de Maximilien qui la dévisageait toujours. Jamais personne ne l'avait regardée ainsi. Un peu comme un diamant dans une joaillerie de la Place Vendôme… Au moins !

Cette sensation d'être précieuse tout à coup, lui fit l'effet d'une incroyable potion magique. Ils allaient manger les fruits de mer et fêter comme prévu, la liberté que Lucas et ses amis allaient leur rendre.

Elle préféra ne pas penser aux conséquences de cette descente policière. Elle n'aimait pas l'idée qu'un homme puisse mourir, même ce gros moche et méchant qui fumait comme un pompier. Au fond, elle souhaitait une arrestation musclée sans qu'aucune balle ne siffle dans la nuit.

- Je pose les assiettes par terre ? C'est bien le principe du dîner-carrelage ?
- Oui, mais s'il passe par le jardin, il verra la lumière par la fenêtre. Il est préférable de déménager dans le bureau. J'y retourne. J'ai besoin de savoir ce qu'il fait.

Elle s'agrippa de nouveau au dernier barreau et regarda dehors sans un mot. Comment ce type pouvait-il entrer si simplement chez les voisins ? Il marchait lentement dans la nuit éclairée par le lampadaire qui s'éteindrait vers vingt-trois heures. Il prenait la direction opposée de chez Clarisse. De façon systématique et précise, il allait entrer, fouiller toutes les maisons. Il lui en restait six à visiter avant de comprendre que la dernière serait la bonne.

Sidérée, elle prit son téléphone portable dans la poche arrière de son jean et toujours en équilibre, elle appela :

- Lucas ?
- Oui, que se passe-t-il ?
- Il entre dans les maisons.
- Il veut entrer chez nous ?
- Non, il sort de chez le voisin, celui de la piscine. Il se dirige vers la propriété des Décamps, tu sais les lauriers roses. Il entre, je te jure, il entre. Il nous cherche, il va entrer ici tu crois ?
- Si tu as poussé les verrous et bien bloqué les volets, je ne vois pas comment il pourrait entrer. Il n'a pas de pied-de-biche ?
- Mais non voyons ! Il a des pieds normaux avec des chaussures de Rangers !
- Laisse tomber !
- Je te jure qu'il… Il vient d'ouvrir la porte. Mais comment fait-il ?
- Avec des passes, c'est plutôt facile.
- Mais moi, avec mes clés, je mets un temps fou à ouvrir la porte ! Il ne peut pas ouvrir les verrous, tu en es sûr, certain ?
- Oui ! Mais il va vite comprendre que vous êtes à l'intérieur. Ne bougez pas surtout. Même si tu crèves de peur, c'est encore là que vous êtes le plus en sécurité.
- T'as raison, bonjour la sécurité !
- Nous arrivons dans moins d'une heure.
- Mais pas toutes sirènes hurlantes pour le faire fuir.
- Tu me prends pour un zouave en prime ?
- Oh non, pas ce soir ! J'ai trop besoin de toi.

- Je préfère ! T'inquiète, nous préparons notre assaut. Je connais très bien les lieux. Il est seul ?
- Encore heureux ! Il est seul et très motivé. Zou.

À regrets, elle raccrocha. La voix de Lucas la rassurait, l'histoire des verrous aussi. Maximilien écoutait attentivement leur conversation. Cette fois, seul ce que disait Clarisse lui parvenait. Il avait disséqué le ton, les mots, cherchant à comprendre ce qui les unissait si fort l'un à l'autre. Sans bien comprendre pourquoi, ce « Zou » si tendre qui clôturerait chaque appel, l'agaçait à ce point.

Il resta près du point lumineux et rassurant qui arrivait du frigidaire, avec cette question qui ne trouvait pas de réponse. Comment ce type les avait-il repérés depuis Bordeaux ?
Clarisse avait pris toutes les précautions, s'arrêtant par deux fois sur le bord de la route pour s'assurer que personne ne les suivait. Par quel moyen avait-il retrouvé leurs traces ?
Il en avait assez de se torturer par trop de questions, de tenter d'expliquer ce qu'ils avaient tramé dans son dos. Il ne voulait pas comprendre, ne supportait pas même l'idée d'entendre cette cruelle vérité qui faisait de lui un prétentieux doublé d'un imbécile. Surtout un imbécile !

Elle revint vers lui en se frayant un chemin dans l'obscurité apprivoisée. Elle lui parla doucement des maisons visitées mais aussi des verrous qui les protégeaient jusqu'à l'arrivée de Lucas. Comme Maximilien persistait dans un silence interrogateur, elle proposa :

- S'il entre, on se cache dans le double-rideau de la porte et on file par le jardin dès qu'il arrive dans le salon. On lui crève les pneus de son super « Vaisseau Spatial » et on se cache… Non, mieux ! Vous lui refaites votre super-prise d'Aïkido et moi, je l'assomme pour de bon cette fois avec… Mais avec quoi d'ailleurs ?

Elle regarda autour d'elle, ne vit rien et fit appel à sa mémoire pour trouver une arme susceptible d'assommer le dangereux visiteur avant de déclarer :

- Je sais ! Je vais chercher la pioche dans le cabanon.
- Ah non ! Vous ne sortez sous aucun prétexte. Laissez la pioche ! Nous allons nous armer de patience.
- Nous armer tout court, me semble plus judicieux et mieux approprié dans notre situation !
- Le balai fera l'affaire !
- Le balai ? Parfois, je vous jure ! Vous n'êtes pas au taquet !
- Au taquet ? Qu'entendez-vous par-là ?
- Expression familière pour décrire au plus près la motivation.

Elle riait et le son cristallin déchira l'épaisseur de l'angoisse l'espace d'une seconde. Elle mimait la scène d'une lutte avec l'ennemi pour la mémoriser et trouver du courage derrière la peur. L'ironie qu'elle ajoutait aux bruitages réalistes amusait Maximilien qui décidément, vu le contexte, la trouvait bien courageuse ou totalement inconsciente. Il hésitait.

Elle rangea le balai mais pas sa détermination à écraser l'ennemi comme un cafard.

- Bon ! C'est bien joli de s'entraîner mais faut éteindre le frigo. Remettons notre repas de gala à plus tard.
- Pour une fois que je mets la table, vous me voyez déçu !
- Vous n'êtes pas pour le partage des tâches ?
- Joséphine le fait si bien !
- Quelle gourde je suis ! Vous avez des domestiques à demeure !
- C'est un reproche n'est ce pas ?
- Non, pas exactement ! La surprise que provoque le choc de deux mondes.

J'y retourne. Il faut que je sache s'il est sorti de chez Madame Loriot. Il reste encore quelques maisons mais notre tour viendra. J'espère que Lucas arrive en Golf turbo et qu'ils ont laissé leur Break tout pourri à Bordeaux.

Clarisse perchée de nouveau, promenait son regard sur la petite rue bordée de maisons. Il n'était pas encore sorti ou alors, déjà entré chez les Boisset. Elle bénissait le lampadaire qui projetait sa douce lumière et regardait le ciel étoilé en implorant le « Dieu de la Police » de ne pas les abandonner.
« *Il faut toujours viser la lune car, même en cas d'échec, on atterrit dans les étoiles* ».
Cette phrase d'Oscar Wilde la fit sourire avant d'imaginer le pire : Le dingue qui abattait Maximilien, qui tirait sur

Lucas et ses collègues et qui s'en prenait à elle pour finir en beauté…

Heureusement le rire de Djamel, l'annonceur des messages sonnait à nouveau. Lucas et son équipe traversaient Messanges, il restait trois kilomètres à parcourir, soit deux minutes si elle jugeait de la rapidité avec laquelle ils avaient rejoint le Vieux-Boucau. Elle se délectait déjà des remarques qu'elle balancerait sur les excès de vitesse que s'autorisaient les flics alors qu'ils prônaient la prudence aux automobilistes.
Non, tout bien réfléchi, elle garderait ses commentaires pour une autre occasion. Ce soir « Profil bas » serait de mise !

Elle annonça la bonne nouvelle à Maximilien. Il quitta son fauteuil pour se rapprocher d'elle, ressentant lui aussi, le besoin de voir ce qui se jouait à l'extérieur. Il monta tranquillement la rejoindre, prenant d'infinies précautions et arrivé à sa hauteur, lui murmura un : « Nous sommes sauvés ! ».

- Presque ! Tant qu'il n'est pas menotté ce « salaud », moi je reste sur mes gardes. Faudrait pas qu'il nous sorte son bazooka ! Je ne sais pas où il se trouve exactement. Je dois le dire à Lucas.

Elle tapa un court message : « Encore chez Loriot ou déjà chez Boisset ? Fais gaffe à toi. Zou ».

Plus rien ne bougeait. Ni dehors, ni à l'intérieur.
À deux sur une échelle, il s'avérait plus prudent de ne pas bouger. Ces minutes furent longues, terriblement longues.

De façon involontaire, le petit doigt de Maximilien frôla la main de Clarisse. Ce contact presque imperceptible dans une autre situation n'aurait pas retenu son attention…
Mais là ! Entre un silence effrayant et une nuit totale, une peur inouïe et une confiance inébranlable qui se livraient à un combat intérieur, elle ne jugea pas utile de déplacer sa main. Ce doigt qui la touchait à peine calmait son angoisse. Il lui donnait le sentiment d'être reliée à Maximilien par ce contact délicat qui se voulait réservé, tendre et interrogateur. Comme une question que l'un posait à l'autre !
Pour ne pas briser l'enchantement qu'elle ressentait, elle ne bougea pas d'un millimètre.
État de grâce… Pour le citer !
Elle cherchait un mot qui brillerait autant que l'étoile au-dessus de la maison : Attirance. Ils n'éprouvaient pas le besoin de se regarder. Le moment n'était pas bien choisi… Si, pourtant, il l'était !
Le ravisseur sortait de chez Boisset, refermait la porte et revenait tranquillement vers eux.

À cet instant, Clarisse devina une présence sous le mimosa, quelque chose d'indéfinissable et pourtant, elle en était certaine. Elle imaginait la stratégie, le scénario échafaudé par le plus grand flic au monde : Son pote à elle. Ils avaient longé le petit chemin qui menait à l'arrière du jardin, s'étaient glissés en silence le long de la haie et devaient attendre l'inévitable retour du dingue près de son char d'assaut.

Pour la première fois, elle éprouva alors, le réel danger d'une telle mission. À trente ans, elle découvrait que son ami de toujours n'était pas invulnérable et immortel. Avec effroi, elle s'inquiéta de savoir s'il portait bien son gilet pare-balles, s'il prendrait bien toutes les précautions pour ne pas s'exposer à la folie meurtrière du fauve qui sortait de chez Boisset… Tout près du mimosa, qui lui, ne bougeait plus.

Il allumait une cigarette et la flamme de son briquet éclaira son visage. Il semblait paisible, méthodique, presque maniaque, peu pressé à vrai dire de retrouver sa proie, persuadé certainement, qu'elle ne lui échapperait pas.

Dans la même fraction de seconde, ils sursautèrent tous les deux, déstabilisant ainsi le mirador qui ne touchait plus le mur. D'un coup de reins énergique, Maximilien remit la tour de garde devenue tour de Pise en équilibre et se colla contre Clarisse comme pour la protéger.
Quatre hommes sortirent de l'ombre en un éclair. Deux se jetèrent sur le ravisseur par l'arrière. Deux autres, lui faisaient face. Il fut plaqué et maintenu au sol sans ménagement. Clarisse reconnaissait la belle silhouette élancée de Lucas. D'autres hommes surgirent de nulle part et formèrent un groupe compact sans lui laisser le temps de sortir son arme.

Clarisse ne marqua que quelques secondes de stupéfaction et d'admiration pour les flics, avant de s'exprimer à haute voix :

- Mais quel gros nul ce mec ! Y a pas idée de fumer autant, surtout quand on chasse ! Un blaireau sans cerveau, juste un bol d'eau chaude. Je le déteste ! Je le déteste !

- Nous sommes sauvés Clarisse. Rien d'autre ne compte à présent ! Vous n'avez plus aucun souci à vous faire.
- Ben si justement, nous avons du souci à nous faire ! Quelque chose me dit que ça va barder un peu pour nous deux. Je le sens bien arriver comme « du pas simple qui va se compliquer ! ».
- Vous croyez vraiment que votre ami Lucas sera fâché ?
- Fâché ? J'adore votre sens de l'humour. Furax, oui ! La dernière fois qu'il m'a parlé sur ce ton, c'est quand Gaspard, son jules l'a quitté. Coup de chance, il est revenu depuis !

Maximilien van Hoff, debout sur une échelle, au cœur de la forêt landaise, rencontra alors une vague immense de sérénité. Il se laissa submerger par un déferlement de bien-être et reçu en plein cœur, une rafale de bonheur au détour de cette phrase : « *Quand Gaspard, son jules l'a quitté* ! ». Désemparé par cette réaction insolite et totalement imprévue, il posa doucement sa tête sur ses mains qui tenaient le barreau, souriant comme un enfant qui reçoit le cadeau espéré au matin de Noël. Il ne bougea plus, trop heureux d'avoir à se concentrer sur cette merveilleuse information.

Clarisse, déjà arrivée en bas, le regarda avec étonnement. Elle respecta ce temps de répit qu'il s'octroyait après la tension des dernières heures. Elle alluma toutes les lumières de la maison pour signifier la fin d'un siège qui avait duré deux grandes heures, autant dire : Une éternité.

Elle s'empiffrait de chocolat lorsque Lucas tambourina à la porte. Les coups n'avaient rien de tendre et résonnaient d'impatience.
Elle ressemblait à une petite fille désirant échapper à la bonne avalanche de reproches que pourtant, elle méritait. Elle ouvrit la porte, laissant apparaître un homme vêtu de noir, portant un brassard orange fluo qui précisait l'information : POLICE.

Le regard sombre se voulait sévère mais un léger sourire trahissait malgré lui, celui qui s'efforçait de jouer un rôle. Elle lui sauta au cou sans même lui laisser le temps d'ouvrir la bouche. Il n'éprouvait plus d'autre désir que de la serrer dans ses bras. Cette fille était définitivement folle mais tellement importante pour lui. Si importante, qu'il ne cherchait pas à s'en détacher, trop heureux de la retrouver vivante, de la serrer contre lui et de respirer son parfum.

La bouche pleine, elle le remercia d'un : « Mission accomplie » qui sentait le praliné aux noisettes. Il allait d'abord savourer l'instant, faire reculer sa peur, retrouver son calme et lui passer une allumée dont elle se souviendrait longtemps. Comme si elle le devinait, elle argumenta la première :

- Tu es le meilleur Lucas ! Merci, merci, merci ! Sans toi, nous étions plutôt mal barrés. Tu nous aurais retrouvés momifiés tous les deux en arrivant à Pâques !
- Si tu prévenais aussi ! Mais Mademoiselle adore les mystères, préfère les situations périlleuses, se la joue « Alice Nevers » sans doute ? Tu as vraiment le chic

pour te fourrer dans des histoires sans nom ! Tu n'as pas mieux à faire en ce moment ?

Aussitôt, elle lui pinça le bras en y ajoutant une grimace qui disait : « Chut, tais-toi… Il ne sait rien ! »

Maximilien assista aux retrouvailles, les yeux baissés, terriblement gêné et préparant pour sa défense des arguments qu'il savait d'avance irrecevables. Il n'avait pas d'excuse, aucune. Une seule phrase retenait agréablement son attention et virevoltait dans son esprit : « Coup de bol, son jules est revenu !».
Clarisse avait raison, le flic était grand et beau. Furieux mais beau !

Il tenta alors un timide : « Merci pour votre intervention ». Lucas répliquait déjà :

- Les explications seront pour plus tard. Vous souhaitez lui parler avant le départ ?
- Parler à qui ? bafouilla-t-il, d'un air absent.
- À Nicolas Pétrowski ?
- À dire vrai, je ne sais pas bien.
- Mais de quel départ tu parles ? questionna une Clarisse toute paniquée.
- Les vacances sont finies. Tout le monde rentre maintenant.
- Non, pas question ! Moi, je reste ici ! J'ai du temps et j'ai le droit de…
- Ne commence pas à faire ta bourrique, je vais manquer de patience ! Tant que l'enquête n'est pas terminée…

Maximilien quitta la pièce sans un mot, laissant les deux amis improviser une nouvelle dispute qui se hisserait certainement en première place du top des prises de bec.
Il se dirigea vers les policiers toujours en poste sur le parking. Il les salua d'un signe de tête reconnaissant et marcha comme un automate dans la direction de son ravisseur, menotté, attaché à la portière de la voiture et sous bonne garde. Il s'approcha alors doucement de son tortionnaire. Instigateur ou non de ce rapt, il avait joué le rôle du « chien de garde » à tendance « enragé ». Il se dégageait de lui toute la haine et la violence qu'un homme pouvait contenir.

Les images revenaient en accéléré, les odeurs nauséabondes de sa geôle, le froid humide, le goût des croquettes pour chien qu'il s'était refuser de manger même pour calmer un peu sa faim, l'impact des coups reçus sans autre raison que la satisfaction de la pure méchanceté, les humiliations répétées…

Pour échapper à ce cauchemar, Maximilien van Hoff prit son inspiration, le regarda droit dans les yeux et sans que quiconque ne s'y attende, le bruit d'une gifle déchira le silence de la nuit.
Nicolas Pétrowski assommé par la violence du coup, recula malgré lui, eut l'impression que sa tête allait exploser mais se reprit aussitôt pour lui jeter un regard de feu, accompagné d'un petit rire narquois et terriblement mauvais.
Les deux hommes s'affrontaient, l'un retenu par des menottes, l'autre par la stupéfaction de son geste.

Abasourdi, Maximilien recula puis tourna le dos à ce monstre. Il releva la tête et chercha Clarisse du regard. Il pressa le pas vers elle qui levait les deux pouces en signe de félicitations et l'accueillait avec son fameux « Yes ! Yes !» qui disait à lui tout seul, combien elle approuvait cette belle gifle bien méritée.
Elle n'éprouva pas le besoin d'en rajouter comme à son habitude. Elle ouvrit ses bras pour qu'il puisse venir s'y réfugier, tout simplement. Oubliant véritablement ce qui se passait autour d'eux, comme seuls au monde, elle le consola encore une fois :

- Bravo, vous avez fait le maximum cette fois ! Un peu plus fort, on se retrouvait avec la tête du tueur sous le mimosa.
- Vraiment, je ne sais pas ce qui m'a pris !
- « Qui sème le vent, récolte la tempête et qui donne des coups, reçoit des baffes ! ». Rien de plus normal. Je vais le noter dans mon dictionnaire. De toute façon, ce mec a une vraie tête à claques, il ne doit pas s'étonner non plus !
- Jusqu'à présent, c'était surtout lui qui les distribuait et avec une certaine allégresse. Je me suis vengé et c'est la première fois de ma vie que je frappe quelqu'un.
- Il va s'en remettre et si ce n'est pas le cas, on s'en fiche royalement. Je suis sans pitié pour ce gros malade qui vous a mal traité si longtemps. Je n'avais jamais vu la méchanceté de si près. Vos plaies aux poignets, sans parler du reste, ne plaident pas en sa faveur. Si j'étais avocate, je serai celle du Diable et

je sens bien que mon réquisitoire serait sans nuance. Non mais quoi !

- Clarisse, qu'allons-nous devenir maintenant ?
- Nous allons manger du crabe et savourer notre liberté ! Nous sommes libres !
- Libres oui, mais seuls ?
- Maximilien, vous n'allez pas craquer maintenant ? Toute votre vie vous attend : Irina, Joséphine, Jean-Marcel, la Jaguar au garage, des milliers de salariés à travers le monde, vos boutiques, vos résidences et les voleurs à retrouver. Ce n'est pas le moment de flancher !

Clarisse se détacha de lui en douceur. Elle réalisa en l'égrainant, qu'elle ne faisait pas partie de la longue tirade énumérée à l'instant. Pourquoi n'avait-elle pas sa place dans cette liste qui faisait sa vie, sa vie à lui, celle d'avant ?
Eh oui ! Elle arrivait plus tard… Au cœur du désordre et du danger. Elle avait vraiment le chic pour arriver toujours après la bagarre !
Quoique, cette fois, elle n'avait pas raté l'essentiel : l'arrestation du malfrat tortionnaire.

Si Maximilien approuvait et lui souriait pour donner le change, son regard perdu exprimait la sensation de solitude qui s'abattait sur lui. Elle s'étonna en silence qu'il ne se précipite pas sur le téléphone pour prévenir sa femme. Quelque chose clochait chez le jeune marié et le roman d'amour raconté dans les premières heures, s'était comme volatilisé.
Désagrégé en plein vol.

Clarisse, intriguée par ce paradoxe mais pas vraiment mécontente, entra dans la maison. Elle ne croyait pas à cette histoire d'amour grandiose. Sur la photo, elle s'en souvenait très bien, elle avait immédiatement repéré un truc. Elle n'y mettait pas de nom précis, y repensait parfois, poursuivait la recherche « du truc », qui restait ce soir encore, indescriptible et pourtant très présent.
Elle ne l'avait rêvé, tout à l'heure, sur l'échelle, le frôlement de ce doigt s'attardant sur sa main.
Elle se jeta sur la tablette de chocolat et s'affala dans le canapé. Elle hésitait entre le soulagement et la tristesse.
Rentrer à Bordeaux, quitter Maximilien qui n'allait certainement pas s'attarder chez elle mais rentrer dans son beau quartier ... La solitude s'abattait sur elle aussi.

Après de longues discussions, de nombreux appels et de conciliabules, trois voitures repartaient discrètement dans la nuit, emmenant des policiers fatigués d'avoir cherché pendant des semaines un certain Monsieur Maximilien van Hoff. Les lumières bleues des gyrophares éclairaient un ciel sombre emmenant loin du Vieux-Boucau, le danger et l'ennemi. Si l'arrestation venait de se dérouler sans grande difficulté, grâce à la précieuse collaboration de Clarisse, il restait à résoudre cette enquête et trouver tous les coupables avant de classer cette affaire pourrie.

Sur un ton sans appel, Lucas leur ordonna de préparer leurs affaires pour un retour immédiat sur Bordeaux et précisa à Clarisse qui s'engageait dans la protestation :

- Je ne veux rien entendre ! Tu as pigé ? Je te préviens, si tu me sers ton fameux : « Ce qui ne tue pas, rend plus fort », je t'en colle une. Clair ?

- Alors là, j'hallucine…
- Tu peux admettre que je sois furieux contre vous ?
- Tu peux comprendre toi aussi ! Maximilien voulait seulement vous aider, rassembler des preuves, vous indiquer la bonne piste, trouver des éléments sérieux…
- Mais tu es bête ou tu le fais exprès ? Tu pourrais être considérée comme complice dans tout ce bazar.
- Arrête ton char Lucas ! Personne ne pourrait croire que je sois coupable de ce ravissement. Non ! Comme si j'avais pu le « ravisser », le « ravirer ». Mais comment on dit d'ailleurs ?
- C'est ça ! Fais l'andouille ! C'est bien tenté mais je n'ai pas envie de rire. Quant à vous Monsieur van Hoff, vous allez devoir vous expliquer.
- Mais certainement ! Croyez bien que je regrette mon obstination, qui du reste, n'a pas été très fructueuse. Je n'ai pas de preuves réelles, des soupçons tout au plus…
- De quel ordre ?
- C'est-à-dire que…

Il regarda étrangement Clarisse, la supplia en silence de quitter la pièce. Devant elle, jamais il n'oserait avouer pareil échec. Après lui avoir raconté sa rencontre, son coup de foudre magique puis son mariage de rêve avec Irina, il se sentait incapable de parler en sa présence, de la possible trahison de sa femme.
Apparemment, elle savait déjà lire dans son regard. Elle quitta la pièce dans un mouvement qu'il jugea triste et terriblement injuste. Ce qu'elle considérait certainement

comme un manque de confiance n'était en réalité, que la honte qui l'habitait tout entier.

Elle entra dans sa chambre plus dépitée que furieuse. Après une légère hésitation, elle prépara son sac, jetant ses vêtements en boule en soupirant. Elle trouvait cette fin de vacances plutôt frustrante. Elle désirait rester là, dormir, prendre enfin du temps avec Maximilien pour mieux le connaître.

Elle regarda l'heure quand tout à coup, elle se figea. Elle venait de comprendre.
Elle déboula dans le salon sans prévenir, en regardant le poignet de Maximilien comme la dernière trouvaille du siècle.

- Maxi, qui vous a offert cette montre ?
- Ma femme ! Mais pourquoi cette question ?
- C'est la seule chose que vous portiez et à Bordeaux et ici. Vos fringues, vos chaussures, j'ai tout jeté à la poubelle. Il ne pouvait pas nous retrouver sans quelque chose pour vous tracer et c'est dans votre montre. Hein Lucas ? Il existe des puces miniatures ?
- Oui.
- C'est possible ou pas ?
- À vérifier ! Nous allons la faire expertiser au labo.
- L'affreux jouait avec un boîtier noir, un genre de téléphone qu'il regardait sans cesse. Ce n'est quand même pas un hasard s'il est arrivé après notre petite virée sur la plage ? Enfermé dans la maison, il perdait votre trace, sauf qu'à l'extérieur, les ondes

truc-machins passaient. Nous sommes restés dehors plus de deux heures. Il a eu tout le temps d'arriver.

Son raisonnement et sa démonstration toute simple tombèrent comme un coup de massue.
Pourquoi Irina aurait-elle piégé ce premier cadeau qu'elle offrait à son futur mari ? Pour servir qui ?

Il fallait vraiment rentrer à Bordeaux.

Lucas referma la porte en gardant dans sa main le trousseau de clés de Clarisse. Comme elle s'apprêtait à prendre le volant, il lui ouvrit la portière arrière et d'un signe de tête autoritaire, lui signifia son intention de conduire en la priant d'éviter toute discussion. Une ambiance tendue accompagnait les trois voyageurs. Une sorte de garde-à-vous qu'il était préférable de respecter. Maximilien se tenait droit et silencieux aux côtés de l'inspecteur qui semblait bien trop grand pour la petite Clio. Clarisse installa son sac en forme d'oreiller et s'allongea sur la banquette en bougonnant un : « Mets-moi dans le coffre pendant que t'y es !».

- Tu boudes Clarisse ? questionna le pilote désireux de rejoindre Bordeaux au plus vite et qui ne ménageait pas la mécanique depuis déjà dix bonnes minutes.
- Non, je dors… Enfin, jusqu'à l'accident !
- Tu as confiance, dis-moi ?

- Je te préviens ! Ma voiture a deux cent mille kilomètres. Si tu la bousilles, je fais un prêt en ton nom pour la remplacer. Clair ?
- Assez oui !
- Ce n'est pas un bolide mais j'y tiens !
- Je calme un peu. Dors !

La promesse fut suivie des faits. Lucas ralentit pour le plus grand bonheur de Maximilien. Habitué au confort des voitures d'excellence et à la maîtrise parfaite de Jean-Marcel, il appréhendait quelque peu, les pilotages sportifs… D'autant qu'il ne se sentait pas pressé d'être au commissariat. Il lui faudrait répondre à une multitude de questions et se laisserait entraîner vers la vérité.
Comment protéger Irina ? Était-elle vraiment complice ou manipulée elle aussi ?

Les images revenaient. Leur rencontre insolite, ce besoin immédiat d'être auprès elle tout le temps, très vite, sans la connaître vraiment. Elle s'était installée chez lui dès le lendemain de leur deuxième rencontre.
Quelque chose s'était brisé. Il ne ressentait plus le bonheur éprouvé comme réel mais plutôt comme un rêve presque effacé. Trop de questions et de doutes avaient piétiné sa confiance et ruiné son amour… Il n'en restait plus rien.

Après quelques vingt kilomètres, il vérifia que Clarisse dormait, la recouvrant de son manteau avec une infinie précaution puis la regarda avec insistance. Rien n'échappait à Lucas, surtout pas la tendresse qui accompagnait cette délicate attention. Curieux et touché, il lui demanda : « Elle dort ? ».

- Je crois que oui !

- Ah ! Vous la connaissez bien ? On peut s'attendre à tout avec elle. Moi, ces derniers jours, je la croyais sagement chez elle. Pas du tout ! Mademoiselle batifolait avec le mec que toute la ville recherche. Moi le premier !
- Batifoler ? Mais je ne vous permets pas et qu'allez-vous imaginer ? Clarisse m'a caché, soigné, nourri et consolé aussi. J'avais besoin d'aide et je suis heureux de m'être réfugié chez elle. Peu de gens auraient eu son courage !
- Son inconscience plutôt ! Je ne comprends pas qu'elle ait accepté de vous suivre dans un scénario aussi foireux que dangereux. Je l'ai connue plus…
- Plus quoi ?
- Plus raisonnable !
- Elle est tout, sauf raisonnable ! Elle reste une rencontre incroyable. J'ai tant appris en quelques jours.
- Ben voyons ! Vous allez me sortir les violons en plus !
- Elle a simplement cherché à m'aider. Je suis l'unique responsable et je trouve injuste qu'elle soit inquiétée. Dans certaines circonstances…
- Fallait y penser avant ! Je vous rappelle que vous n'aviez pas à enfreindre la loi, ni seul, ni avec elle ! Vous pouvez me servir, je ne sais quel prétexte ou explications à la gomme, vous perdez votre temps. Suis-je bien clair ?
- Parfaitement !

- Si ce malade avait fait du mal à Clarisse, sachez que… que.
- J'étais là pour la protéger.
- Ben voyons ! Avec vos petits poings contre son pistolet automatique et sa détermination à vous supprimer. Vous n'aviez aucune chance, au mieux, il vous flinguait tous les deux.

Le ton montait entre les deux hommes. Maximilien s'expliquait dans une confusion incroyable. Lucas ne dérogeait pas à une règle tellement évidente : un kidnappé qui s'échappe prévient la Police. Point barre ! C'était quoi ce cirque de prendre les flics pour des andouilles et de les appeler à la rescousse lorsque le danger se présentait de nouveau ?

Clarisse, bien au chaud sous son manteau, se préparait à entendre une dispute mémorable. Lucas, têtu comme une mule ne céderait pas, ne lâcherait rien et arriverait à Bordeaux au bord de l'implosion. Elle ne reconnaissait pas la voix grave et autoritaire de Maximilien qui défendait sa cause avec maladresse. Il pouvait donner le maximum parfois et surprendre.
Derrière les mots et la colère contenue, elle savourait la sensation d'être au cœur des débats. L'amitié de l'un et la douce reconnaissance de l'autre la touchaient. Ils pouvaient bien se disputer, s'arrêter sur le bord de l'autoroute, se traiter de tous les noms d'oiseaux…
Elle avait deux supers héros dans sa voiture et dans sa vie. Batman, l'homme en noir, avec Police écrit sur le bras pour la protéger et… et ?

Pourquoi rien ne lui venait à l'esprit ? Comme elle ne trouvait pas de ressemblance qui corresponde vraiment à Maximilien, elle réalisa qu'il était unique.
Unique, comme c'était bien aussi !

- Parlez moins fort, s'il vous plaît ! Vous allez la réveiller et elle a besoin de dormir, chuchota tout à coup Maxi. Vous pourriez attendre un peu pour éponger votre colère contre moi.
- Effectivement, je peux attendre mais croyez bien, que je ne vous louperai pas ! Comme dit souvent la Miss : « Il ne faut quand même pas pousser les bornes des limites ! ».

Plus un mot ne vint troubler le silence d'un retour qui s'annonçait difficile. Clarisse dormait vraiment. Lucas réfléchissait à son enquête avec le peu d'éléments que l'autre imbécile acceptait de lui donner. Restait à vérifier cette histoire de montre…
Il espérait que ses collègues lancés sur la piste de Pétrowski, déjà connu de la police, trouveraient chez lui des indices probants et matière à remonter vers d'autres complices. Le faire parler serait probablement compliqué, voire impossible. Il réclamerait son avocat attitré. Un sale type que Lucas soupçonnait d'être aussi blanc que le charbon.

Rien dans la vie plutôt exemplaire de van Hoff, des écoutes, des longues surveillances de son domicile n'avaient pu les éclairer.
Son ami Victor, très inquiet, se tenait informé de l'avancement de l'enquête quotidiennement.

Son épouse, femme discrète frôlait même la transparence, portait toute la misère du monde sur ses épaules. Il la rencontra à deux reprises et comprit qu'elle ne savait pas grand chose de la vie de son mari.
Réservée, elle semblait ne pas s'intéresser aux affaires et devait passer plus de temps chez le coiffeur que dans le bureau du chef d'entreprise qu'elle venait d'épouser.
La lune de miel avait été de courte durée !

Un rapt crapuleux pour obtenir une rançon donnait toujours du fil à retordre aux policiers. Les jours passaient, les semaines défilaient et la sensation d'être englués dans l'incompréhension exaspérait ses hommes. Parfois, un élément faisait croire à une piste qui leur filait très vite entre les doigts. Il fallait revenir à la case départ, tout reprendre à zéro, avancer de nouvelles hypothèses ou théories fumantes. Tous les voyous de la région s'étaient vus surveillés comme le lait sur le feu mais rien ne filtrait, jamais. Avoir aussi peu d'indices frôlait le ridicule et Lucas ne supportait pas de se sentir ridicule.

Maximilien se repassait le film du premier jour, celui où tout basculait dans l'horreur. Il entendait encore le « Monsieur » désespéré de Jean-Marcel, sur cette petite route de campagne, lorsque son ravisseur l'avait frappé puis jeté dans le coffre d'une voiture. Il se souvenait précisément du stop que son chauffeur marquait longuement, en raison d'un brouillard épais. Il lisait des notes préparées par son assistante et se rendait à un rendez-vous secret. Le rachat d'une entreprise de la région bordelaise nécessitait une discrétion toute particulière et il n'avait pas jugé utile de mettre Victor dans la confidence. Seule Irina savait qu'il se rendait à Frontenac. Ce détail le

taraudait depuis le premier jour. De façon insidieuse, cette question revenait sans cesse.
À qui avait-elle confié cette information, donnée à la va-vite sur le perron, juste avant son départ : « *Je pars pour Frontenac. Je ne rentre pas tard. Je t'aime* ».

Ce manque de confiance était stupide, fondé sur rien et sans doute injuste. Son épouse n'avait aucune raison de le trahir. D'ailleurs, elle ne connaissait presque personne dans cette ville. Il ne pouvait se résoudre à imaginer la frêle Irina, impliquée dans une affaire mafieuse pour lui extorquer de l'argent, qu'il était d'ailleurs, tout prêt à lui offrir. Il ne désirait qu'une chose pour elle. Une vie de rêve pour un amour en grand format.

Il ne jugea pas utile de demander de ses nouvelles au policier qui s'engageait déjà à vive allure sur le périphérique. Depuis qu'il avait retrouvé sa liberté, il n'éprouvait pas le besoin de savoir ce qu'Irina vivait en son absence.
Caché chez Clarisse, il n'avait pas cherché à rassurer son épouse, se prétextant à lui-même, le désir de la protéger. Elle semblait être entrée puis sortie de sa vie comme par magie, ne laissant rien derrière elle. Ni regret, ni peine. De se remémorer ce « je t'aime » sur le perron, il réalisait le chemin parcouru depuis ce matin-là. Il ne restait rien, tout semblait dévasté. Pire, il ne ressentait rien. Si pourtant ! Un goût amer…
Celui sans doute, que vous laisse le goût de la trahison.

Il fallait vérifier, savoir, comprendre, ne pas condamner sans preuve, lui laisser une chance. Même si elle restait

étrangère à cette sordide machination, il s'interrogeait sur le devenir de son couple.
Le désert semblait le mot qui se rapprochait le mieux de ce qu'il ressentait : rien, une chimère, un mirage qui avait envahi puis déserté son cœur.

Lucas gara la voiture sur le parking. Habitué aux lieux, surtout la nuit, il donnait l'impression d'entrer chez lui. Il se retourna et vit Clarisse cachée sous son manteau. En douceur, il la secoua en disant :

- Clarisse, nous sommes arrivés. Réveille-toi !

Le réveil fut difficile. Elle s'étira en bougonnant puis réalisa qu'elle se trouvait dans la cour du commissariat.

- Oh non ! Tu aurais pu me déposer chez moi… T'es franchement pas sympa !
- Tu viens t'expliquer d'abord ! Monsieur le commissaire doit t'attendre avec une certaine impatience. Il faut le comprendre aussi !
- Tu me traites comme une ravisseuse ? Il ne manque que les menottes pour une arrestation en bonne et due forme !
- Elle a raison ! osa alors, un Maximilien déboulonné pour de bon.

Il espérait une liberté immédiate et sans restriction pour la complice d'une cavale jugée bien sévèrement.

Lucas salua ses collègues, retrouva ses coéquipiers, distribua des poignées de mains et se dirigea au pas de course vers son bureau.
Ses deux compagnons, eux traînaient les pieds, se regardaient en silence et se renvoyaient des petits sourires d'encouragement.

Avant d'entrer dans le bureau de Lucas, elle glissa à l'oreille de Maxi : « Il fait son cake, mais je m'en moque pas mal ! Il veut m'apprendre à vivre dans sa ligne droite mais moi, j'ai toujours préféré les pointillés. Je m'en fiche, dans une heure, je suis dans mon lit ! ».

- Je l'espère bien ! Tout est de ma faute, je vais le leur expliquer et vous ne serez pas inquiétée. Je m'en porte garant…

C'est alors qu'un géant baraqué à l'air pas commode, entra dans le bureau en leur jetant à tous les deux, un regard peu aimable. Le commissaire !

- Aïe ! Ce n'est pas gagné ! Ajouta-t-elle discrètement mais déjà un peu moins rassurée.
- Nous allons faire amende honorable et…
- Mais c'est bientôt fini ces roucoulades ? fut l'introduction choisie par Lucas, qui d'une main les invita à s'asseoir sur les deux chaises installées devant son immense bureau.

Maxi, rouge jusqu'aux oreilles hésita, chercha un soutien hypothétique du côté d'un jeune homme adossé près de la fenêtre. Clarisse s'installa, indifférente à ce qui se passait et se concentra sur une photo accrochée au mur. Le silence se fit avant que Lucas ne demande :

- Mademoiselle. Donnez moi votre nom, prénom, date de naissance, je vous prie.
- Tu rigoles ?
- Je répète : Nom, prénom et date de naissance.
- Tu ne vas pas m'interroger comme une coupable ?
- Je vais me gêner !
- T'arrête ton cinéma tout de suite. Ce n'est pas drôle !
- Je te l'accorde ! Pas drôle du tout mais c'est la procédure.
- Je m'en fiche de ta procédure ! Cherche plutôt les vrais coupables. Déjà que je t'ai servi le ravisseur sur un plateau, tu pourrais te montrer plus…
- Quoi ? Comment ?
- C'est vrai ! Sans moi, tu ne le retrouvais pas l'autre tordu de Pétrowski.
- Alors là ! Mais tu es d'une mauvaise foi à toute épreuve…
- C'est la vérité ! Je t'ai même guidé par texto. Rien de plus facile à prouver !

Surpris et amusé par l'aplomb de la demoiselle, le géant pas sympa éclata de rire sans pouvoir se contrôler. Un rire franc et sonore qui ne passa pas inaperçu. Lucas le foudroya d'un regard qui cherchait à le calmer instantanément. Ce fut peine perdue. Le rire se transforma en gloussements communicatifs à tous. Clarisse ne riait pas et savait que dans moins d'une heure, elle dormirait dans son lit.

Maximilien van Hoff éprouva un incroyable soulagement. Enfin, il pouvait respirer. Il resterait seul pour leur raconter et sa honte serait moins pénible à supporter en l'absence de Clarisse. Elle se leva sans y être vraiment invitée. Elle réclama ses clés de voiture à Lucas avec le sourire d'un ange et un regard glacial. Dans un langage codé, on pouvait comprendre : « Si tu cherches des noises à Maximilien, je ne te le pardonnerai pas ! ».
L'inspecteur baissa les yeux, ébranlé par cette mise en garde qu'il devinait très sérieuse. De façon générale, Clarisse ne prévenait qu'une fois.

Il lui tendit ses clés et ajouta avec douceur : « Rentre bien et repose-toi ! Tu en as besoin ».
Elle ne résista pas et se lança dans un commentaire ponctué de grimaces et de savoureuses mimiques :

- Pour ta gouverne, sache que je n'ai pas kidnappé Monsieur van Hoff. Si tu veux le descriptif de l'état dans lequel je l'ai retrouvé, histoire d'agrémenter ton dossier, je peux te rédiger un compte rendu très détaillé. La monstruosité de ce primate de Pétrowski ne fait pas l'ombre d'un doute. Tu peux le noter dans ta procédure et faire l'économie d'un psychiatre. Il est fou ! Maintenant, reste à savoir s'il est seul ou dangereusement accompagné ? Qui est le commanditaire et l'instigateur de ce rapt crapuleux ?

Elle n'attendit pas la réponse, se pencha vers Maximilien pour l'embrasser et quitta la pièce la tête haute. Lucas prit trois secondes pour enregistrer et surtout décrypter la dernière phrase de Clarisse avant de se précipiter dans le couloir et de la rattraper fermement par le bras.

- Tu ne rentres pas chez toi. On va te trouver une planque.
- Une quoi ?
- Un endroit discret avec surveillance.
- T'es lourd comme flic. Je te jure !
- Nous ne savons pas s'ils sont plusieurs. Si c'est le cas, tu es en danger.
- Et en danger de quoi s'il te plaît ?
- De représailles, de mort peut-être ? Tu es un témoin, sa complice, dans le camp de van Hoff. Voilà qui leur suffira pour s'en prendre à toi !
- N'importe quoi ! T'es un gros parano mon pauvre Lucas ! C'est nouveau cette tendance à changer d'avis toutes les deux minutes ? Tout à l'heure, tu m'interrogeais comme une coupable et me voici désormais une victime potentielle. Ils peuvent toujours me kidnapper, la rançon va être du genre modeste et difficile à rassembler ! Mon pauvre Lucas, tu vas devoir casser ta tirelire…
- Tu ne commences pas avec tes argumentations à la chaîne. Obéir, as-tu une vague idée de ce que ce mot veut dire ?
- C'est assez flou !
- Et danger ?
- Non, je ne connais pas !
- Tu arrêtes ton cirque tout de suite et tu vas suivre ces deux messieurs sans discuter. Pigé ?

Un regard avait suffi, deux jeunes hommes un peu gênés s'approchèrent d'elle en lui souriant. Elle recula aussitôt, se sentit agressée puisque contrainte d'obéir et de les suivre.
La suite ne fut pas précisée mais elle imagina deux choix possibles : La planque ou la cellule. Lucas expliquait de façon vague ce qu'elle n'écoutait pas vraiment :

- Ils t'emmènent chez Madame Lavergne. Elle travaille avec nous depuis très longtemps. Tu seras très bien auprès d'elle. Je passe te voir demain.
- Ne te dérange surtout pas ! Je n'ai plus envie de te voir pendant deux siècles... Au moins !
- Comprends-moi et mets-toi un peu à ma place...
- La mienne me suffit largement !

Elle tourna les talons dans un geste de colère, pressa le pas, sortit de ce couloir à la vitesse de l'éclair, suivie par deux jeunes policiers qui ne pipaient mot.
Arrivée à sa voiture, elle prit son sac de voyage et referma le coffre énergiquement en ajoutant : « Putain de chimio ! ».
Elle ne ferma pas à clé pour que Maximilien puisse récupérer ses affaires. Personne ne viendrait voler sa voiture sur le parking des flics... Théoriquement !

Les deux hommes restèrent plantés là, pas franchement certains d'avoir tout compris. Elle précisa à leur intention : « Il me gonfle, mais il me gonfle !».
Ils lui adressèrent un sourire poli qu'elle interpréta aussitôt comme une façon élégante et professionnelle de répondre : « Nous aussi, il nous gonfle !».

Elle n'osa pas s'allonger sur la banquette. Il ne fallait quand même pas exagérer !
En silence, elle regarda la route défiler. Elle en avait assez de ces questions qui ces derniers temps l'assaillaient jour et nuit. Elle souhaitait faire une pause. Une ou deux fois par an, elle annonçait à son entourage qu'elle entrait en hibernation ou qu'elle se mettait en mode « ours polaire ». La période pouvait durer de cinq minutes à dix jours... Jamais au-delà, elle s'ennuyait trop.

Aucun des deux flics ne parlait. L'un conduisait, l'autre faisait office de GPS avec une voix de robot qui avait oublié de muer. Une voix de petite fille dans le corps d'un grand crétin qui obéissait au doigt et à l'œil à un Batman parano !
La vie était difficile parfois mais ce soir, elle battait tous les records du monde de l'incompréhension. À ce niveau-là, faut savoir lâcher se disait Clarisse, perdue dans la campagne et en route pour une destination inconnue.

Le conducteur muet regardait régulièrement dans son rétroviseur. Un œil pour vérifier que personne ne les suivait, un œil pour s'assurer que sa passagère ne tenterait pas de quitter le véhicule, retrouvant ainsi une liberté qui semblait être sa seconde nature.
Il ralentissait et le GPS répétait : À droite ! Si à droite ! Sûr, c'est à droite ! T'as vu ? C'était à droite !
Il y avait des soirées étonnantes avec des conversations irréelles. Celle-ci dépassait toutes ses espérances.

La fatigue et les émotions de ces derniers jours faisaient leurs œuvres. Là où elle aurait dû participer activement à la conversation, poser des questions aux deux jeunes flics et s'amuser de cette situation totalement loufoque, elle se sentait gagnée par de la mauvaise humeur saupoudrée de lassitude. La présence rassurante de Maximilien lui manquait… Rassurante la fit sourire malgré elle. Comment cet homme pourchassé par un tueur pouvait-il être rassurant ? Ce mystère restait sans réponse. Elle savoura la sensation étrange et contradictoire qu'elle ressentait au plus profond d'elle, tout à coup, comme plus légère, presque apaisée.

La grande grille ouverte sur le bord du petit chemin ressemblait à celle d'un château. L'allée bordée d'arbres n'en finissait pas et elle se demandait où se trouvait la fameuse planque. La réponse apparut comme dans un rêve : Un château magnifique, pas très grand et éclairé dans la nuit. Elle se sentit attendue. La voiture n'avait pas terminé son demi-tour dans la cour qu'une femme d'un certain âge s'avança sur le pas de la porte, un châle rose sur les épaules.

De façon synchrone, elle entendit un « au revoir mademoiselle » robotisé et empreint d'un soulagement véritable : « Mission accomplie - Cadeau déposé chez Lavergne - Chef content - Nous, dormir !».

Elle leur adressa un « bon retour » poli et son sac à la main, elle repartait vers de nouvelles aventures :
La découverte de la vie de château aux côtés de Madame Lavergne, quatre-vingts ans au moins, en guise de garde du corps.
Sécurité avait dit Lucas !
En grimpant les six marches d'un escalier magnifique, elle s'inquiéta alors de savoir, si elle avait fait le bon choix. La

cellule devait être minuscule et crado. Par contre, côté surveillance et sécurité, il n'y avait pas photo !
Dans l'équipe du parano, elle avait repéré deux flics sacrément costauds et plutôt bien fichus côté pectoraux !
Elle se présenta et fit ses excuses pour cette arrivée aussi tardive.

- Aucune importance ma petite. Je ne dors pas beaucoup et veiller ne me gêne pas. Lucas va bien ? Il a eu beaucoup de travail ces derniers temps. Je le vois si peu.
- Ah ! Vous connaissez Lucas ?
- Il ne vous l'a pas dit ? Je suis sa tante. En réalité, je suis sa grand-tante par alliance. J'ai épousé en deuxièmes noces, le frère aîné de sa grand-mère paternelle.
- Ah bien ! répondit Clarisse en souriant bêtement…

Enfin, comme quelqu'un qui cherche à faire croire que tout est clair. Elle ne comprenait rien à ce compliqué pas simple.

- Entrez vite ! Je vais vous accompagner jusqu'à votre chambre. Vous verrez, on y dort très bien.
- Merci de m'accueillir. Lucas vous demande souvent ce genre de petit service ?
- Non, c'est la première fois. Il aurait dû me prévenir plus tôt !
- C'est très gentil à vous…
- Quand on peut se rendre service. Voilà, nous y sommes !

Anéantie, elle découvrait que Batman n'était qu'un Pinocchio. Menteur et compagnie !

Comme elle ne bougeait plus, Madame Lavergne s'empressa de l'inviter à entrer et à faire comme chez elle. Cette nuit, « l'ours polaire » dormirait dans un lit à baldaquin recouvert d'un couvre-lit d'un autre âge. Un lit digne d'une princesse. D'une reine : « La reine des cloches !».

La petite pendule fixait sa petite aiguille sur deux heures . Clarisse regardait cette pièce avec fascination et ponctuait son étonnement de : « C'est beau, comme c'est beau. Oh là là, tout est si beau !».
La maîtresse des lieux lui souhaita une bonne nuit sans attendre une réponse. L'essentiel était dit !

Brusquement, elle sortit de cet enchantement et chercha son portable pour formuler un texto salé, épicé même, à l'attention de ce clown de Lucas qui la prenait pour une demeurée.
Sous le couvert d'une protection rapprochée, il s'était débarrassé d'elle, en rase campagne pour couronner le tout. Ne trouvant pas l'inspiration, elle ouvrit son grand sac de voyage. Elle regagna la salle de bains en pensant à Maxi, assis dans le bureau, coupé du monde, interrogé par Pinocchio et sa bande. Il allait terminer la nuit, seul dans une cellule froide et minuscule.

Perdue dans ses pensées, regardant sans se voir dans un joli miroir doré, elle vit apparaître tout à coup, le visage d'Irina.
Enfin ! Elle mettait un mot sur le « truc ». Sur les photos, son regard semblait éteint, son visage parfait mais sans intensité donnait le sentiment d'exprimer le vide ou

l'absence. Étonnant, pour une jeune mariée soi-disant amoureuse ?
Celle qui ressemblait à la « fée Clochette » ne pouvait-elle pas être en réalité « Cruella ? ».

Pour échapper à cette sensation étrange de malaise et d'incompréhension, elle plongea dans le lit. Elle jouait avec les voilages soyeux du baldaquin et se prenait pour la Belle au bois dormant.

Toutes les images des dernières heures arrivèrent en farandole jusqu'à son esprit. Elle s'arrêta longuement sur ce qu'elle avait partagé avec Maximilien dans la cuisine. Ce mélange de tout et de rien avait quelque chose de subtil, de très nouveau pour elle, de si rassurant…

Agacée, elle se retourna brusquement, se cacha dans son oreiller pour éviter de chercher à nouveau. Pourquoi, toujours un truc dans sa vie, venait encombrer son esprit ? Elle voulait dormir une nuit sans rêve et sans cauchemar.

D'un seul coup, elle se releva, l'inspiration revenait. Confortablement installée dans des oreillers de plumes enveloppés de satin, elle écrivait en souriant un texto destiné au plus grand flic du monde : « Mon Dieu, le plus souvent, l'apparence déçoit. Il ne faut pas toujours juger sur ce qu'on voit !». Tartuffe.
Elle préféra préciser « Molière » et referma le portable d'un coup sec.
Ce soir, il n'y aurait pas de « Zou ».
C'était la première fois depuis que les portables existaient.

Décidément, tout allait de travers. Elle aurait donné tout son or pour pouvoir pleurer… Elle n'avait pas d'or.
Juste sa médaille de baptême. Pas même une alliance puisque le prince charmant tardait à venir la réveiller.
De désespoir sans doute, elle finit par sombrer.

Le difficile retour au commissariat se prolongea dans un tourbillon de questions, d'allées et venues dans une ambiance survoltée. Lucas n'en finissait pas de questionner, revenait sur ce qui venait d'être dit, repartait dans une nouvelle direction. Maximilien se sentait épuisé et totalement démuni. Ne sachant que répondre, il restait vague et peu précis.

Agacé, Lucas s'autorisa à lui dire :

- Soyons bien clairs s'il vous plaît ! Que votre femme soit probablement la maîtresse de votre ami Victor, croyez bien que nous sommes désolés pour vous, mais nous, on s'en fiche un peu ! Nous cherchons uniquement ceux qui vous en veulent au point de vous kidnapper et d'empocher la modique somme de deux millions d'euros… Nous faisant passer pour des incapables, en prime !
- Non, personne ne vous prend pour des incapables. Tout le monde reconnaît que vous avez mené cette enquête au mieux.

- Au mieux ? Mais vous êtes inconscient ou abruti ? L'intervention de Clarisse, son appel désespéré du Vieux-Boucau nous a mis sur la piste, sans quoi nous en serions encore à tourner en rond, de jour comme de nuit. Rien, nous n'avions rien ! Vous imaginez notre fierté à tous ou je vous fais un dessin ?
- Oui, bien sûr, je comprends.
- Avez-vous des ennemis ?
- Pas que je sache !
- Avez-vous remarqué des choses étranges ? Avez-vous signé des contrats foireux dans vos affaires ou accumulé de graves contentieux, reçu des menaces ces derniers mois ?
- Non.
- Pas de dettes impayées, pas de petits trafics, pas de salariés licenciés ?
- Non, rien de ce genre.
- Aviez-vous remarqué quelque chose ou quelqu'un de suspect, qui vous suivait par exemple ?
- Non, jamais.
- Votre employée de maison et votre chauffeur sont-ils de confiance ?
- Je ne vous permets pas d'émettre le moindre doute sur la moralité exemplaire et l'amitié sincère de Joséphine et de Jean-Marcel à mon égard.
- Oh là ! Calmez-vous ! Une question parmi d'autres, rien…
- Tous les deux avaient beaucoup à perdre et pas seulement professionnellement parlant.

- Bien. Depuis votre escapade, les avez-vous rencontrés ?
- …
- Je répète ma question. Les avez-vous rencontrés l'un ou l'autre ?
- Oui, mais une fois seulement.
- Où, chez Clarisse ?
- Non, quand même pas !
- Où dans ce cas ?
- Dans mon appartement.
- Vous êtes rentré chez vous ?
- Bien sûr que non ! Je parle de l'appartement que je possède rue de Bach mais que je m'applique à garder secret. En dehors d'eux, personne ne connaît l'existence de ce petit logement.
- Bien ! D'autres petits secrets de cet ordre-là ?
- Non, aucun.
- Que savent-ils ? Auraient-ils eu connaissance de quelques détails qui pourraient nous guider ?
- En dehors de la petite porte à l'arrière de mon domicile, je ne vois pas grand-chose.
- C'est quoi cette histoire de porte ?
- Notre appartement, situé rue Saint-Honoré donne sur le boulevard. Il s'agit de la porte principale. À l'arrière de notre cour et jardin, il existe une porte, qui donne sur une petite rue très peu fréquentée.
- On peut sortir par l'arrière ?
- Oui et un soir, alors que Jean-Marcel et Joséphine surveillaient, ils se sont aperçus que Victor et mon épouse empruntaient cette porte pour entrer et sortir.

- Vous êtes en train de m'expliquer, qu'ils se sont payés notre tête ? Lui, il venait pleurer pour la sécurité de Madame van Hoff, réclamant des flics devant sa porte alors qu'ils sortaient par l'arrière ?
- Oui, c'est ce que je vous explique.
- Attendez, attendez ! Je vais hurler un grand coup d'abord… Pourquoi personne n'a pensé à vérifier toutes les issues ?
  Un principe essentiel, un truc de base que je sache !
  Des nuls, mais des nuls…

Lucas quitta son bureau dans une rage folle. Personne ne broncha, pas un mot, pas un souffle. Chacun attendait que la colère s'exprime. Elle s'exprimait librement dans un chapelet de gros mots qui libéraient le flic. Furieux, de s'être laissé berner par ce Victor si prévenant et si inquiet du sort réservé à son grand ami Maximilien. Plus il repensait à ces visites quotidiennes pour s'enquérir de l'avancement de l'enquête, plus il avait envie de secouer ses coéquipiers. Ce n'était pas possible de s'être tous fait balader ainsi.
Le calme revenait mais en apparence seulement. Lucas retrouva son fauteuil et s'appliqua à reprendre son interrogatoire. Maximilien attendait que le déluge de questions reprenne.

- Pour quelles raisons votre chauffeur et votre employée de maison les surveillaient-ils ?
- Parce que mon épouse a congédié Joséphine, le jour même de mon kidnapping. C'est Jean-Marcel qui s'est étonné le premier de cette situation anormale.

De plus, il ne supporte pas que Victor s'autorise à prendre ma voiture.

- Certainement pas ! Elle est restée au garage de l'expertise.
- Je parle de la Porsche.
- Ah ! Excusez-moi… Vous parliez de la Porsche, bien évidemment !

Comme il ressemblait à Clarisse ! Ce style si particulier, légèrement ironique et les mêmes mimiques teintées d'humour. Tout ce qui portait un nom représentant le luxe avait l'art de les amuser ou de les agacer profondément.

Toute l'équipe s'était réunie dans le bureau. L'étau se resserrait sur le couple Irina-Victor.
Frontenac n'était pas encore versé au peu d'indices dont disposait l'équipe tendue comme un arc, laissant apparaître des traits de visages marqués par la fatigue.

L'arrivée d'un jeune homme interrompit le tourbillon incessant de questions qui ne trouvaient en réponse que des : « Je ne sais pas » embarrassés. Lucas le regarda avec impatience, espérant que la fouille chez Nicolas Pétrowski apporterait des éléments un peu plus convaincants.

- Alors ? Qu'avez-vous trouvé ?
- De tout !
- En clair ?
- Du fric, beaucoup. De la came, un peu. Deux flingues et des notes sur les habitudes de Monsieur van Hoff. C'est truffé de fautes d'orthographe mais très explicite.
- Tout est sous scellés ?

- Oui.
- Il a réclamé son avocat ?
- Il est arrivé. Pierre s'en occupe. Comme d'habitude, l'avocat parle tout le temps, l'autre ne dit pas un mot.
- La routine quoi ! Rassure-moi ? Il reconnaît les faits ?
- Non. On retrouve tout chez lui mais rien ne lui appartient. Il ne cherchait pas Monsieur van Hoff, il s'offrait un petit tour au bord de la mer…
- OK ! J'ai ma dose pour ce soir. Foutez-le en cellule. On verra demain.
- D'accord patron !
- Fouillez-le avec précaution. C'est un drôle de vicieux. Faites gaffe ! Attends une minute, j'ai une idée !
- Oui, quoi ?
- Il va téléphoner chez Madame van Hoff, juste pour la prévenir qu'il est en prison.
- Alors là, si tu arrives à lui faire dire un mot, je te paie des figues !
- Son avocat va s'en charger. Dans dix minutes, nous sommes devant la porte. Cette putain porte de derrière ! Tu attends que l'on soit tous installés.
- Si l'avocat refuse ?
- Tu n'es pas avocat à tes heures ?
- Si patron !
- Tu m'appelles. Ne fais rien avant.
- C'est compris !

En une minute, toute l'équipe avait enfilé les vestes, accroché les flingues et les voitures démarraient déjà. Maximilien se leva dans le même élan, s'invitant naturellement à leurs côtés. Alors que Lucas s'apprêtait à lui demander de rester au poste, Marius, le jeune policier fraîchement arrivé, lui ouvrit la portière et le laissa s'installer côté passager, avant de s'engouffrer à l'arrière.

Déjà au volant, Lucas jugea anormale cette situation mais ne trouva pas les mots pour le signifier clairement. Il s'engagea à la suite d'un cortège de véhicules en direction des beaux quartiers.

Ils attendaient depuis dix bonnes minutes lorsqu'une voiture arriva doucement avant de se garer. Ils eurent le temps de se cacher tous les trois, attendant que les passagers descendent.

- Good ! La Porsche de Monsieur est avancée se crut malin de préciser Marius avant d'ajouter : « Putain ! Je la reconnais. C'est une call-girl de Marseille ».
- Vous vous trompez jeune homme. Il s'agit de mon épouse !
- Je me coupe un bras si ce n'est pas Mallory Strass ! Je l'ai déjà interrogée à Marseille, dans une sombre histoire de filles disparues.
- Vous en êtes certain ?
- Un peu oui et je tiens à mon bras ! Évidemment que j'en suis certain ! On n'oublie jamais Mallory Strass, elle est trop belle !

Un silence terrible s'installa aussitôt dans la voiture. Discrètement, Lucas observait le profil tendu de Maximilien qui regardait obstinément cette petite porte.

Elle venait de se refermer sur un couple dont le bras dessus dessous apparaissait sans équivoque. Un choc terrible s'abattait sur un homme déjà largement éprouvé par sa séquestration. Le malaise n'était pas simple à dissiper et les mots à trouver restaient à trouver, justement !

Marius réalisa avec un temps de décalage, que sa façon d'annoncer la réalité des faits manquait légèrement de tact. Le regard furieux de Lucas précisait l'évidence. Il n'osait plus rien dire et regrettait de ne pas y avoir mis les formes.

Bon ! À la fois, c'était Mallory Strass et certainement Victor Rowska, alias « la Hyène ». Ils n'allaient pas rester dans cette bagnole jusqu'à l'aube. Il faisait froid et son chef trouverait une solution pour faire bouger les choses.
Mais rien ne bougeait vraiment !

Quelques minutes plus tard, Lucas osa un :

- Je suis vraiment désolé pour vous, Monsieur van Hoff. Vous vous en doutiez un peu ?
- Oui, confusément…
- Comment avez-vous compris ?
- Lorsque Clarisse m'a dit que Victor portait « des chaussures de mac ? ».
- Pourquoi, elle le connaît ?
- Non ! Nous avons regardé ensemble les photos de mon mariage dans un magazine. Victor était mon témoin. Elle m'a fait des commentaires assez drôles sur le moment. Plus tard, j'ai mieux compris ses insinuations.
- Je vois le genre ! Elle est forte pour commenter et argumenter à tout propos.

- Douée pour sentir, ressentir et deviner. Une photo, un regard, une attitude, rien ne lui échappe.
- Se taire, par contre, lui échappe souvent !
- Elle regardait les photos et malgré mon récit d'amoureux transi, elle n'y croyait pas vraiment. Elle revenait sans cesse à Victor, cherchait à me faire dire ce que j'avais déjà un peu imaginé pendant ces jours d'enfermement et de solitude. J'ai manqué de clairvoyance… Non, j'ai pêché par orgueil. Je ne voulais pas accepter l'idée d'avoir été berné par celui que je croyais être un ami et trahi par ma femme.
- Où avez-vous rencontré Victor Rowska ?
- À Los Angeles. J'y étais pour affaires. Nous avons sympathisé immédiatement. Il est brillant, cultivé, amateur d'art, fin négociateur et impressionnant en affaires.
- Depuis combien de temps, êtes-vous associés ?
- Il s'agit d'un projet pas encore concrétisé à ce jour. Une histoire de papiers…
- Vous n'avez jamais rien suspecté chez lui ?
- Non, jamais ! Il a le don de vous inspirer confiance. Je pensais réellement avoir trouvé en lui, un associé de valeur et un ami.
- Il voyait souvent votre épouse ?

Alors qu'il n'était pas invité à répondre, Marius expliqua :

- Tu parles ! Il la connaît depuis Marseille, sans doute même avant ! À l'époque, c'était déjà son mac officiel. On n'a jamais réussi à coincer ce type. Un vrai serpent, un vrai salaud aussi ! D'abord les affaires pour lui et le fric pour sa pute. Le mariage... Il ne recule vraiment devant rien. Il a flairé le bon pigeon.

- Marius !
- Quoi ? C'est une hyène ce mec. Jamais, je n'aurais pu imaginer qu'il se lancerait dans les vraies affaires... Le kidnapping et le Pétrowski, alors là, tu m'excuses mais c'est signé ! Il ne sait faire que ça, des coups tordus pour du fric et il faut voir comment il arrange ses filles quand elles ne bossent pas.
- Bon ! J'appelle du renfort et on débarque à six heures pétantes.
- Respecter la loi avec des chiens pareils ! Tu veux que je te dise ?
- Pas sûr !
- Moi, ça me débecte ! Se cailler ici jusqu'à six heures du mat pendant que ces deux là s'envoient en l'air...

Lucas ferma les yeux, se laissant retomber sur le dossier de son fauteuil, totalement anéanti devant tant de bêtise ou de légèreté. Il cherchait le moyen de faire taire Marius qui enchaînait les maladresses.
Maximilien van Hoff aussi fermait les yeux et revoyait le sourire de Clarisse s'imaginant dans les belles tenues que portait Irina. Il se remémorait la scène et découvrait au même instant, que si l'amour est aveugle, l'orgueil n'est pas mieux loti.

Marius, lui, ferma son blouson, enfonça ses mains au fond de ses poches, soupirant sa mauvaise humeur à l'idée de passer deux longues heures à attendre. Il se souvenait de son entrée dans la police et de ce dossier des filles disparues… Puis retrouvées.

Les images revenaient, le dégoût aussi. Elles n'avaient pas été tuées mais plutôt sauvagement assassinées. Le nom de « la Hyène » revenait dans le milieu mais personne n'avait jamais rien pu prouver. Débutant, il n'avait pas suivi l'affaire dans ses détails sordides mais jamais, il n'avait pu oublier cette vision d'horreur. Il refusait d'entrer dans une forêt depuis ce matin-là.

Lucas sortit brusquement de la voiture et se colla contre le mur pour ne pas être repéré. Il appelait le bureau et le renfort. Maximilien réfléchissait en silence aux propos terribles balancés, sans précaution, par ce Marius qui semblait bien sûr de lui. Il devait en avoir le cœur net et brisé par la même occasion. Il se retourna légèrement pour demander :

- Dites-moi jeune homme ! Selon vous, pour quelles raisons aurait-il voulu s'associer avec moi, prenant ainsi le risque d'être démasqué ? Il s'apprêtait à me verser une somme importante pour entrer dans le capital.
- S'apprêtait ? Admettons ! Faut bien blanchir le fric de temps à autre et c'est le meilleur moyen de liquider l'argent qui pue.
- Et pour les papiers ?
- Ils fabriquent des faux plus vrais que les vrais ! Par exemple, votre femme, elle s'appelle comment ?
- Irina.
- Oui, mais Irina comment ?

- Irina Jorvia. Elle est interprète. Je l'ai rencontrée à Paris pendant une négociation avec des acheteurs russes.
- Pour moi, elle s'appelle Mallory Strass. Son nom de pu… Enfin, de travail. Finalement, je ne connais pas son vrai nom.
- Je ne vous crois pas ! J'ai vu Victor travailler et ses compétences sont indéniables. Il parle plusieurs langues, connaît parfaitement le monde des affaires, les lois commerciales…
- Je n'ai pas dit qu'il était bête ! Il est même très intelligent. Un homme d'affaire avisé, je suis bien d'accord. Sa couverture est impeccable. Il n'empêche que ce type est un fou dangereux qui trafique beaucoup avec les filles et un peu avec la came. Il s'est entouré de sauvages qui sont à sa botte et fait régner sa loi de furieux dans son petit monde très restreint.
- Non, c'est impossible ! Je suis certain qu'Irina me faisait confiance. Elle m'aurait parlé…
- Parlé ? Ah non ! Je vous assure que non ! Aucune fille ne parle lorsqu'elle tombe dans les griffes de cette ordure. La règle est précise : si tu parles, je te tue mais après quelques petites tortures dont j'ai le secret. Les sévices endurés par les précédentes bavardes sont exposés de façon claire et précise, photos à l'appui. À coups de serpe…
- Taisez-vous ! Pour l'amour du ciel, taisez-vous ! Je ne veux pas entendre toutes ces horreurs.

- Pour les avoir vues… Bon, vous avez raison ! Il vaut mieux que je me taise, vous allez cauchemarder pendant des nuits et des nuits.
- Merci ! Sachez que de ce côté-là, je suis déjà servi.

Lucas venait de s'entretenir longuement avec son équipe. Pierre se mettait en contact avec Marseille pour étayer un peu plus clairement les hypothèses du stagiaire si sûr de lui. Le renfort s'organisait, les hommes seraient postés autour de la maison dans une heure.
L'arrestation de Victor Rowska et de Madame van Hoff clôturerait probablement cette sale affaire.
Intérieurement, il enrageait d'être passé aussi près et aussi loin des coupables présumés. Rien à ce jour ne permettait de les accuser même si les faisceaux de présomptions devenaient importants.
Les recherches étaient lancées entre Marseille et Bordeaux. Pierre, de garde au commissariat recevait les documents par fax. Une seule photo d'un certain Victor Rowska pouvait présumer de la même identité.

- Marius, tu réalises bien que c'est toi qui nous entraînes dans une arrestation musclée à six heures du matin, avec la grosse artillerie ? Tu n'as pas intérêt à te tromper. Je ne tiens pas à passer pour un guignol !
- Contactez le commissaire Robin à Marseille.
- C'est fait !
- Il va débarquer, je suis certain qu'il va débarquer ici !
- Pourquoi ?

- Pour voir la tête de l'homme invisible qu'il cherche depuis deux ans. Sûr, il va débarquer et je peux vous dire qu'il ne faudra pas le laisser en tête-à-tête avec ce salaud. Il va le réduire en bouillie.
- Mais c'est quoi ces façons et ce langage ?
- Je vous aurai prévenu !
- Pour le moment, il est clair que nous n'avons rien à reprocher à Victor Row…
- Sauf de se taper la femme de…
- Marius ! T'es lourd et tu pourrais apprendre un peu le tact.
- Pardon ! Je suis désolé. Je dis n'importe quoi parce que j'ai la haine !
- J'ai cru comprendre oui ! Encore un peu de patience et tu pourras régler tes comptes.
- Jamais, je ne pourrais oublier ce qu'il a fait à ces filles. Depuis, je ne peux plus entrer dans une forêt à cause de ce tordu. C'était trop, vraiment trop…

Marius quitta la voiture précipitamment sans prendre soin de refermer la portière. Le froid s'engouffra aussitôt mais ce n'était pas lui qui glaçait les deux hommes éberlués. Marius vomissait dans la rue et ne retenait pas ses sanglots.

Lucas, déboussolé, peu habitué à voir ses hommes dans pareille situation, hésita à le rejoindre mais ne supportait pas de le voir aussi mal. Il quitta donc son volant, referma doucement les deux portières, jeta un regard inquiet et complice à Maxi qui restait silencieux, compatissant,

comme imprégné par le désarroi communicatif du jeune homme.
Lucas tardait, avançait doucement, attendait d'une certaine manière que le jeune flic en finisse avec son dégoût et ses larmes. Comme il se relevait, rangeait un mouchoir dans sa poche et semblait se reprendre, Lucas lui posa une main sur l'épaule pour l'obliger à le regarder. Le môme défait et blafard sous la lumière jaune du lampadaire paraissait accablé par une douleur aussi vive que profonde.

- Marius, que se passe-t-il vraiment ? Pourquoi tu es si mal ?
- Pardon, ça va aller maintenant.
- Pas si sûr ? Veux-tu rentrer ?
- Certainement pas ! Je veux voir ce salaud arrêté et foutu en taule pour le restant de ses jours.
- Allez, rentre dans la voiture. Il fait froid, tu vas nous raconter.
- C'est trop moche !
- Tu as vu quelqu'un après l'histoire des filles ?
- Non, enfin si ! J'ai vu une psy qui m'a fait parler. Je crois que les mots me faisaient encore plus de mal. J'ai la scène de crime dans la tête, elle ne veut pas partir, c'est comme incrusté dans mon cerveau et ça revient et ça revient. Le jour, la nuit, elle revient en boucle et je deviens fou.
- Tu dois parler à quelqu'un pour te libérer de toutes ces visions d'horreur.

Ils retrouvèrent leurs places dans la voiture. Maximilien regardait Marius d'un air doux et amical, une façon de lui dire : « Je te comprends ! Moi aussi, je vais avoir des visions à trimballer un moment »

Le jeune homme se sentait en sécurité, n'avait pas le sentiment d'être jugé comme une « mauviette » mais accompagné par deux hommes compréhensifs et sensibles à son tourment.
Ils se tournèrent vers l'arrière pour mieux voir celui qu'ils incitaient à parler.
Il raconta alors l'effroyable qui dévorait sa vie depuis plus de deux ans. À la fin de son récit, il exprima clairement la question qui tournait sans cesse dans son esprit torturé :
« Je ne suis pas certain d'être un vrai flic ? ».

C'est Maximilien qui répondit : « Vous êtes en droit de ne pas supporter l'insupportable !».

- Un vrai flic supporte, vit avec…
- Ne crois pas ça ! répondit doucement Lucas. Nous avons tous nos saloperies à trimbaler. Elles se superposent, se cumulent jusqu'à devenir un ensemble flou, presque irréel. On se laisse anesthésié par le trop plein d'horreurs. C'est une façon de survivre et de pouvoir continuer. Quand tu vas chercher un môme martyrisé ou violé quelque part, tu dégueules. Tu dégueules et tu pleures.

  Après, tu redeviens flic et tu veux le coupable jusqu'à l'obsession. C'est cette volonté qui te fait tenir jusqu'au prochain truc immonde. Il faut apprendre à se protéger, enfiler un gilet pare-balles ou pare-monstruosité c'est pareil ! Se protéger du mal comme on peut… Et puis, parler Marius, dire, partager avec les collègues, rejeter en bloc ce qui fait trop souffrir et trouver les coupables. Surtout trouver les coupables. C'est la récompense de tes efforts et ta planche de salut. Un crime impuni,

> c'est terrible pour celui qui a morflé, trop cruel pour sa famille et insupportable pour le flic qui cherche.

Le portable sonna et la petite musique arriva comme un rappel au beau milieu de ce moment d'échange particulièrement intense. La vie reprenait tout à coup, l'affaire, l'arrestation… Trouver les coupables !
Des voitures de police garées sur le boulevard, bloquaient la petite rue de l'arrière et des hommes s'installèrent un peu partout dans un silence impressionnant et une rapidité calculée. Rien ne serait laissé au hasard et Victor Rowska n'aurait aucune chance de leur échapper. Irina non plus !

Maximilien voulait fuir, partir, s'éloigner de cette réalité absurde, ne pas voir Irina emmenée comme la complice active d'un meurtrier tortionnaire qui prenait du plaisir dans une sauvage cruauté. Il frémissait, ressentait le froid de la nuit et le poids de sa peine. Ses intuitions se révélaient justes. Il ne restait rien de sa belle histoire et il n'avait été que l'instrument naïf d'une organisation criminelle et monstrueuse.
Son désespoir lui semblait plus petit que son écœurement. Les peines se cumulaient disait Lucas. Oui, elles se cumulaient mais ne l'anesthésiaient pas pour autant. Il ressentait sa douleur physiquement. Un point dans le dos le brûlait, des spasmes nouaient douloureusement son ventre, sa gorge se serrait, une boule d'angoisse l'emprisonnait tout à coup. Il manquait d'air, il manquait de courage pour affronter ce qui allait suivre.

Tout alla très vite. Lucas regardait sa montre sans cesse, communiquait avec ses hommes par téléphones interposés

et attendait l'heure légale pour forcer la porte de l'appartement de Maximilien.
À six heures précises, deux hommes crièrent « Police » derrière la porte fermée. Les sommations d'usages ne laissaient pas de doute quant à la détermination des hommes armés et concentrés.

Rien ne bougea à l'intérieur. Rowska réveillé par le mot « Police » devait chercher un moyen de se soustraire à la justice qui le rattrapait.
Hormis les fenêtres, il n'avait pas d'issue pour tenter de fuir. C'est Irina qui ouvrit la porte, grande, sans peur dans le regard, dans un accueil presque sidérant. Les hommes entrèrent, la bousculant au passage, se précipitant vers la pièce du fond où Rowska terminait d'enfiler un pantalon.
Ne reculant devant rien, il joua l'étonné qui réclamait des nouvelles de son ami Maximilien. C'était bien pour cette raison qu'ils faisaient une entrée si matinale ?
Aux regards des flics, il comprit que non et que tout s'arrêtait là !

Il s'était fait piéger par Irina qui l'avait convaincu que la police arrivait pour Maximilien.
« Quelle conne !» se disait-il en ne cherchant même pas à se défendre devant la paire de menottes qui s'avançaient. Le « Vous êtes en état d'arrestation » sonnait le glas d'une entreprise méticuleuse qui ne pouvait pas prévoir un petit détail : Kim s'avérait un excellent prof d'Aïkido et Maximilien van Hoff un élève tenace et appliqué.
Menotté dans le dos, « La Hyène » souriait et s'obstinait dans : « Vous vous trompez, je n'ai rien à voir dans cette histoire, je n'ai rien à me reprocher ».

- Tais-toi ! Hurla Marius, passé du blanc pâle au livide transparent.

Instinctivement, Lucas se plaça rapidement devant Rowska, tel un gilet pare-balles, pas franchement certain que le jeune homme résisterait à l'envie de l'achever sur place.
Les explications et les droits qui étaient les siens lui furent signifiés dans une voix monocorde et peu aimable. Les codes devaient être respectés, même avec les salauds. La loi le prévoyait et Lucas appliquait toujours la loi.
De façon instinctive et précise, trois policiers se chargèrent d'emmener Rowska. Un de chaque côté, un derrière. Il n'avait pas intérêt à tenter quelque chose, s'il voulait arriver vivant au commissariat. Il n'y aurait pas de sommation et à bout portant, les balles ne faisaient pas de cadeau en général. Il le savait bien, pour avoir eu l'occasion de le vérifier par lui-même, à plusieurs reprises.

Irina regarda la scène plongée dans une absence totale. Son regard en perdition se portait au loin, détaché de ce qui se jouait dans la pièce, à peine concernée par le départ de celui qui vivait avec elle depuis…
Son expression accablée exprimait toute la répulsion qu'elle ressentait à l'encontre de celui qui quittait les lieux sous bonne garde. Elle regarda Lucas, lui tendit ses poignets pour revendiquer les menottes et tout dans son comportement indiquait son acceptation, son soulagement d'être arrêtée.

Les flics déstabilisés par son attitude partagèrent discrètement des regards incrédules devant la scène, prenant leur temps pour menotter et emmener celle qui les suppliait presque. Cette arrivée imprévue et quelque peu violente des policiers chez elle, semblait presque la réconforter.

Elle écoutait tranquillement les droits dont elle bénéficiait en qualité de femme arrêtée pour « complicité d'enlèvement sur la personne de son mari ».
Elle prononça alors un attendri et bouleversant « Maximilien » empreint d'un profond et sincère respect.
Elle avançait sans aucune résistance, accompagnant des flics surpris et pressés d'y voir un peu plus clair dans ce bazar.

Lucas, silencieux analysait la scène sans la comprendre.
Alors, le « Y a un truc » de Clarisse lui revint en mémoire, crispé dans une incompréhension qui se prolongeait bien malgré lui.
Elle avait raison la Miss, cette femme avait peur. Peur de qui ? Il y avait un truc ! Restait à trouver lequel.
Intérieurement, il râlait. Pourquoi la Miss avait-elle toujours raison ?

Maximilien, resté seul dans la voiture fut soulagé de reconnaître Victor et s'étonna de la rapidité avec laquelle, les flics revenaient.
Sans précaution, trois policiers l'obligèrent à entrer dans la voiture qui démarra sans plus tarder. Il s'allongea presque à l'avant du véhicule pour assister à la scène sans être vu par ce…
Il butait sur les mots, engourdi par la fatigue et le froid.
Comment Victor, à qui il avait donné sa confiance et son amitié, avait pu mettre en action un scénario aussi cruel pour quelques euros ?

Instantanément, il entendit la voix claire et souriante de Clarisse ajouter : « Deux millions d'euros. Vous étiez riche quand même ? ».
Oui, il était riche, heureux en amour, en amitié et fier de cette belle réussite professionnelle. Oui, il se projetait dans l'avenir, remerciant la vie de lui offrir ce cadeau merveilleux et inespéré que la présence d'Irina à ses côtés. Elle traduisait le russe et l'amour avec le même talent et la même douceur.

Elle arriva à son tour, accompagnée de Lucas et reliée à Marius par des menottes. De ce trio qui marchait lentement, prenant le temps de passer la petite porte sans la bousculer. Dans leurs démarches, il ne s'échappait ni contrainte, ni violence. Craignant qu'ils ne se dirigent vers la voiture dans laquelle il attendait, il fut pris d'un mouvement de panique. Il sortit, se retrouva sur le trottoir, incapable d'avancer ou de reculer. Elle le vit soudain, s'arrêta, figée elle aussi. Lucas et Marius ne bougèrent plus. « Oh ! Temps suspend ton vol ».
Oui, tout se figea dans le petit matin froid et sombre.

Comme si « une exception à la règle » s'imposait paisiblement à Lucas, il reprit sa marche mais en direction de Maximilien.
Elle se laissa guidée vers lui, ne chercha pas à retenir les policiers qui l'entraînaient de l'autre côté de la petite rue. Au fond, elle souhaitait se libérer et lui dire combien elle regrettait. Il restait là, séparé d'elle par une voiture, dans l'attente d'une explication. Il demeura silencieux et prostré dans une attitude fermée, son regard interrogateur et méprisant se posa sur elle avant de se détourner. Il aurait préféré la détester, la rejeter, lui renvoyer tout le dégoût

qu'elle lui inspirait. Rien. La colère reculait, seule la peine et un profond chagrin s'abattaient sur lui. En toile de fond, une incompréhension diffuse et indicible l'entraînait vers cette seule question : « Pourrait-il un jour lui pardonner ?».

Elle ne tenta rien, n'osa pas et savait qu'aucune explication n'accepterait de pardonner l'impardonnable. Elle baissa les yeux dans un soupir de découragement total et de détresse absolue. L'heure des justifications n'avait pas sonné. Elle garderait enfouies en elle les causes de son malheur à lui. D'un petit geste à peine perceptible, elle fit comprendre à Marius, son guide jusqu'au commissariat, qu'il pouvait reprendre sa route.
Elle n'avait pas d'autre choix que de se taire. Toujours ! Elle trahissait pour protéger. Qui pouvait comprendre un tel tourment ?
Personne ne comprendrait jamais l'enfer dans lequel elle avait survécu !

Maximilien connaissait bien ce regard. Il réalisa alors qu'elle lui demandait pardon depuis le début, depuis son retour de Marseille. Seule, leur première rencontre fut réellement sincère. Tout ce qui suivait n'était qu'un piège tendu avec brio et dans lequel il était tombé. Oui, tombé amoureux !
Il observa Lucas qui l'aidait à monter dans la voiture garée plus loin. Marius lui laissa le temps de s'installer avec une galanterie étonnante, presque incompréhensible.
C'était bien ça. Personne ne comprenait plus rien !

Lucas retrouva Maximilien, toujours figé sur le trottoir. Il semblait accroché à la portière et jetait un regard vide sur la petite rue déserte. Il restait immobile, tétanisé, incapable de reprendre le cours des choses, à commencer par retrouver l'intérieur de la voiture. Lucas l'appela et l'invita à s'asseoir. Il l'aida en douceur à réintégrer le monde qu'il avait déserté.

- Où pensez-vous dormir cette nuit ? Fut la première question concrète censée le déconnecter ou plutôt, le reconnecter avec la réalité.

- Dormir ? Ah ! Oui, dormir !

Bon, ce n'était pas gagné ! Sans trop savoir pourquoi, Lucas lui proposa sa chambre d'amis et le pire arriva ! Maximilien van Hoff accepta d'emblée, sans même opposer un petit : « non-merci » ou « Je vais vous déranger ».

Ils repassèrent par le commissariat où Lucas donna des instructions. Il laissait l'équipe de jour prendre le relais et en charge les deux présumés coupables. Il devait dormir un peu après ce non-stop depuis l'appel surréaliste de la Miss Clarisse planquée au Vieux-Boucau, sans compter les jours et les nuits de fou que la disparition de van Hoff avait nécessité. Sa montre indiquait déjà presque huit heures. L'heure où Gaspard quittait la maison. Ils allaient encore se rater.

En entrant dans l'appartement, il appela « Gaspard, tu es là ? ». Non. Ils s'étaient ratés !

Bizarrement, Maximilien se revoyait en hauteur sur une échelle et associait malgré lui « Jules » et « Gaspard ». La même sensation de bonheur revenait, précise, intacte.

Que faisait Clarisse pendant que lui perdait pieds dans la boue ?

Lucas lui tendit un tee-shirt et lui conseilla de dormir un peu, en ouvrant la porte d'une chambre.
Il répondit un pauvre « Merci » exténué qui rencontra alors un : « Dormez bien » pas moins fatigué.

Machinalement, il ôta son manteau, enleva son pull, quitta sa chemise pour enfiler le tee-shirt. Mickey en gros plan lui souriait. Exactement le même que celui de Clarisse. Il lui rendit son sourire et se cacha sous les couvertures avant de plonger presque aussitôt dans le monde de l'oubli.
Pour une fois, le sommeil fit un effort. Il ne lui imposa pas de cauchemar et le laissa en paix quelques heures.
Le sourire bienveillant de Mickey certainement !

Clarisse se réveilla tout doucement, pas certaine de comprendre pourquoi ce matin, son lit portait des rideaux bizarres… Mais oui, Tante Constance !

Cette situation ridicule n'allait pas durer au-delà des politesses d'usage. Un taxi et hop ! Retour à la maison. Pressée, elle fila sous la douche, expédia la séance maquillage, s'habilla à la va-vite et ferma son sac.
D'humeur maussade, elle cherchait comment remercier et surtout quitter « Tata » sans qu'elle ne juge utile de prévenir son grand crétin de neveu. Se lancer dans une dispute après une nuit trop courte et sans petit-déjeuner n'avait rien de très « fun ».

La vision du couloir calma ses ardeurs sur-le-champ. Une collection de tableaux originaux et colorés retint toute son attention. Allant de l'un à l'autre comme à un vernissage, elle découvrait le talent de cet illustre inconnu devant l'éternel. Il s'était résigné à accrocher ses toiles dans le couloir, se voyant sans doute, refuser l'accès au Louvre. Quelle injustice !

Le portrait d'un homme était si parfait, si présent que la Joconde n'avait rien à lui envier. L'homme était beau et son regard bleu intriguait Clarisse qui cherchait à comprendre, comment un peintre pouvait réaliser une toile aussi réelle. Un peu comme une photo mais réalisée avec des pinceaux. Elle, restée au stade de la maternelle dans ce domaine, éprouvait un mélange d'admiration et d'envie.
Avec un réel plaisir, elle s'attarda longuement dans le musée du peintre qui signait ses toiles : CL.

Arrivée à la hauteur de l'escalier, elle vit tante Constance. Deuxième choc matinal ! La petite dame au châle rose sur le point d'aller se coucher s'était littéralement transformée pendant la nuit. Elle en avait profité pour perdre trente ans, au moins !
Pull, jean, baskets et décidée à ne pas perdre une minute de la journée qui s'annonçait. Elle lui présenta ses hommages du matin. Décontenancée, Clarisse improvisa aussitôt un : « Bonjour Madame. Vous avez bien dormi ? Je m'attardais devant les tableaux dans le couloir. Elle est vraiment magnifique votre collection ! ».

- Vous aimez ?
- Oui, beaucoup ! Surtout le portrait coloré du bel homme ! Vraiment très beau mec !
- Ah ! Édouard, c'est mon mari !

Certains matins, cela arrivait parfois, les gaffes étaient de taille géante. Le pire, c'était qu'en général, d'autres suivaient et ce jusqu'au soir. Clarisse se classait comme une experte de ce phénomène, de cette loi aussi rigide et immuable que celle de l'apesanteur.
Constance s'amusait de la gêne aussitôt exprimée par un « Pardonnez moi !».

Elle s'empressa de répondre : « Vous avez raison. Édouard était très beau. Nous nous sommes beaucoup aimés. Sachez que le beau mec aurait vivement apprécié votre compliment ».

Ouf ! Constance ne se prenait pas la tête avec les us et coutumes dignes de sa vaste demeure. Clarisse descendit la rejoindre, oubliant son sac devant le premier tableau… Là-haut, tout au fond du couloir.

- Désirez-vous un petit-déjeuner copieux pour remplacer le frugal dîner d'hier au soir ?
- Frugal ? Rien de rien. Votre neveu chéri n'a pas jugé utile de me nourrir…
- Vraiment ? Il manque à tous ses devoirs !
- Ce n'est pas grave ! J'avais des barres de chocolat dans mon sac et tant pis pour les kilos !
- Vous les cachez où ?
- Mes chocolats ?
- Non, vos kilos !

Elles riaient comme deux bonnes copines qui se régalent des mêmes plaisanteries. Prendre un café dans des tasses de porcelaine assorties au service complet fascinait Clarisse. Chez elle, l'espérance de vie d'une tasse était, au mieux d'un an, au plus court, du magasin à la voiture. Elle était capable de ce tour de force.

Elle se sentait bien dans cette belle maison. Finalement le château aperçu dans la nuit, n'était qu'une « maison de Maître » pour reprendre avec précision les explications données par Constance. Elle racontait avec beaucoup d'entrain pourquoi son arrière-grand-père avait fait

construire cette maison, puis comment son grand-père l'avait agrandie, puis de quelle façon son père l'avait améliorée et protégée des méfaits du temps. Il ne restait plus qu'à écouter comment son mari et elle, dans les années soixante-dix, avaient réalisé les dernières modernisations. Tout ce qui pouvait paraître long et ennuyeux s'avérait drôle et presque extravagant. Elle donnait à son récit autant d'amour que de passion et n'oubliait pas les anecdotes savamment distillées.
Clarisse désirait visiter les lieux dans ses moindres recoins pour réaliser en « direct live » l'ampleur du travail réalisé sur plus de deux siècles.

Les vignes se déclinaient à l'infini dans un décor de rêve, sous un pâle soleil d'hiver. Elles paraissaient rangées au millimètre et attendaient le printemps pour reverdir avec sa promesse de vendanges et l'espoir d'un cru exceptionnel. Le domaine de « Château Blanc » n'en finissait pas de se présenter sous son meilleur jour. Il y eut les caves, la petite dégustation et les chais. Les explications passionnées de cette femme passionnante donnèrent à cette matinée, la sensation d'un moment à part, hors du temps, comme irréel.

Clarisse remontait l'allée en se disant : « Franchement, Lucas aurait pu lui présenter Constance bien avant ! Pourquoi cacher une femme aussi brillante qui cultivait si parfaitement l'art de bien vieillir ? »
Elle n'oublierait pas de le lui faire remarquer.
Mais quel crétin ce Lucas !

Le déjeuner terminé, Constance proposa de passer au salon pour le café. Voilà qui fit sourire Clarisse qui accepta volontiers, le cliché et le café. Le salon ressemblait à une bibliothèque. Des livres, des livres sur chaque étagère. Des étagères partout.

L'après-midi aussi fut surréaliste, comme en dehors du temps qui passait bien trop vite en compagnie des livres anciens et de Constance, férue de poésie et de littérature. Sagement assise à une table de travail, Clarisse lisait Charles Baudelaire.

> « Certes, je sortirai quant à moi, satisfait d'un monde où l'action, n'est pas la sœur du rêve. »

- Oh la vache ! Que c'est beau !
- Vous me parliez ? interrogea Constance, interrompue dans la lecture de Flaubert.
- Pardon ! Lorsque les mots me surprennent, je me laisse aller librement.
- Vous avez raison. Il est agréable de lire à voix haute. Parfois, le soir, je sors sur la terrasse et pour me tenir compagnie, je lis de la poésie à haute voix. Un peu comme un comédien qui apprendrait son texte…

Le téléphone venait d'interrompre le charme ambiant. Clarisse lança à l'attention de Constance qui courait répondre.

- Si c'est votre Tartuffe de neveu, je ne suis pas là. Jamais, je ne collabore avec l'ennemi et surtout, ne lui faites pas mes amitiés !

Déjà arrivée dans le hall, Constance décrocha et accueillit le visiteur surprise d'un très élégant : « Allô ? Constance Lavergne… Oh, mais c'est toi ! Comment vas-tu mon petit ? ».

Dix balles que ce bouffon de Lucas faisait son mielleux pour avoir de ses nouvelles ! C'est à ce moment précis qu'un éclair de génie traversa son esprit. Constance Lavergne signait ses œuvres de ses initiales : CL. L'artiste des tableaux de l'étage n'était autre que Constance qui riait au téléphone.
Clair et limpide ! Du mielleux, le bouffon passerait au registre chaleureux et drôle. Il pouvait être irrésistiblement drôle. C'était donc plié ! La peintre de talent se ferait emberlificoter et donnerait au mieux de ses nouvelles, au pire, ses amitiés.

Elle abandonna lâchement Baudelaire pour fumer une cigarette sur la terrasse. Vite fait, histoire de prendre l'air et de se calmer un peu. Pourvu que Constance pense à demander des nouvelles de Maximilien se disait-elle.
Comme il lui manquait tout à coup ! Elle l'imaginait perdu et dans l'incompréhension totale. Comment admettre qu'Irina se soit rendue complice d'une telle machination, d'un truc aussi moche ?
En refermant la porte-fenêtre pour rejoindre le salon, elle avait la certitude que la vérité était toute autre.

À la nuit tombée, elles fermèrent les volets ensemble et visitèrent la maison qui fut plongée dans une ambiance feutrée de petites lampes allumées un peu partout.
Clarisse alluma le feu (en compagnie de Johnny bien sûr) avant de rejoindre Constance à la cuisine.
Il n'y eut ce soir-là que deux sujets de conversation. Constance parla de son travail de peintre avec passion, modestie et simplicité. Clarisse la suppliait de croire en son talent.

Plus tard, sans trop savoir comment et pourquoi, Clarisse raconta son fichu cancer et sa super Chimiothérapie. Constance, tordue de rire s'excusait souvent de ne pouvoir faire autrement :

- Je devrais vous prendre en pitié ma petite, mais vous êtes si drôle lorsque vous racontez cette expérience douloureuse ! Ne m'en veuillez pas surtout !
- C'est vrai que j'en rajoute un peu ! Une façon de me protéger.
- Est-ce que ça marche ?
- Plutôt pas mal ! La pitié des autres recule et la maladie en fait tout autant. Je ne laisse aucune place aux lamentations et aux gaffes en tous genres. C'est plus prudent !
- Aux gaffes ? Que voulez-vous dire ?
- Face à la maladie, les gens se sentent très mal à l'aise. Ils cherchent leurs mots, perdent de leur naturel pour se mettre à la hauteur du malade... c'est-à-dire Raplapla. J'ai eu le droit à un peu de tout. Des trucs drôles dans le genre : « Dommage que ça tombe maintenant. C'est vrai, la chimio va te gâcher ton été ! ».
- Non !
- Je suis restée forte vous savez... Je n'ai pas rétorqué que l'été, je m'en fichais peu, que j'avais juste peur que ça me gâche la vie tout court et bien au delà de l'été. Après, vous avez les « bon courage » emplis de chagrin, les têtes d'enterrement ou l'inventaire des gens qu'ils ont connu avant qu'ils ne meurent d'un cancer. Les vomissements de la tante machin,

les ongles ou les cheveux perdus du voisin … Bref, je crois que cette aventure, je préfère la vivre seule. Les autres doivent rester présents, aimants, drôles et chaleureux. Moins je leur en parle, plus ils se comportent normalement. Ils oublient et redeviennent eux-mêmes.

- Alors, continuez ainsi ! Je comprends mieux que vous soyez si proche de Lucas. Lui aussi est amusant et joyeux. J'aime son humour et son sens de la répartie. Il est si fantaisiste et si surprenant n'est-ce pas ?
- Oui, surprenant ! Il a parfois des idées bizarres, par exemple de m'expédier en pleine nuit pour une surveillance rapprochée, en pleine campagne. Remarquez, je suis ravie d'être venue m'installer chez vous. J'ai vraiment passé une merveilleuse journée à vos côtés.
- Vous êtes gentille, je suis très touchée ! À propos de Lucas, j'oubliais. Il m'a laissé un message pour vous.
- Des excuses aussi ?
- Non, des nouvelles de Monsieur van Hoff. Son épouse et son ami sont arrêtés et interrogés au commissariat.
- Irina et Victor ?
- Oui, c'est cela.
- Je l'aurai parié ! Je sentais un truc depuis le début.
- Un truc dites-vous ?

- Mais oui, un truc qui clochait dans son histoire trop belle pour être vraie. Constance, vous croyez aux contes de fées, au Prince Charmant vous ?
- Oui, bien sûr ! Vous savez, pour moi, Édouard a été le Prince Charmant !
- Ah ! Dans ce cas, je m'incline !
- Ce qui doit être assez exceptionnel chez vous ?
- Assez, oui !
- À propos Clarisse, Monsieur van Hoff, vous le connaissez depuis longtemps ?
- Mais pas du tout ! Voilà quelques jours, il a trouvé refuge dans mon jardin par le plus grand des hasards, qui comme chacun sait, fait très bien les choses. Parfois la vie ne manque pas d'imagination !
- Pourtant, dans ce cas précis, elle vous a envoyé un homme poursuivi par le danger.
- Le pauvre, tout bleu, si sale, couvert de bosses et de plaies. Oh, là là ! Il faisait peine à voir ! Il m'a demandé de ne pas prévenir la police, ce qui franchement n'était pas la meilleure idée de l'année. Sans savoir pas pourquoi, j'ai eu envie de le suivre dans sa recherche discrète de la vérité. C'est sûr, je pensais à Lucas et aux inévitables représailles et au fou qui nous surveillait. Bon, il est sorti de cet enfer et le gros nul est sous les verrous. Qu'il y reste !
- Mais selon vous, pourquoi sa femme est-elle arrêtée ?
- Alors là, chère Constance, c'est ça le truc ! Lucas va certainement trouver la véritable raison ou bien la disculper pour de bon. En attendant, ce pauvre

Maximilien est entre le commissariat et une vie qui s'effondre… Oui, qui s'effondre !

- Je vous sens tellement triste pour lui. Vous l'aimez beaucoup, n'est-ce pas ?
- Oui, je crois que oui ! Il me rassure, ce qui entre-nous, ressemble à une véritable performance, vu le danger qui le suivait à la trace… Mais bon, il me rassure quand même ! J'aime son calme, sa douce présence, sa façon de s'exprimer et sa courtoisie.
- Il est courtois ? questionna Constance dans un rire étonné.

Elle écoutait Clarisse dépeindre tous les charmes de son protégé avec une légèreté exagérée, qui pourtant, ne cachait en rien le trouble de ses sentiments.

- Par exemple, Lucas me dirait : « Arrête ton cirque », Maximilien lui, me conseillerait la prudence.

  Lucas dirait : « Tu vas te cailler », Maximilien irait me chercher un manteau.

  Moi, je dis « J'ai la flemme », lui préfère un : « Je n'y tiens pas ». C'est joli : « Je n'y tiens pas ». C'est vachement mieux qu'un « Fais comme tu veux ! ».

  Vous voyez, je dis « vachement », lui jamais… Tout est beau chez lui, son visage quand il boude où quand il sourit, ses mains, son allure, sa prestance même dans un fringue pas jojo…

  Il ne dirait pas « fringue pas jojo », il dirait : « un vêtement usagé » ou « passé de mode ». Il y a un décalage entre ce qu'il pourrait être et ce qu'il est ! J'aime ce décalage. Vous comprenez ?
- Pas vraiment !

- Mais si ! Vous savez, il a les moyens de jouer la grosse frime en plus de la grande classe. Pas du tout, en réalité, il est tout simple et pas compliqué. Un peu comme vous Constance. Vous pourriez vous comporter telle une châtelaine dans votre belle demeure, en dehors du temps et indifférente aux autres. Oh non ! Dans votre maison, on se sent bien tout de suite parce que vous êtes accueillante et attentive. Lui aussi est attentif, prévenant et drôle.
- Vous aimez tout chez lui n'est-ce pas ?
- Euh ! Non, il y a un truc que je n'aime pas du tout, mais alors pas du tout !
- Et quoi donc ?
- Il est marié !

Elles riaient et découvraient l'heure tardive. Clarisse débarrassa la table en un temps record et après avoir embrassé Constance, se la joua « Princesse » en montant lentement les escaliers.

Son sac l'attendait là-bas, tout au fond du couloir depuis le matin. Elle s'attarda et regarda Édouard encore une fois, lui fit un clin d'œil et lui souffla en toute discrétion : « Édouard, vraiment, je vous trouve très beau ! ».

En se couchant, « la femme et l'ami » de Monsieur van Hoff revenaient à la charge. Elle mourait d'envie d'envoyer un joli questionnaire à Lucas, souhaitant des réponses claires et rapides.

Elle préféra compter les diamants de la place Vendôme comme d'autres comptent les moutons. Elle allait s'offrir le droit de rêver encore un peu.

Demain, elle ferait ses adieux à Constance et rentrerait chez elle en taxi…

Maximilien se réveilla en sursaut et sa première pensée s'envola vers Clarisse qu'il imaginait dans la belle demeure décrite par Lucas.

Les événements de la veille revenaient comme dans un film en accéléré. Il revivait l'arrestation d'Irina et de Victor. Il entendait le jeune Marius égrener toutes les affaires de mœurs de Marseille. Il refusait ces horreurs en bloc et s'obstinait à ne pas comprendre la réaction de son épouse. Elle ne se comportait pas comme une femme arrêtée pour un délit mais comme une pauvre victime. Tout dans son attitude, dans son regard surtout, évoquait le soulagement de voir débarquer les policiers. D'après Lucas, avant même d'y être invitée, elle offrait ses frêles poignets, comme soulagée, implorant presque les menottes.

À croire qu'elle désirait échapper à… Mais à quoi ? À qui ?

Il ne suffisait donc pas d'être libre pour que les questions cessent de tourbillonner dans son esprit tourmenté. Quand cette histoire prendrait-elle vraiment fin ?

Lucas frappa à la porte de sa chambre en lui précisant que le « café-tartines » ferait office de déjeuner. La Miss Clarisse se révélait la priorité avant de rejoindre le commissariat.

- Bonjour. Bien dormi ?
- Oui, un peu. Je voulais vous remercier pour votre accueil.
- Pas très orthodoxe comme façon de faire, n'est-ce-pas ? Je l'ai fait pour Clarisse et n'allez pas le chanter sur tous les toits. En général, un flic n'invite pas chez lui, la victime ou le principal témoin dans son enquête. Question de principe !
- Je comprends. Vous pouvez compter sur ma discrétion.
- Je n'en doute pas. Installez-vous ! Café ?
- Oui, parfait.
- J'ai téléphoné à Constance. Tout va bien pour la Miss. Deux jours sans elle, finalement c'est presque long !
- Elle vous manque à ce point ?
- Non. Elle me fatigue, elle m'exaspère… Si vous saviez ! Ces derniers temps, elle accumule les prouesses. C'est simple, au commissariat, on ne parle que d'elle. Toutes les semaines, je dois intervenir.
- Comment ça, intervenir ?
- Mademoiselle joue la Révolutionnaire. Elle veut changer le monde et les règles de notre société. Rien que ça ! Du coup, elle se fiche dans des situations extrêmes et quand elle sent que ça va mal finir, elle

me téléphone. Mais vous, alors là, chapeau ! Je dois dire que vous, c'est vraiment le pompon ! La grande classe ! Se barrer au Vieux-Boucau avec le mec que je recherche jour et nuit depuis trois semaines… Là, c'est du haut vol !

Maxi baissait la tête et se concentrait sur le pot de confiture. Au risque de se répéter, il s'apprêtait à tenter un dixième « Tout est de ma faute », qui serait interrompu par un « Je sais » autoritaire, qu'il préférait ne jamais contredire.
Il préféra tenter un mielleux :

- Qu'appelez-vous : « situations extrêmes ? ».
- La dernière fois, je l'ai retrouvée aux prises avec le vigile et le directeur du supermarché. Elle faisait ses courses lorsqu'une cliente a déclenché l'alarme. Le vigile a trouvé une poupée et des bonbons cachés dans le manteau de la cliente. Aussitôt, Clarisse a proposé de régler les articles mais le gardien a refusé et conduit la femme jusqu'au bureau de la direction. Elle n'a pas supporté. Elle est montée et a fichu un bazar du diable. D'après une des caissières, tout le magasin en a largement profité.
- Hum, Hum…
- Et ça vous fait rire ?
- Non. Si ! J'imagine la scène.
- Ah non ! Vous n'imaginez rien du tout ! Lorsque je suis arrivé, le gardien, un grand black sympa menaçait de l'étrangler et le directeur frôlait la crise d'apoplexie. La voleuse pleurait et l'autre hystérique refaisait le monde, la société et j'en passe, en hurlant

son indignation et sa révolte : « Il n'y avait pas vol puisqu'elle voulait bien payer les articles. Qu'ils devraient avoir honte de ne pas prendre en compte la situation personnelle des autres, qu'ils se faisaient assez de fric, qu'ils pouvaient bien offrir un cadeau d'anniversaire à une petite fille de huit ans. » Et patati, et patata…

- Ceci dit, elle avait raison !
- Comment ça, elle avait raison ?
- Si elle désirait régler la note, la proposition pouvait être entendue…
- Pouvait rien du tout ! On ne vole pas dans les magasins. Point !
- Cette fois, disons que dans ce cas précis, ils pouvaient faire une exception, tenter de trouver un compromis ?
- Taisez-vous ! Moi, j'ai déjà donné. Si vous désirez offrir votre petite fortune personnelle aux plus démunis, faites-le ! Si vous permettez, moi, je prends mon petit-déjeuner et en silence.
- C'est entendu, pourtant je suis très curieux de savoir de quelle façon s'est terminée l'altercation dans le magasin.
- Mais comme toujours avec Clarisse ! Le directeur a accepté de passer l'éponge après une leçon de morale à la cliente. Le grand black s'est enfui dégoûté de surveiller le magasin pour rien et la Miss a raccompagné sa protégée à son domicile, avec les cadeaux qu'elle a offerts, bien entendu ! Elle est

restée fêter l'anniversaire de la petite… C'est vous dire !

- Allez, avouez, vous comme moi, nous la trouvons bien jolie cette histoire. Peut-on lui reprocher de vouloir venir en aide aux autres ?
- Vous allez faire la paire tous les deux ! Je vous préviens, je n'interviens plus. Maintenant, on la coffre et c'est tout ! Si vous allez dans les mêmes manifs, je ne vous connais pas.
- Elle manifeste souvent ?
- Chaque fois que l'occasion se présente ! Vous savez qu'elle a traité le Préfet de « Blaireau » ? Le Préfet ! Quand j'y repense, quelle honte ! Bon, faut dire qu'elle a été à bonne école. Une vraie tradition familiale qu'elle poursuit avec l'énergie qui la caractérise.
- J'ai du mal à vous imaginer la « coffrer », vous l'aimez trop ! Je me trompe ?
- Non, mais je la coffre quand même ! Pour l'occuper et histoire de la calmer un peu, elle va nous repeindre les cellules qui en ont grand besoin ! Une expérience qui, selon moi, devrait se révéler très intéressante… À condition qu'elle ne choisisse pas les couleurs bien sûr ! Si on laisse libre cours à son inspiration et son goût du moment pour le « flashy », personne ne va être triste au commissariat. Des pois roses sur du jaune, des rayures fuchsia sur fond vert pomme, des carrés orangés sur du bleu pétard… J'imagine assez bien le résultat ! De toute façon, elle est nulle en dessin !

Maximilien étalait sa confiture avec application, cherchant à retenir une envie de rire qui serait mal venue. La photo de la petite fille avec son panneau « Respectez moi » lui revenait. Alors qu'il ne participait jamais à aucune manifestation et qu'il ne traitait jamais personne de « Blaireau », il se rangeait spontanément et bien malgré lui, du côté de Clarisse.
L'envie de demander plus d'explications le démangeait vraiment. Il préféra garder le silence, attendant patiemment que Lucas se lance dans le récit. Comme rien ne venait, il osa un : « Elle est libre, n'est-ce pas ? ».

Aussitôt, Lucas comprit la double question. « Libre de s'exprimer, de traiter le Préfet de blaireau et libre, c'est-à-dire, seule ? ».
Lucas s'amusait de le voir guetter la réponse. À peine sorti des griffes d'un fou et d'un mariage qui finissait plutôt mal, empêtré dans une sale histoire et encore bleu sous le menton, Monsieur van Hoff ne pensait qu'à Clarisse !
Elle avait vraiment fait fort la Miss. Il hésita, pas certain de devoir révéler ce qui fut un drame dans la vie de celle qui pour l'heure, boudait chez Tatie Constance. Malgré lui, il raconta en parlant plus bas, comme s'il confiait un secret :

- Un jour, un acrobate alpiniste a fait une arrivée fracassante dans sa vie. Une belle histoire qui commençait je crois ! Cet abruti n'a rien trouvé de mieux que de dévisser et de se rétamer en bas de la montagne. Haute, très haute la montagne. Mort sur le coup. Elle est rentrée en vrac complet… Et merci la varappe !

- Je me trompe ou vous n'aimiez pas beaucoup son ami ?
- Ah mais si, beaucoup ! Il était drôle, sympa, gentil, cool mais avait un défaut, un défaut énorme. La passion des sports extrêmes pour allumés. Je ne lui pardonne pas son imprudence, c'est tout ! Il lui avait promis de la rendre heureuse, il devait s'y tenir ! Je lui en veux d'être mort, il devait vivre, d'autant qu'il était fait pour la vie.
- Ah ! Parfois la passion…
- Je t'en ficherai de la passion ! Qui a récupéré Clarisse selon vous ? Nous avons tous ramé longtemps pour la faire revenir vraiment, comme si une partie d'elle restait figée dans ces fichues montagnes. Tout s'est arrêté d'un coup, elle est restée tétanisée dans l'incompréhension pendant des mois.
- Il y a longtemps ? Elle a réussi à faire son deuil ?
- Il y a cinq ans maintenant. Oui, elle a fait le deuil du passé. Le deuil de l'avenir, je ne sais pas. Nous n'en parlons pas souvent. Elle fait comme si et moi, je fais comme elle.
- Qu'appelez-vous le deuil de l'avenir ?

Lucas le regarda droit dans les yeux avant de le lui expliquer avec une douceur amusée : « L'avenir, mais ce joli futur que vous rêvez déjà de vivre avec elle ! ».

Pour toute réponse à sa franchise matinale, il reçut un silence ébahi, agrémenté d'un regard d'étonnement, avant de percevoir un tendre sourire qui se dessinait paisiblement

en guise d'accord. Deux jolies fossettes s'étaient creusées sur ce visage aux traits fins et amaigri.
Le pauvre, il avait encore un sacré bleu sous le menton !
Lucas ne résista pas à la tentation de savoir.

- Quand êtes-vous tombé amoureux de Clarisse ?
- …
- Vous réfléchissez ou vous boudez ? Ne me dites pas que vous n'êtes pas amoureux d'elle, ça crève les yeux. Je l'ai deviné tout de suite en arrivant au Vieux-Bouc. Quand votre regard se pose sur elle, vous êtes différent. Plus serein, moins guindé… Enfin, ça se voit quoi !
- Je ne sais pas. Lorsque je suis arrivé dans son jardin, j'ai perdu connaissance ou je me suis assoupi. Tout me paraissait flou, irréel et terriblement dangereux. J'étais partagé entre le désir de mourir et de survivre. Je l'ai aperçue dans l'obscurité, j'ai entendu sa voix douce et rassurante. Elle m'a porté secours immédiatement, m'a aidé à me relever et à monter les marches jusqu'à sa maison. Je me suis effondré dans le hall d'entrée. Elle a aussitôt fermé les volets…
- Oui et alors ?
- Comment vous expliquer ? Elle me manquait déjà ! J'avais besoin de son contact, de sa présence. Son bras sous mon bras, sa main dans mon dos, cette douceur inattendue après ces longues semaines en enfer… Un ange apparaissait et me tendait la main. Elle m'offrait un refuge calme et paisible et me souriait. Oui, je crois que je suis tombé amoureux

d'elle dès le premier instant. Le lendemain matin, je l'ai retrouvée à la cuisine, joyeuse, active, toujours si attentive, désireuse de m'aider et de me soigner. Clarisse engage toutes les conversations avec légèreté. Moi, qui suis d'un naturel peu bavard, surtout au petit-déjeuner, je me suis laissé gagner par le besoin de me confier. En deux jours, j'ai livré à Clarisse plus de choses qu'en trente ans à mes parents ou à mes proches amis. Il est impossible de lui résister.

- Mon pauvre vieux ! Je compatis vraiment ! Dans son dictionnaire perso, il y a une phrase que j'aime tout particulièrement : « Tous les hommes meurent. Seuls certains, vivent avant ». Clarisse vit à cent à l'heure et entraîne dans son sillage ceux qui veulent la suivre. Faut suivre parfois mais…

Un bruit de clé suivi d'une porte qui claque interrompit aussitôt les confidences. Gaspard fit une entrée souriante, mais aussitôt, exprima son agacement de trouver Maximilien van Hoff installé à la table.
Un « Bonjour Monsieur » fut simplement poli et aussitôt suivi d'un très ironique : « Tu travailles à domicile maintenant ? » en s'approchant de Lucas avant de l'embrasser.

- Oui, de façon tout à fait exceptionnelle. Je suis désolé, nous sommes rentrés tôt ce matin. Tu étais déjà parti.
- Si tu travaillais de jour, on se verrait un peu plus souvent.
- Gaspard !

- Je sais, ce n'est pas le moment. D'ailleurs, ce n'est jamais le bon moment ! Tu te souviens que nous partons dans quatre jours pour Montréal ? C'est toujours dans ton planning ou j'y vais seul ?
- Tu es injuste ! Tu sais combien je tiens à ce voyage pour nous deux !

Maximilien capta aussitôt la tension entre les deux hommes. Il n'osait pas se lever, honteux de se trouver face à eux, en chaussettes et en tee-shirt Mickey, heureusement, à sa taille cette fois. Il connaissait ces derniers temps l'occasion de s'essayer à des looks plutôt farfelus, mais ce matin, il dépassait largement les limites du ridicule. Gaspard regardait par la fenêtre, l'air songeur et visiblement agacé. Lucas le rejoignit tranquillement pour apaiser la situation.
L'heure de la réconciliation sonnait, il fallait penser à un repli stratégique vers la chambre d'amis.

L'invité s'éclipsa à la vitesse de la lumière, se demandant s'il pouvait prendre une douche sans l'accord des maîtres des lieux. L'heure n'étant pas aux politesses, il décida d'en prendre à son aise pour ne pas déranger Lucas et son « jules ».
C'était décidé, il allait quitter Mickey et prendre une douche.

- Maximilien ? Vous êtes prêt ? On y va !
- Oui, j'arrive tout de suite.

Lucas l'attendait devant la porte ouverte, fatigué par une nuit trop courte et une enquête à terminer. Apparemment, Gaspard n'avait pas jugé utile de lui dire au revoir.

- Je me suis permis d'utiliser votre salle de bains.
- Vous avez bien fait ! Désolé pour l'ambiance un peu tendue. Nous avons tous les deux, un grand besoin de prendre des vacances. J'ai eu un boulot de dingue depuis quelques semaines, Gaspard en a marre. Sa mauvaise humeur n'était pas tournée contre vous. Il aura l'occasion de s'en excuser… Allez, Go ! Mademoiselle « Casse-pieds » nous attend.

La voiture démarra. Maximilien qui se sentait impatient de la retrouver n'avait qu'un seul désir : parler d'elle pour oublier la triste réalité de sa vie mouvementée qui basculait dans le désastre.

- Vous entretenez une drôle de relation avec Clarisse. Vous êtes unis par des liens très forts ?
- Il n'y a pas d'équivoque dans notre relation. De l'agitation parfois, de la tendresse toujours. Oui ! Une tonne de tendresse partagée. Depuis l'enfance, il y a entre nous, comme une sensation d'appartenance l'un à l'autre. Frère-sœur, cousin-cousine, copain-copine… Pas de réelle définition pour exprimer ce que nous ressentons l'un pour l'autre. Elle a toujours fait partie de ma vie. Déjà à la maternelle, elle faisait le pitre, elle me faisait rire et me protégeait.
- Elle vous protégeait de quoi ?
- De toutes mes peurs à affronter les autres. J'étais timide, secret et solitaire. J'aimais son rire, ses mimiques, son insolence déjà. Elle osait, moi pas ! Elle répondait à la maîtresse, moi je restais scotché,

comme ébloui, envieux et sans doute déterminé à en faire autant un jour !

- Les choses ont changé ? Vous osez maintenant ?
- Elle est une bonne prof, elle m'a traîné comme un boulet mais à l'adolescence, j'ai pris ma vie en main, comme rassuré et confiant tout à coup. J'ai choisi un métier qui ne souffre pas beaucoup de faiblesses alors je me suis endurci… Et j'aime toujours autant son rire.
- Elle risque d'être furieuse contre nous ?
- Nous verrons bien ! Clarisse râle principalement pour défendre les causes perdues, les choses qui la dépassent, les injustices en tous genres mais rarement quand elle est concernée. Elle ne sait pas bouder ou faire la tête. Elle passe très vite à autre chose. Elle n'a aucune disposition pour la rancune. Un drôle d'oiseau vous savez !
- C'est vrai ! Je pense à elle comme à un albatros, libre et majestueux.
- Ah ! Sur le terrain de la poésie et des envolées lyriques, vous ferez bon ménage. Ceci dit, elle est cultivée, je suis un cancre à côté !
- Vous vous disputez souvent ?
- Jamais !
- Pourtant, j'ai cru…
- Non ! Nous sommes deux animaux dominants. Je veux toujours avoir le dernier mot et elle ne cède jamais devant l'adversaire. On se frite, on se cherche, on se provoque mais les véritables disputes sont très rares.

- Suffisamment pour qu'elles deviennent légendaires ?
- C'est exact ! Dites-moi ? À propos d'oiseau… Lequel seriez-vous si vous deviez choisir ?
- Oh là, là ! Un petit moineau apeuré.
- C'est étrange ! Je vous imaginais plutôt dans la catégorie des aigles : grand, fort, puissant, prêt à tout pour réussir.
- Je n'ai rien réussi, quelques marchandages tout au plus !
- Un marchandage à grande échelle dans ce cas !
- Échelle mondiale, il est vrai ! Je suis arrivé au bon endroit, au bon moment. Un peu de chance et beaucoup de travail…
- J'aime bien votre humilité ! Au fond, je crois que vous êtes un chic type qui s'ignore. Je veux bien que vous deveniez son avenir. Prière d'éviter les sports de l'extrême !
- Dois-je obtenir votre accord Lucas avant d'espérer ?
- Non ! Il n'y a pas d'obligation dans ce domaine mais comme elle va me demander mon avis, je le donne avant.

Il riait de sa bonne blague. Au fond de lui, il se sentait incroyablement ridicule, réalisant qu'il interférait dans la vie de Clarisse comme un frère Corse au siècle dernier. Pour ne pas perdre la face et aussi parce que la belle maison de Tatie apparaissait sous un soleil radieux, il passa à autre chose.

- Attention ! Nous arrivons… Tout le monde aux abris !

Dans le jardin, les deux femmes, chacune un panier au bras et un sécateur en main, taillaient les rosiers en bavardant. Tante Constance salua les deux hommes en souriant. Clarisse poursuivait sa tâche sans le moindre regard pour eux.
Lucas venait d'éteindre le moteur et les mains sur le volant, il regardait Clarisse en riant tout en déclarant à son voisin :

- Bingo ! Mauvaise humeur et sérénade ! Je l'aurai parié que « Marie-Tronche de Cake » serait de sortie pour nous accueillir.
- Je vous l'avais bien dit ! Elle n'a pas franchement apprécié de se faire envoyer au diable Vauvert…
- Au diable vauquoi ? Tatie Constance est adorable. Je suis prêt à parier qu'elles ont passé un moment formidable ensemble. Elle cherche seulement à m'enquiquiner.
- Eh bien moi, je vais la rejoindre.
- C'est ça ! Allez au front… Je vous rejoins dès que l'albatros sera calmé.

Maxi avançait vers Madame Lavergne pour des présentations et des salutations distinguées qui furent accueillies avec un plaisir évident. Clarisse boudait dans les rosiers, ne jugeant pas utile de rejoindre ces deux traîtres qui l'avaient abandonnée plus de deux jours.

Elle souriait intérieurement et reconnaissait que ces moments auprès de Constance n'avaient pas manqué de charme. Des confidences, un endroit exceptionnel, une vie passionnante, un autre univers et une bibliothèque à faire pâlir Hemingway ! Elle n'avait pas l'intention de s'en vanter et Pinocchio allait morfler !

C'est dans ces dispositions qu'elle s'apprêtait à recevoir le plus courageux des deux, Maxi qui s'accrochait aux épines, histoire de gagner un peu de temps. « Courageux comme un âne qui recule » se disait-elle avant de reconnaître qu'il était vachement beau ce Monsieur Maximum, même s'il n'en faisait pour l'instant, que le minimum.

Sa spontanéité dépassa toutes les attentes d'un Maximilien intimidé et pas très fier de lui. Elle s'accrocha à son cou dans un élan de joie qu'elle n'avait ni programmé, ni prémédité. Les retrouvailles des deux complices furent célébrées par des embrassades et des rires. Les grandes et belles mains, toujours enrubannées de pansements aux poignets, enlaçaient tendrement la taille de Clarisse, qui elle, ne se gênait pas pour caresser le dos et les cheveux de Maximilien. Elle ne tapotait pas amicalement, elle caressait avec tendresse.

Cette nuance et ce spectacle eurent un effet immédiat sur l'humeur de Lucas !

- Dis-moi mon petit ? Tu ne serais pas un peu jaloux ? chuchota Constance en toute discrétion, devant la scène qui se jouait dans le jardin.
- Jaloux ? Bien sûr que non ! Disons si tu préfères, que je ne suis pas prêteur.
- Mais Clarisse n'est pas à toi !
- Bien sûr que si !
- Tu me surprendras toujours toi ! Et comment va ton ami Gaspard ?

Voilà qui était bien envoyé comme un rappel à l'ordre dans les règles de l'art. Il répondit « très bien » dans un sourire rayonnant. Rassurée, Constance l'invita à entrer pour prendre un café. Pour une fois qu'il venait la voir !

Pendant ce temps, les deux oiseaux se bécotaient tendrement, avec toute la retenue qu'un moineau apeuré peut éprouver devant un albatros libre et majestueux, armé d'un sécateur au beau milieu d'un parterre de rosiers.

Lucas grimpa les marches en courant, entra dans le salon et s'installa dans un fauteuil. Constance le regarda avec tendresse et d'un ton inquiet lui fit remarquer :

- Tu sembles fatigué mon garçon. Il faut penser à prendre du repos maintenant !
- Cette enquête m'a tout simplement épuisé. On a piétiné, tourné en rond pendant des jours et des nuits, nous sommes passés à côté de tout. Franchement, pas vraiment de quoi être fiers !

- J'ai lu la presse et regardé les informations avec Clarisse.
- Elle a dit quoi ?
- Rien ! Pas un mot, pas un commentaire !
- Tu rigoles ? Elle est tout simplement incapable de ne pas commenter !
- Je t'assure, elle n'a rien dit. Elle semblait triste pour lui.
- Allez ! Il va s'en remettre ! Moineau apeuré n'est pas comme chat qui craint l'eau froide.
- Que dis-tu ?
- Rien ! Je fais ma Clarisse. Je vais la noter, je suis sûr que j'arriverai à la caser un jour.
- Ah ! Voilà nos deux tourtereaux, lança Constance qui n'avait encore jamais vu son neveu rire autant. Ce petit devait prendre du repos de toute urgence.

Comme Clarisse restait proche de Maximilien et s'entêtait à jouer l'indifférence, Lucas se leva d'un bond et lui fit remarquer qu'il n'avait pas eu le droit à un bonjour.

- Pas même un tout petit bisou ?
- Toi, Pinocchio, tu vas m'expliquer pourquoi…
- Stop ! Ne démarre pas ta machine à questions-réponses-citations. Je suis crevé !
- Pourquoi as-tu mis si longtemps à me présenter Tante Constance ?
- Ah ? Ceci est une bonne question ! L'occasion ne s'est pas présentée mais tu sais, je lui parle souvent de toi !
- On réglera ça plus tard !

- Je n'en doute pas ! Toujours pas de petit bonjour ? Il y aurait comme du favoritisme ici ?

Elle lui rendit son sourire et sans plus attendre, se jeta dans les bras qu'il lui tendait, sachant d'avance que la boudeuse ne résisterait pas longtemps. Il l'embrassa et pour son plus grand soulagement, elle lui tapota le dos comme d'habitude.
Rien ne changeait jamais avec Clarisse ! Il savoura l'instant comme une vague d'apaisement après la tourmente.
Le moineau attentif et souriant, ne perdait rien de la scène. Les regards des deux hommes se croisèrent quelques secondes. Le Frère corse se sentit rassuré. La Miss ne serait pas au cœur d'une discorde mais plutôt un lien qui saurait les rapprocher.

Constance arriva chargée d'un plateau et servit le café. Les retrouvailles se soldèrent donc par une dispute à peine esquissée, des reproches déjà oubliés et la conversation reprit bien loin des représailles envisagées. Elle raconta ses deux jours de découvertes et de joies partagées auprès de Constance, évitant soigneusement de parler de « l'affaire ».

Ce répit accordé ne déplaisait pas aux deux hommes fatigués, qui écoutaient le récit joyeux en partageant leurs rires complices. L'atmosphère de cette maison les éloignait l'un et l'autre, du sombre de la nuit. Elle les tenait à l'écart d'un retour au commissariat et à la triste réalité. Pourtant, il fallait penser à y retourner sans trop tarder. Le café bien serré tombait à pic. Clarisse embrassa affectueusement Constance en la remerciant. Elle lui promit de revenir.

- Faites vite et surtout, donnez-moi de vos nouvelles après votre examen.
- Promis !
- Elles seront bonnes, j'en suis certaine !

Les deux hommes réalisèrent que la protégée de Constance avait un combat à mener. Détail qu'ils avaient tout simplement oublié.
C'était de sa faute aussi ! Avait-on idée de paraître en si bonne santé ?
Ils se regardèrent avec cet air piteux et coupable que prennent les hommes quand ils oublient.
Elle les ignorait totalement, s'agaçait et fouillait dans son sac, feuilletait un gros carnet duquel tombaient des papiers et lâcha un : « Zut ! J'ai complètement oublié !»

- Quoi ? Demandèrent-ils en chœur.
- Mon scanner, mon scanner de contrôle, à seize heures à Bordeaux et à jeun. Oh là, là ! Mince, j'ai mangé !
- Mais ce n'est pas croyable d'oublier un rendez-vous aussi important ? ajouta Lucas aussitôt. Tu es complètement irresponsable ! Si tu ne fais pas tes contrôles sérieusement, je te préviens que ça va chauffer pour toi ! Clarisse, tu sais que…

Ils se poursuivaient en courant jusqu'à la voiture. Devant la porte, Maxi et Constance se souriaient tendrement, amusés par le tourbillon de vie qu'apportaient ces deux là, qui se hurlaient dessus.
Des bribes de la dispute arrivaient jusqu'au pas de la porte : « totalement inconsciente », « de quoi je me

mêle ? », « tu m'avais promis », « t'avais qu'à me laisser chez moi ! ».

- Merci Madame, merci vraiment ! répétait Maximilien.
- Ce fut un réel plaisir ! J'espère qu'ils vont se calmer bien vite.
- Oui ! Arrivés à la grille, vous les entendrez rire. Je crois que je vais m'y faire !
- Vous n'avez pas d'autre choix mon pauvre ami ! Savez-vous que l'un ne va pas sans l'autre. Ils sont si touchants !
- Ils le sont. Fatigants mais touchants !

Maxi dévala les escaliers pour ne pas retarder le départ précipité en direction de l'hôpital. Lucas, déjà au volant s'impatientait et démarrait. Constance faisait des petits signes d'adieu teintés de tristesse. La compagnie de Clarisse lui manquait déjà.
Ils répondirent chacun de manière très personnelle.
Lucas, par une main grande ouverte semblait lui dire merci. Clarisse ouvrit la vitre pour agiter joyeusement le bras.
Maxi, s'adressa plutôt dans le style anglais : courtois, poli et réservé dans un carrosse qui filait déjà bon train !
Clarisse s'agitait et cherchait quelque chose dans son sac en râlant :

- Lucas ! Inutile de rouler aussi vite, on sera à l'heure. De toute façon, ils sont toujours en retard !
- Bien sûr ! Mais tu es totalement…
- C'est bon ! C'est de ta faute aussi !
- Pourquoi de ma faute ?

- Si j'étais rentrée chez moi l'autre soir, je n'aurais pas oublié mon rendez-vous. En plus, j'y serais allée toute seule, tranquille, en m'arrêtant à la pharmacie.
- Quelle pharmacie ?
- Celle de la rue…
- Pourquoi la pharmacie ?
- Pour prendre un produit de contraste pour l'examen pardi !
- Tu ne pouvais pas prévoir ?
- Je te rappelle que ces derniers jours, j'étais au Vieux-Bouc !
- Justement ! Pendant les vacances, on a du temps ! Tu n'as que ça à faire, prendre soin de toi et de ta santé.
- Je prenais soin de Maximilien. Je te promets qu'il en avait besoin.
- Mais toi aussi bordel ! Tu vas l'admettre un jour ou continuer à nier l'évidence ? Que tu es désinvolte, ma pauvre !

Exceptionnellement, elle lui accorda le dernier mot. Désinvolte !

Le silence revenait brusquement, laissant un conducteur essoufflé de colère et un copilote discret qui s'en voulait d'avoir tant demandé à celle qui réclamait si peu.

Pour la première fois, la passagère découvrait l'angoisse d'un examen qui pouvait ne pas être conforme à celui escompté. La peur se répandit au creux de son ventre. Les perfusions de chimio revenaient comme un mauvais souvenir et dans son sillage, ce maudit goût de sel.

Les larmes resteraient contenues dans une brûlure toujours aussi soudaine que vive. Pleurer, un projet reporté à plus tard !

Désinvolte… Et puis quoi encore ? Qu'est ce qu'il croyait Lucas ? Qu'elle faisait la fière, celle qui s'en fichait pas mal de ce cancer ? Pas vraiment !
Elle ne s'en fichait pas du tout. Elle avait oublié parce qu'elle avait la trouille de devoir y retourner pour quelques cures supplémentaires. Rien que d'y penser, elle sentait son front perler de gouttes froides et son ventre se nouer.
Qu'il en fasse, lui, de la chimio ! Après seulement, il pourrait brailler comme un putois…
Oh non ! Bien sûr que non ! Pas lui, pas Lucas, jamais !

Elle pria alors « le Dieu de la santé » pour qu'il protège celui qui se garait comme « Fangio » devant la pharmacie, sous prétexte qu'il était flic et elle, très en retard. Il baragouinait son charabia de « Superman » dans l'oreillette de son téléphone et donnait des ordres à sa troupe.

Avant de quitter la voiture garée sur le parking de l'hôpital, elle embrassa furtivement Maximilien dans le cou et lui glissa un « tout va bien » pour le rassurer. Il posa sa main sur la sienne, la serra pour lui communiquer la certitude absolue que oui, tout irait bien !

- On t'accompagne ? Tu veux ? Proposa gentiment un Lucas calmé tout à coup.
- Non, Non ! L'examen peut durer une grande demi-heure. Allez vous offrir un café. Je vous rejoins tout de suite. D'accord ?

Elle courait déjà en direction du service « Radio-Scanner » et disparut très vite derrière les grandes portes vitrées. Lucas, silencieux, l'imagina longer le long couloir sombre qui menait aux salles d'examens. Il n'imagina pas la peur qui l'accompagnait. Il y avait chez elle une telle légèreté et un tel désir de vivre. Comment deviner que la peur noue le ventre des plus délurées ?

- Où se trouve le café ? Demanda Maxi, cherchant à briser ce silence absolu et à éloigner une angoisse nouvelle pour lui.

Jamais encore, il n'avait ressenti autre danger pour Clarisse que Nicolas Pétrowski. Que tout cela lui semblait injuste tout à coup !

- C'est en face. On y va ? Répondit un Lucas hésitant entre avancer ou rejoindre Clarisse.

En marchant Maximilien se disait : « Ce qui n'est pas dit, n'existe pas. Ce n'est qu'un contrôle. Elle est certainement guérie ».
Il repensait à son cahier et savait qu'elle finissait des soins décrits avec des mots biens à elle. Tellement honteux de s'être autorisé cette intrusion dans sa vie et dans ses secrets, il avait préféré un silence coupable que le partage de ses soucis de santé. La description de ce qu'elle vivait et ressentait pendant cette longue période de soins, l'avait plongé au cœur de l'impossible. Il la laissait libre d'évoquer ou de taire son parcours de combattante.

Ce parking puis ce bâtiment dans lequel elle venait de s'engouffrer, ajouté au regard soucieux et triste de Lucas, le plongèrent dans la réalité : « Clarisse était malade et pas encore vraiment guérie ».

La confiance s'effritait et il tombait dans un gouffre. Il retenait ses larmes en s'installant dans le café. Il cherchait le réconfort dans les yeux de Lucas qui lui souffla le chaud d'un :

- Chut ! Positif ! Elle ne va pas nous faire une vacherie pareille !
- Vous en êtes certain ?
- Je ne suis certain de rien. Si, d'une chose ! Lorsqu'elle nous a appris son problème de santé, elle a volontairement oublié de nous parler du cancer et de la chimio. Après son intervention, elle a récupéré en un temps record, elle prenait des couleurs au soleil et bavardait de tout comme une pie jacasse. Sauf d'elle !

  Nous, ses amis, bien trop contents de clore ce chapitre aussi surprenant que nul, n'avons pas posé de questions. Pendant l'été, chacun s'est baladé, nous nous sommes tous un peu éparpillés à travers le monde. Comme elle ne reprenait pas son travail, elle nous a monté un bateau, s'est planquée au Vieux-Bouc quelques semaines. Elle revenait faire une cure et repartait discrètement.
- Vous ne vous doutiez de rien ?
- Non ! Je n'ai rien vu. À l'automne, elle vivait au rythme de celle qui travaillait normalement. Pire, elle ne se plantait jamais, suivait son roulement de travail de nuit, comme si elle y allait vraiment.
- Mais pourquoi le cachait-elle ?
- Pourquoi ?
- Oui, vous semblez si complices et si proches tous les deux !

- Je vais vous le dire pourquoi ! Il ne fallait pas qu'elle attende du secours d'une poule mouillée comme moi. Rien que d'entendre le mot chimio, je deviens blême, je bredouille, je me tétanise. Je ne peux pas…

Ils se faisaient face. Lucas ne trouvait plus les mots, Maxi cherchait à comprendre. Le barman leur demandait : « Vous prendrez quoi Messieurs ? ».

- « Deux cafés, s'il vous plaît » répondit machinalement Maxi avant d'ajouter discrètement à l'attention de Lucas : « Un pour le moineau apeuré, un pour la poule mouillée ! Il n'est pas franchement aidé notre albatros !».
- C'est clair !
- Elle donne si peu l'impression d'être dans la difficulté, dans un combat qu'elle pourrait perdre !
- Il n'y a pas de combat perdu pour elle, juste une vie qui se déplacerait vers un ailleurs qu'elle imagine fort bien. Elle n'a peur, ni de vivre, ni de mourir ! Remarquez, à la fois, ça aide ! Elle vous en a parlé à vous ?
- Non, pas une fois, pas une seule allusion. Mais je le savais.
- Ah ! Comment ?
- Je ne suis pas très fier de moi !
- Pourquoi ?
- Ces derniers jours, je ne trouvais pas toujours le sommeil, alors je me levais. À plusieurs reprises, je l'ai vue installée, écrivant sur un cahier à la

couverture rouge. Aussitôt, elle le refermait, je sentais bien qu'elle ne tenait pas à me parler de ses écrits. Une nuit au Vieux-Boucau, je me suis levé. La porte était entrouverte, la lumière allumée. Elle s'était endormie sur le canapé, son cahier à la main. J'ai voulu la recouvrir pour qu'elle ne prenne pas froid. J'ai posé son cahier sur le bureau et j'ai lu le mot « cancérologue ».

- Et ?
- Comment vous dire ? J'étais intrigué, abasourdi, accablé aussi…
- Rassurez-moi, vous n'êtes pas en train de me dire que vous avez lu son journal ?
- Oui ! Enfin non !
- Vous l'avez lu ou pas ?
- Quelques pages seulement !
- Oh là, là ! Maximilien van Hoff, pour votre sécurité, je vous engage à ne jamais lui en parler. Elle vous détestera si elle l'apprend. Elle ne supporte pas que l'on fouille dans ses affaires, elle vous menace d'un procès si vous touchez à son sac à main… Ne lui dites jamais rien !
- Pourtant, j'avais bien l'intention de lui avouer mon…
- Votre forfaiture ! Votre crime de lèse-majesté !
- N'exagérons pas ! Je reconnais avoir manqué de savoir-vivre en me comportant ainsi.
- Ne gâchez pas tout ! Faute avouée est à moitié pardonnée… Mais pas sur ce coup-là ! Vous n'avez jamais rien lu de son secret. Conseil d'ami !

- Bien, je vais peut-être me raviser dans ce cas.
- C'est ça, ravisez-vous et vite fait encore !
- Vous me disiez qu'elle passe très vite à autre chose, qu'elle ne boude jamais.
- Mais elle ne boudera pas. Vous serez tout simplement viré de sa vie comme un mécréant que vous êtes !
- Bien ! Je vais donc suivre votre conseil. Mais dites-moi ? Comment l'avez-vous appris ?
- Un jour, début décembre, après mon footing, je me suis arrêté pour la voir et prendre un café. Une infirmière sortait de chez elle mais Clarisse, restée dans le jardin ne me voyait pas. J'ai pris le temps de refaire mon lacet et j'ai entendu : « Bon courage pour la cure. Je reviendrai avant, pour les plaquettes. Rentrez, ne prenez pas froid surtout !».
- Qu'avez-vous fait ?
- J'ai regardé l'infirmière partir dans sa petite voiture puis s'arrêter au feu un peu plus loin. J'ai couru comme un dératé pour la rattraper. Sans même réfléchir, j'ai ouvert la portière. La pauvre, elle a fait un bond et m'a regardé d'un air effrayé. J'ai hurlé : « C'est quoi cette histoire de plaquettes ? La dernière cure de quoi ? ». Comme elle ne répondait pas, tétanisée de peur, j'ai sorti ma carte de flic. Un réflexe, je crois !
- Que vous a-t-elle dit ?
- Que je pouvais aller me faire foutre ! Qu'un secret médical ne se confiait pas, même sous la menace d'une carte de flic et que je pouvais toujours la

convoquer. En clair, une vraie teigne que je n'impressionnais pas vraiment.

- Une amie de Clarisse ?
- Amie ? Je n'en sais trop rien mais de la même trempe, c'est certain !
- Reconnaissez qu'elle n'avait pas vraiment tort !
- Pas faux ! De rage, j'ai claqué la portière et puis je suis resté sur le trottoir comme un abruti que je suis. Il me fallait digérer la nouvelle. Je n'osais pas aller voir Clarisse et je ne voulais pas rentrer chez moi. Pendant quelques minutes, je me suis senti le mec le plus moche qui soit, si petit, tellement minable. Un trouillard pétri d'angoisse devant la maladie de la fille que j'aime le plus au monde.
- Vous êtes rentré chez vous ?
- Non, quand même pas ! Je ne suis pas très courageux mais pas lâche à ce point ! J'ai sonné chez elle. J'étais perdu et paniqué de la savoir malade pour de vrai, de comprendre que le chapitre n'était pas clos, pas clos du tout ! De la savoir seule et en danger, j'étais tétanisé. Non, terrorisé. Mais devinez ce qu'elle m'a dit en ouvrant la porte ?
- Je ne sais pas. Qu'elle partait travailler ?
- Elle m'a demandé ma carte de flic ! L'infirmière lui avait téléphoné dans l'intervalle. J'avais l'air malin !
- Et alors !
- On a fait comme d'habitude. On s'est engueulé comme jamais !
- Ah ! Mais pourquoi ?

- Elle, verte de rage que je découvre son secret et moi, rouge de honte de ne pas l'avoir deviné avant. Je vous laisse imaginer la séance de reproches, de noms d'oiseaux en tout genre, de questions idiotes qui recevaient des réponses guère plus intelligentes. Comme je tentais de lui expliquer mon incompréhension, elle rétorquait comme une insolente qu'elle gérait la crise, que tout allait très bien, que rien ne l'obligeait à raconter sa vie... Heureusement, elle était fatiguée ce soir-là. Le combat a pris fin assez rapidement. Une fois le calme revenu, nous avons parlé plus paisiblement.
- Elle s'est confiée à vous ?
- Confiée ? Vous rigolez ! J'ai reçu l'interdiction absolue de poser des questions sur la chimio et surtout d'en parler aux autres. Moi, j'avais besoin de savoir, envie de comprendre, de l'aider, d'être présent à ses côtés... Enfin, vous comprenez ?
- Oui, je comprends.
- Interdictions, menaces et sujet interdit !
- Pourquoi réagit-elle ainsi ?
- Je n'arrive pas à savoir si elle est dans le déni total ou si de cette façon, elle cherche à nous protéger. Disons, un peu des deux sans doute.

Le portable de Lucas vibra. Un texto de Clarisse lui disait : « Tu peux reprendre des couleurs et me commander un diabolo fraise. Tout est ok ! Zou ».

Il posa le téléphone sur la table, face à Maxi afin qu'il puisse lire le message. Il leva les yeux vers Lucas, dans un

regard qui exprimait le soulagement et le bonheur à la lecture du « Tout est ok !».
Mais le « Zou » l'agaçait toujours autant… Pourtant, Tatie Constance l'avait prévenu. Il allait devoir s'y faire !

Dans un chœur parfait et synchro, ils commandèrent un « diabolo-fraise ». Lucas s'agitait sur la banquette et regardait si elle arrivait déjà.

- Bon, c'est bien ! Elle va débouler avec le sourire, ses florilèges de citations et toute sa bordée de Dieux !
- Sa bordée de Dieux ?
- Ah ! Pas d'inquiétude, elle fera appel à eux devant vous, sans tarder.

Comme Maximilien n'y comprenait absolument rien et que l'incompréhension se prolongeait, Lucas expliqua en riant.

- Je vous explique vite fait ! Il y a le dieu du vent quand elle veut surfer, le dieu du soleil constamment sollicité, le dieu de la santé, de la guérison, des affaires sociales, de la route, de la femme, de la miséricorde, de la justice, de la pluie mais c'est plus rare, le dieu du repos mérité, de l'amitié, du silence et de l'énergie… Vous voyez le genre ?
- Elle est donc si croyante ? questionna l'incrédule.
- Non, elle est totalement frappée ! Elle vit en permanence dans son compliqué pas simple qui parfois, se transforme en du « très simple pas compliqué ». Il faut suivre mais elle est drôle. Tiens, la voilà !

Aussitôt, Maximilien détourna la tête vers la grande baie vitrée. Elle apparaissait au coin de la rue.

- Ben voyons ! Pas de manteau et ça caille pourtant ! râlait le flic.

Il prenait soin d'elle, s'inquiétait en permanence, se cachait derrière un ton ironique et agacé. Tout cela n'était donc qu'une façade et expliquait les « Zous ».
Elle arrivait tranquillement, longeant le trottoir, regardant avec beaucoup d'intérêt les vitrines, sous le regard brillant de Lucas.

- Je vous parie qu'elle va traverser en dehors des clous !
- Mais non, quelle idée ?
- Parce qu'ils représentent l'ordre et la sécurité, donc elle va marcher juste à côté. On parie ?
- D'accord !

Pour la première fois de sa vie, il la vit se placer au beau milieu du passage protégé, regarder à droite et à gauche avant de s'engager tranquillement pour traverser la rue. Deux visages tendus observaient la scène. Lucas bougonnait qu'il n'en revenait pas. Maximilien narguait qu'il venait de gagner son pari.

C'est dans un éclat de rire franc et joyeux qu'ils l'accueillirent. Le diabolo l'attendait. Elle s'affala sur la banquette près de Maximilien et se jeta sur son verre. Le réconfort avait le goût de la fraise et le sourire de deux hommes, devenus complices le temps d'un scanner.
Attention, scanner normal !

- C'est la fête ici ? Qu'est-ce qui vous fait marrer tous les deux ?

- Depuis quand, tu traverses sur les passages pour piétons ?
- Depuis toujours ! Pourquoi ?
- Oh, la menteuse ! Tu es vraiment gonflée ! D'habitude, tu marches toujours à côté, juste pour revendiquer ton droit à la liberté. Combien de fois on s'est embrouillés à ce sujet ?
- Je suis toujours la ligne droite, je change de ligne, c'est tout !
- De toi celle-là ?
- Non, d'un mec drôle. Toi, je sais bien que tu as parié !
- Oui.
- Bien fait pour tes pieds ! Je l'ai fait exprès. Je te connais comme si je t'avais tricoté. J'étais certaine que tu allais raconter des horreurs sur moi et que je ne respecte pas le code de la route, et que je suis imprudente, et que... Vous aviez parié quoi ?
- Rien de spécial !
- T'es un môme mon pauvre Lucas, tu ne grandiras jamais !
- Et toi ? Qu'a dit ton toubib ?
- Que tout est parfait... Comme d'habitude, je suis parfaite !
- T'es infernale tu sais ? Ce n'est jamais sérieux alors ?
- On peut passer à autre chose ?
- Comme tu veux ! Allez, magne-toi ! Je suis attendu au bureau.
- Tu nous emmènes ?

- Où ?
- Au commissariat pardi ! C'est bien là que tu bosses non ?
- Mais dis-moi ? Ce n'est pas journée portes ouvertes que je sache ?
- Allez, sois chic ! Emmène-nous. D'abord, je suis témoin, je suis un témoin très important dans cette affaire. N'est-ce pas Maximilien, je suis importante ?
- Oui, très importante Clarisse !
- Rou rou rou, Rou rou rou… ironisa Lucas, déjà debout, pressé de retrouver son bureau et son enquête foireuse.

L'idée de replonger dans ce dossier l'agaçait. Il allait au-devant de la vérité et pourrait mesurer l'ampleur des oublis et des erreurs commises par toute l'équipe. Il allait se le faire, ce mielleux de Victor et lui faire passer l'envie de le prendre pour un imbécile !

Les tourtereaux suivaient en silence le pas énergique de celui qui redevenait un flic, l'oreille collée au portable et distribuant des ordres à la mitraillette.
- Dis-moi Lucas, où est ma voiture ?
- Sur le parking. Elle n'a pas bougé depuis l'autre soir.
- Tu vois bien, il faut vraiment que j'y retourne !

Elle riait intérieurement… Pourtant, devant l'attitude sombre et accablée de Maximilien, elle rangea ses blagues.

À l'idée de retrouver le bureau de Lucas, il redevenait le kidnappé, le mari trahi, l'ami humilié et l'otage maltraité. L'angoisse se dessinait sur son visage tendu et son regard fuyant.
Clarisse possédait un don exquis pour consoler. Elle glissa sa main dans la sienne, la serra bien fort puis relâcha la pression mais ne la lâcha pas. Ils se comprenaient.
Elle ne lâchait jamais rien en cours de route, surtout quand la route se faisait chaotique et menait au commissariat.

La traversée de la ville se fit dans un silence quasi religieux. Chacun se perdait dans ses réflexions. Maximilien redoutait un nouvel interrogatoire et surtout, il ne souhaitait pas revoir Victor et Irina. Il souhaitait partir, fuir, les oublier.

Lucas se préparait à un topo avec son équipe pour faire le point et s'attendait au pire. Les heures à venir seraient difficiles. L'échec de cette enquête le plongeait dans la mauvaise humeur et la difficulté. Son chef n'allait certainement pas lui faire de cadeau. Ceci dit, il n'en méritait pas vraiment. Cette idée le fit sourire malgré lui, il observa Clarisse à l'arrière qui regardait sagement la ville défiler.
Elle repensait aux images vues aux informations de treize heures. Irina et Victor menottés, arrivant au commissariat. Lui n'avait rien perdu de sa superbe et de son arrogance. Elle, comme égarée dans cette tourmente tentait d'échapper aux photographes. Le journaliste ne l'avait pas épargnée dans un commentaire plutôt sévère. Sans bien comprendre les vraies raisons de cette sympathie spontanée, Clarisse souhaitait la défendre, lui trouver des circonstances atténuantes, refusait en bloc de la juger.

Elle regrettait de la savoir en prison et cherchait des explications possibles pour modérer sa responsabilité dans cette odieuse affaire. Sans le décider vraiment, elle annonça à l'intention de Lucas :

- Tu sais, je ne crois pas une minute qu'Irina soit coupable. Il y a quelque chose qui cloche… Un truc.
- Pardon ?
- Vous vous trompez certainement !
- Si tu veux bien garder pour toi tes raisonnements de haute volée, j'avoue que ça m'arrangerait. Ne me prends pas la tête, ce n'est pas le moment ! J'ai besoin de me concentrer.
- Comment tu me parles toi ?
- Clarisse, je te vois venir avec tes gros sabots. Tu vas me faire le coup de la pauvre martyre et je n'ai pas envie de m'embrouiller avec toi.
- Bon, je garde mes commentaires mais je suis certaine qu'elle n'est pas vraiment responsable, il y a autre chose. Même Joséphine pense qu'elle a peur.
- De toute façon, tu prends toujours la défense des femmes.
- Alors là, c'est un gros n'importe quoi ! Toi, c'est sûr, tu préfères les…

Elle s'arrêta juste à temps. Elle voulait dire « les mecs » mais elle jugea préférable de virer à bâbord vite fait.

- Lucas, la prochaine fois que tu me demandes mon avis… Je t'envoie bouler !
- Occupe-toi de ta santé, de récupérer vraiment, de reprendre ton boulot et ne m'emmerde pas avec ta psy à deux balles. Une enquête est en cours et si elle a sa part de responsabilité, elle va devoir s'en

expliquer. Tu peux admettre qu'une femme ne jette pas son mari dans les mains de mafieux qui en veulent à son fric et à sa vie. Tu ne vas pas me trouver des excuses tordues pour justifier un comportement aussi dégueulasse.

- Mon cher Lucas, « Quand tu lances la flèche de la vérité, trempe la pointe dans du miel ».
- Pardon ?
- Proverbe arabe ! Et puis, d'abord…
- D'abord rien Clarisse ! Je te dépose sur le parking, tu grimpes dans ta Clio, tu rentres chez toi et tu restes en dehors de cette histoire, ce que tu aurais pu faire depuis le début !
- En attendant, tu étais bien content qu'on le retrouve le Pétrowski !
- Pas la peine d'en rajouter… Parce que si vous n'aviez pas cru bon de vous la jouer perso, comme deux abrutis que vous êtes…
- Sans les deux abrutis, vous en seriez encore à le chercher ce « fondu ».
- Sans les flics, vous seriez morts tous les deux !
- Pas du tout, nous avions trouvé un brillant stratagème pour le coincer. On se planquait dans le double-rideau de la porte arrière. On le laissait entrer dans le salon, mais hop, nous, on filait par le jardin, on crevait ses pneus au passage et on se cachait. Attends, je réfléchis parfois ! J'aurais pu être un très bon flic tu sais !
- Tais-toi Clarisse ! Ce type vous aurait flingué tous les deux sans le moindre état d'âme. Dans le rideau

et hop ! N'importe quoi ! Tu es totalement inconsciente, tu m'énerves…

- Parce que selon toi, il nous aurait tués tous les deux ?
- À ton avis ? Et tu peux me dire, ce que je ferais sans toi maintenant ?
- …
- Alors ? Je ferais quoi sans toi ? venait de demander pour la deuxième fois l'ami, tentant de cacher au mieux l'émotion que provoquait l'effroyable réponse à la terrible question : « Je ferais quoi sans toi ?».

Surprise, Clarisse regarda Maximilien qui lui, guettait sa réponse avec un air suppliant qui disait : « Arrêtez, il monte dans les tours et ça va mal finir ! ».
Elle préféra alors changer de ton, perdre de son insolence et lui lança un adorable :

- T'es trop mignon Lucas ! Je t'adore, mais quand même, pour Irina…
- Stop ! On arrive et on arrête.

Les trois portières venaient de claquer et chacun attendait que le calme revienne. Les trois passagers restèrent immobiles devant la voiture garée à la hâte.
Lucas hésitait, cherchait comment inviter Maximilien van Hoff à l'accompagner et persuader la bourrique de rejoindre son domicile, dans les meilleurs délais et sans aucune discussion.

Elle venait de récupérer son sac dans le coffre, cherchait ses clés dans son sac à main et ne recevant pas d'ordre précis, elle fit mine de rejoindre sa voiture. Discrètement,

les deux hommes se regardèrent avec un certain soulagement.
Pourtant, avant de s'installer au volant, elle questionna :

- Tu veux que je te dise Lucas ?
- Oui, dis-moi !
- Tu aurais pu me laisser chez Constance... Pourquoi venir me chercher pour me faire comprendre que je suis de trop et que mon raisonnement ne vaut pas un clou. Surtout que j'ai raison !
- Faut vraiment qu'on y aille. Tu comprends ?
- Salut et merci pour tout, surtout pour les deux jours de vacances au château.

Elle s'engouffra dans sa voiture et démarra sans un regard pour eux, laissant la tristesse remplacer le « certain soulagement » qui avait précédé. Maximilien murmura :

- Je suis désolé pour elle. Elle trouve injuste d'être écartée après avoir été si présente. Je comprends très bien sa déception et son sentiment d'être...
- Vous préférez certainement qu'elle vienne assister aux interrogatoires, mener les débats aussi, tant qu'on y est ?
- Non, mais pourtant, vous me voyez peiné de la voir s'en aller ainsi, injustement mise à l'écart une fois encore.
- Écoutez ! On va aller dans l'ordre. Moi, je bosse d'abord, les états d'âme de Miss Clarisse, on verra plus tard !
- Oui, bien sûr mais...
- Mais rien du tout ! Je ne vais pas à l'hôpital refaire les pansements ou poser les perfusions de ses

patients ? Elle ne vient pas me contredire pendant mes interrogatoires. Clair ?

- Relativement !
- Allez, on avance un peu.
- Personnellement, je me moque éperdument de ces interrogatoires. Je ne veux pas les voir et encore moins les entendre. Je n'ai pas envie de savoir, de comprendre comment ils m'ont manipulé depuis le début. Je n'ai pas envie de mesurer ma bêtise et ma naïveté. Clarisse a raison, je suis un prétentieux doublé d'un imbécile.
- Elle vous a traité d'imbécile et de prétentieux ?
- Oui.
- Elle y va fort quand même !
- Mais elle parfaitement raison ! J'avais imaginé une association grandiose avec un malfrat-proxénète et rêvé d'un mariage d'amour avec une pute. Avouez quand même, qu'il faut être con pour se fourvoyer ainsi !

Désarçonné par les propos et le ton, Lucas le regarda droit dans les yeux et avec un joli sourire lui répondit :

- Ce n'est pas faux ! En attendant, nous avons besoin de votre déposition. Vous êtes la victime, il y a une plainte à déposer, une enquête à élucider et à terminer. Vous ne tenez pas à ce qu'ils rentrent tranquillement chez eux ?
- D'autant que chez eux, c'est chez moi !
- Parfait. Alors, nous y allons !
- Je porte plainte et je me casse !

- Mais dites-moi, c'est l'albatros qui vous a appris à parler comme ça ?
- Non ! Je ne suis pas certain de pouvoir retenir la rage qui monte en moi tout à coup. Je me sens nerveux, agité et très mal à l'aise ici.
- Normal ! Ne vous inquiétez pas, nous prenons votre déposition et vous pourrez rentrer vous reposer. La nuit a été courte et les émotions gratinées. Je trouve que vous tenez plutôt bien le choc !
- Vous croyez que Clarisse m'en veut ?
- Non, elle est bien trop occupée à me détester. Allez, c'est parti !

Ils avancèrent tranquillement vers le bureau lorsque la voix de Jean-Marcel vint interrompre un silence pesant d'un affectueux : « Bonjour Monsieur. Comment allez-vous ?».

- Aussi bien que possible, vu le contexte. Et vous ?
- Je suis venu avec Joséphine. Elle répond aux questions de la jeune policière. J'ai eu l'autorisation de récupérer la voiture au garage. Ils ont fait réparer le téléphone, tout est comme avant vous savez ! Demain, je vais la lustrer pour qu'elle soit bien propre.
- Merci. Vous avez été interrogé vous aussi ?
- Non, pas encore ! J'attends pour essayer de reconnaître celui qui m'a fracassé le crâne avec son révolver. Je dois regarder des photos et puis, il y aura encore des questions. Je commence à les connaître, c'est toujours la même chose. Vous savez, pour Madame Irina, Joséphine et moi, nous avons

décidé de ne rien dire qui puisse la… Enfin, la mettre dans une situation trop…

- Je crois bien, qu'elle se trouve déjà dans une situation très inconfortable.
- À la radio, ils parlaient de Monsieur Victor.
- Ne l'appelez pas Monsieur ! Il ne mérite pas ce titre. On ne dit pas Monsieur d'un salaud de son acabit.

Jamais encore, Jean-Marcel n'avait entendu Monsieur lui parler sur ce ton hargneux. Sidéré, parce qu'il venait d'entendre, il se contenta de baisser la tête et de prendre la mesure du désastre qui entraînait son patron vers un profond désarroi.
Comme un passage obligé, il allait rebondir dans la révolte et l'exprimer à sa manière polie et contenue. Après, tout redeviendrait comme avant.
D'un coup, il sentit sa propre colère et se savait peu adepte de la retenue. Les manières courtoises n'étaient pas son fort et cette histoire commençait à prendre une drôle de tournure. Il tournait et retournait ses poings fermés dans les poches de son manteau pour canaliser son dégoût.

Joséphine sortait du bureau et longeait le long couloir comme un automate. Elle leur souriait bizarrement, venant vers eux dans une démarche mal assurée et traînait pour les rejoindre. Les deux hommes observaient la scène d'un air inquiet. Maximilien alla à sa rencontre pour la réconforter. Quelques chaises sous les fenêtres furent les bienvenues. Joséphine, toute pâle, au bord du malaise, chercha une respiration profonde puis éclata en sanglots sur l'épaule de Monsieur. Il la serra contre lui en lui répétant tout doucement : « Ne pleurez pas Joséphine, ne pleurez pas !».

Joséphine pleurait et Jean-Marcel assistait à la scène, la gorge serrée, incapable de trouver un mot de réconfort.

Qui pouvait bien trouver du réconfort dans ce « Bordel sans nom !».
L'envie de filer en direction des cellules casser la gueule de ce porc de Victor se profilait. Avant qu'il ne craque pour de bon, il devait se passer quelque chose et rapidement.
Heureusement, il fut appelé et invité à s'installer dans un petit bureau. Il n'en doutait pas, il reconnaîtrait son agresseur entre mille. Il n'oubliait pas ce regard bleu-gris d'une méchanceté redoutable.
Il se sentait utile et désirait participer activement à l'arrestation de ce voyou cagoulé qui ne l'avait pas épargné. Les photos défilaient sur l'écran de l'ordinateur, le policier assis face à lui, le laissait se concentrer. Il prenait tout son temps. Il ne cherchait que le regard d'un sauvage et quelque chose au fond de lui savait.
Oui, il le trouverait.

Joséphine retrouva son calme, collée contre l'épaule de Monsieur qui exceptionnellement se rongeait les ongles. Leur conversation entrecoupée de silences et ponctuée de : « Quelle histoire, mais quelle histoire !» donnait l'impression que le temps s'était arrêté pour toujours.
Pour la rassurer, Maximilien lui répétait en boucle : « Ne vous inquiétez pas Joséphine », ce à quoi elle ajouta : « Mon pauvre Monsieur ! Vous qui pensiez filer le parfait amour, vous ne filiez que du mauvais coton !».

Ce fut le moment choisi par Jean-Marcel pour un retour triomphal. Il n'avait pas tardé à retrouver les yeux recherchés avec méthode et concentration. Le jeune était connu de la police bien sûr… Il fut interrompu presque aussitôt par Lucas qui après un bonsoir poli, invita Monsieur à le suivre. En longeant le couloir, Lucas lui demanda :

- Voulez-vous savoir ce qui s'est réellement passé ? Enfin, en supposant qu'ils parlent bien sûr ! Je vous propose de rejoindre le commissaire Robin dans la salle des écoutes. Derrière la vitre sans tain, ils ne peuvent pas vous voir et surtout, vous restez libre de rester ou de sortir.

Maximilien hésitait. Voulait-il savoir vraiment ?
Non, il ne voulait pas, il détestait l'idée d'apprendre comment Irina l'avait manipulé, s'était jouée de lui pendant des mois, acceptant le mariage et de porter son nom… pour servir Victor.
Lucas ajouta au silence qui s'éternisait :

- Vous savez, la vérité n'est pas toujours celle que l'on croit !
    - Je le sais bien et je la redoute tellement cette vérité.
    - Vous restez totalement libre de choisir.
    - Je n'en suis pas si sûr !

Il tourna le dos, voûté, comme résigné et replié sur lui-même, en prenant la direction de la salle des écoutes. Lucas revint sur ses pas puis entra franchement dans la pièce où Joséphine et Jean-Marcel attendaient.

- Je suis désolé, mais vous ne pouvez pas accompagner Monsieur van Hoff. Vous l'attendrez ici peut-être ?
- Mais « bien sûr !» vint aussitôt se superposer à « Évidemment !».

- J'ai la voiture et je ramènerai Monsieur, quand et où il voudra, expliqua Jean-Marcel.
- Eh puis, ce n'est pas un soir à l'abandonner ! Mais quelle histoire ! ajouta Joséphine pour la vingtième fois.

Lucas les salua avec l'assurance que « le moineau apeuré » n'était pas seul au monde. Il y avait l'albatros et les deux inséparables qui s'installaient pour attendre Monsieur, dans une angoisse déguisée en calme olympien.

Sans bien savoir pourquoi, Lucas aimait ce duo qui jouait la fidélité sur le même tempo. Ils devaient plaire à Clarisse aussi. C'était un peu comme si la famille s'agrandissait et il trouva cette idée douce et drôle.
Ce qui allait suivre le serait beaucoup moins.

Lorsque Lucas retrouva son fauteuil derrière son bureau, l'interrogatoire était déjà commencé depuis longtemps. Devant lui, sur la droite, Irina et sur sa gauche, Victor Rowska. L'intervalle entre eux se comblait par la présence de Pierre et Marius. Derrière lui, Julie et Diego écoutaient et surveillaient avec vigilance les moindres mouvements suspects. Romain prenait des notes et son clavier ne faisait pas le fier.

Il relut à la hâte les identités en comprenant que Rowska niait tout en bloc et qu'Irina refusait de parler depuis le début de l'entretien.
En silence et d'un air faussement détaché, il observa longuement Irina. Il sentait le découragement pointer avant même de commencer. Le manque de sommeil le plongeait dans une sensation de fatigue extrême, il détestait cette sensation de vertige et de mal-être qu'il lui fallait combattre et cacher.

Pourtant, l'envie de comprendre lui donna de l'inspiration. Il prit sa respiration tranquillement et regarda Irina longuement. Il tentait d'entrer en contact avec elle par un regard qui se voulait amical. Ne pas la rejeter pour l'inciter à parler et dénoncer ce qu'elle avait enduré toutes ces années.

- Mallory Strass, c'est bien votre nom ?
- Non. Je m'appelle Madame van Hoff.

L'envie de lui répondre qu'elle ne le méritait pas, fut réprimée et remplacée aussitôt par un sourire bienveillant. Lucas faisait toujours preuve d'une grande patience pendant ses interrogatoires et pouvait répéter cent fois la même chose avant de montrer un signe d'impatience. Une force, un mystère, un talent qui forçait le respect de ses coéquipiers qui le regardaient faire en silence.

- Mallory Strass. C'est bien le nom que vous portiez à Marseille ?

Elle cherchait comment ce jeune flic de Bordeaux pouvait être au courant et gagnait du temps avant de répondre maladroitement :

- Je n'ai jamais mis les pieds à Marseille !
- Bon ! Je recommence. Voici quelques photos qui vont vous rafraîchir la mémoire.

Il ouvrit lentement un dossier, celui porté en début de journée par le commissaire Robin, arrivé en renfort et déjà installé aux premières loges, derrière la grande vitre teintée. Il ne voulait rien rater de ce qu'il appelait : « L'arrestation de la Hyène ».

Irina rougissait à peine mais se montra déstabilisée par la photo que Lucas lui présentait en répétant en boucle :

- Vous êtes Mallory Strass n'est-ce pas ?
- Non !

Elle répétait non, sans cesse, même s'il perdait à chaque fois de sa conviction. Lucas lui tendit la photo d'une des filles assassinées. Il avait choisi la plus regardable, la moins édifiante quant à la capacité de sauvagerie de celui qui souriait, persuadé de la fidélité incommensurable de « sa protégée ». Victor se sentait à l'abri. Elle ne parlerait pas. Jamais ! Les policiers ne pourraient jamais rien prouver.
Pétrowski non plus, ne parlerait pas, il ferait de la taule pour les autres et la vie reprendrait son cours. Ils partiraient pour Moscou. La rançon versée et déjà bien planquée serait suffisante pour rebondir et redémarrer une nouvelle vie.

Patiemment, Lucas poursuivait, passait des photos au regard bleu d'Irina :

- Mallory Strass, vous aimiez beaucoup Ingrid Belgarde ? Vous étiez son amie ? C'est pour ne pas subir le même sort qu'elle, que vous vous obstinez à vous taire ? Savez-vous que vous ne risquez plus rien maintenant ?

Irina ferma les yeux. Elle refusait de regarder, de voir ou de revoir le visage d'Ingrid ravagé par les entailles, balafré par plusieurs coups de couteaux. Elle se sentait comme propulsée deux ans auparavant. Ils avaient quitté Marseille précipitamment dans la nuit. Elle suivait Victor sans comprendre. Plus tard, elle osa lui demander pour quelles raisons ils avaient dû fuir. C'est alors qu'il lui montra les photos des deux filles « trop bavardes » à qui il avait réglé leurs comptes. Depuis ce jour, elle se tenait dans une obéissance sans faille.

Peu de temps avant, Maximilien était arrivé sans prévenir dans sa vie. Comme par miracle, il avait tout changé. Ce fut une période de répit dans cette impossible existence. Elle y avait cru tellement fort…

Lucas lui parlait doucement, s'adressait à elle avec une infinie douceur, la rassurait et ne la jugeait pas.
Elle ouvrit les yeux d'un seul coup. Elle croisa le regard insistant et tendre d'un flic qui lui tendait la main et lui assurait qu'elle ne risquait plus rien maintenant.

Étrangement, elle se sentit comme arrivée au bout de son enfer. Entre le pire et le pire, elle choisissait de faire confiance à cet homme qui représentait l'ordre en faisant preuve d'une profonde gentillesse. Elle saisissait la main tendue comme une naufragée qu'elle était, espérant rejoindre une autre rive… Là, maintenant !

Ses grands yeux bleus changèrent de couleur pour virer au sombre, son doux visage devint dur, son expression toujours apeurée exprima la volonté soudaine d'en finir et de parler enfin !
Comme s'il pressentait qu'elle franchissait le point de rupture, Rowska lui ordonna de la fermer avant de lui préciser : « Tais-toi Irina, sinon, tu vas le regretter ! ».
Alors qu'elle le toisait avec mépris, il continua de hurler « Ferme ta gueule Irina !».

Elle avait décidé qu'il en serait autrement. Dans un français parfait agrémenté d'une petite note d'accent russe, ils écoutèrent attentivement le récit qu'Irina leur faisait. Elle ne se perdait pas en détail, allait droit dans un condensé aussi précis que dramatique.

- J'avais dix-sept ans lorsque je suis arrivée en France avec mes parents. J'avais appris le français au lycée de Moscou. Mon père était ingénieur et autorisé à vivre ici pendant trois ans…

Elle raconta calmement sa petite vie d'étudiante, son petit ami parisien parti en courant lorsqu'elle lui avait annoncé qu'elle attendait un enfant. Elle avait vingt ans, travaillait déjà comme interprète et poursuivait sa maîtrise de Lettres. C'est à ce moment que Victor arrive dans sa vie. La rencontre inespérée d'un jeune homme beau et attachant, qui lui promet, pour elle, du bonheur et pour l'enfant qu'elle porte, la sécurité et un père… Fragilisée par une rupture et le retour de ses parents à Moscou, Irina se laisse aimer et prendre en charge par son nouvel amour.

Elle met son enfant au monde à Paris : Mia, une petite fille. Le bonheur est à son comble lorsque la date de leur mariage est fixée au printemps.

Le jour de sa sortie de la maternité, alors qu'elle se repose, Victor prend l'enfant et disparaît deux jours. Il revient seul et explique à sa compagne désespérée, un terrible marché. « Tu vas faire la pute pour moi. J'ai besoin de fric. Lorsque tu auras gagné ce que je veux, tu auras ta gosse. Jusqu'à nouvel ordre, elle est en nourrice chez des gens très bien !».

Pour que la jeune maman arrête de hurler son désespoir, les premiers coups tombent. Tous les jours, pendant des semaines, la violence, la peur, la honte, la solitude et l'enfermement seront le prix à payer pour retrouver son enfant. Inexorablement, la spirale infernale se refermera sur elle. La machine de Rowska s'appliquera à la broyer. En attendant, elle obéira et pour Mia, elle travaillera.

Tout paraissait résumé. L'histoire de cette très jolie fille désemparée qui bascula dans l'horreur le jour où ils s'étaient croisés. Le coup de foudre rêvé par la gamine de vingt ans se soldait neuf ans plus tard dans le bureau de Lucas. L'histoire de la monstruosité d'un homme conjugué au malheur d'une femme.
Mais où était l'enfant ?

Chacun croyait qu'elle achevait ainsi son récit, qu'elle acceptait ses menottes dans l'attente de rejoindre une prison pour purger sa double peine. Trahir pour protéger restait une faute punie par la loi, jugée par la justice des hommes, à payer pour le reste de sa vie.
Elle leva un doigt en direction de Lucas comme pour s'autoriser à reprendre la parole.

Par un tendre sourire, il l'invita à s'exprimer. Reconnaissante, elle déclara simplement :

- Lorsque j'ai rencontré Maximilien, j'ai vraiment cru que Victor me rendrait ma liberté. Il sortait souvent avec une nouvelle fille, plus jeune que moi. J'ai naïvement pensé que j'allais pouvoir vivre auprès de Maximilien. Ce fut d'ailleurs le cas pendant presque six mois. Victor était à Moscou je crois. Il ne donnait pas de nouvelles. Je ne voyais plus de surveillance, ni de menace autour de moi, autour de nous. Je pensais à Mia, je n'en parlais pas mais j'espérais. Lorsque Maximilien m'a demandée en mariage, j'étais très émue, si heureuse, fière et pourtant terrorisée. Je n'osais pas accepter sans autorisation… Tout s'est emballé lorsqu'il a fallu présenter mes papiers à la mairie. Je savais que ma fausse identité serait découverte. Étrangement, Victor est rentré en France. Il arrivait de Los Angeles aux côtés de Maximilien. Lorsque je les ai vus ensemble, j'ai compris qu'il avait tout arrangé et manigancé avec les Russes, depuis le début. J'étais la prime mariage mais de toute façon, ils l'auraient kidnappé avec ou sans moi. L'idée était de le faire signer des contrats, de brouiller les pistes, de le mettre en confiance, de blanchir de l'argent aussi. Je ne l'ai compris que trop tard.

- Avez-vous mis Monsieur van Hoff en garde ?
- Oui, sans lui dévoiler toute la vérité. Je ne voulais pas le perdre. J'ai essayé, mais il était sous le charme, comme envoûté, pressé de s'associer et de considérer Victor comme son ami. Je n'avais qu'une seule idée en tête : Mes papiers.
  Je croyais naïvement que mon mariage me protégerait. Maximilien préviendrait la police, ferait arrêter Victor, que je retrouve ma fille et ma liberté. Est-ce que vous me comprenez ? Qu'auriez-vous fait dans ma situation ? Questionnait-elle d'un ton suppliant.

Lucas répondit sans réfléchir : Je l'aurais…

- Vous l'auriez tué peut-être ?
- Bon, reprenons ! Rowska vous a rendu vos papiers ?
- Oui, pour la mairie, il était prêt à tout. Naïvement, j'ai pensé qu'il me rendait vraiment ma liberté. Il a changé de comportement à mon égard. Il a ouvert un compte en banque à mon nom, m'a laissée libre. Il achetait des cadeaux que j'offrais à Maximilien.

- De quels cadeaux parlez-vous ?
- Oh ! Différentes choses, des cravates, un tableau…
- Une montre ?
- Oui, une très belle montre en cadeau de fiançailles.

Les policiers réprimèrent l'envie de sourire. Le labo enverrait un constat édifiant sur l'objet trafiqué pour suivre à la trace le fiancé. Irina, ne savait rien, s'était laissée manipuler sans se douter que la liberté accordée n'était qu'un piège qui se refermerait bientôt.

- Quand vous a-t-il parlé du kidnapping de votre mari ?
- À notre retour de voyage de noces.
- Pourquoi n'avez-vous pas prévenu Monsieur van Hoff ?

Irina se mura brusquement dans un silence total et absolu. Lucas s'obstinait et répétait sans cesse.

- Pourquoi ? Dites-nous pourquoi ?

Après de longues minutes, elle prit son inspiration et déclara doucement :

- Victor m'a montré la photo de ma fille. Je la voyais pour la première fois depuis huit ans. Je réclamais de ses nouvelles, j'étais si heureuse. J'espérais la revoir, la retrouver enfin… Mais c'était sans compter sur sa cruauté. Il m'a imposé un marché : Maximilien contre ma fille.
- Je ne comprends pas ?
- Si, vous comprenez très bien ! Vous êtes seulement saturé de ce bain de boue. Vous allez voir, vous n'avez pas encore touché le fond du marécage ! Si je refusais de lui fournir des éléments sur Maximilien

au quotidien, ses rencontres, ses déplacements, ses projets, Victor envoyait ma fille dans un bordel à Moscou.

Tous les visages se figèrent en une fraction de seconde. Plus personne ne respirait dans le bureau, tous tétanisés par l'information qui venait de tomber.
Le marécage puait véritablement.

Dans la même seconde, Irina pivota sur sa droite, tout son corps fit bouger sa chaise, puis ses deux longues jambes repliées se tendirent en direction de Victor. Les coups de pieds arrivèrent au niveau de sa hanche avec une violence extrême et une vitesse que rien n'aurait pu arrêter.
La chaise bascula dans un fracas assourdissant. Le poids de son corps menotté dans le dos, le fit tomber dans un bruit sourd. Pierre n'eut ni le temps, ni l'envie de le retenir pour amortir le choc.
Victor Rowska recroquevillé sur lui-même, semblait se confondre avec une chaise. Sa tête qui avait heurté violemment le carrelage devait le faire souffrir.
Rien, pas un son, pas un mot, pas un geste ne venait signifier s'il avait perdu connaissance ou s'il était mort sur le coup. Personne ne chercha à lui venir en aide.

Quelques secondes d'hébétement plus tard, Julie bougea, s'apprêtant à s'accroupir pour l'aider à se relever.

- Attention ! hurla alors Irina. Faites attention, il pourrait vous mordre !

Julie resta interdite, comme en suspens, perdue entre l'envie d'un peu de dignité pour cet homme et la peur qui la paralysait. Elle regarda Irina qui souriait timidement à

l'attention de la jeune policière et ajoutait un : « Laissez-le crever plutôt ! ».
Aussitôt, Lucas lui fit savoir clairement qu'ici, chacun avait le droit au respect et qu'un homme à terre devait pouvoir se relever.

- Sauf que lui, ce n'est pas un homme mais un monstre ! lui répondit-elle.

Les propos de Marius revenaient avec force et se confondaient à présent avec le passé d'Irina. La confusion s'installa, la violence des événements et du récit balayèrent tous les principes de toute son équipe, qui ne bougeait toujours pas. Rowska restait à terre, totalement immobile, mort, inconscient, gravement blessé peut-être ou prêt à se venger d'un tel affront ?

Lucas fit preuve d'un éclair de lucidité pour demander à deux de ses hommes de bien vouloir remettre Monsieur Rowska assis sur sa chaise... Ce qu'ils firent sans prendre de gants et sans le moindre regard sur d'éventuelles blessures. Une énorme bosse apparaissait déjà sur son front, au-dessus de l'œil droit.
À peine debout, il jeta des regards mauvais sur l'assemblée et pour ne pas perdre la face, continua de sourire avec arrogance.

Alors que Lucas réclamait à Julie la trousse de soins d'urgence, elle refusa par un « Jamais ! » qui fit trembler tous les murs du commissariat.

- Julie ! répondit-il à son tour comme un rappel aux ordres du patron.

Pourtant si le « Jul » sonnait la remontrance, le « Lie » vint mourir dans une douceur amicale.

Elle avait raison, il pouvait bien garder sa bosse sur « sa belle gueule d'enfoiré ». Victor profita de ce flou ambiant pour regarder Irina et lui hurler d'une voix froide : « Sale garce, tu vas me le payer cher ! Partout où tu iras, je te retrouverai pour te faire la peau. Je vais te tuer salope ! ».

Personne n'eut le temps d'intervenir que déjà, la frêle Irina se leva d'un bond, entraînant avec elle, menottes et chaise et se posta face à lui. Blême, droite, forte, habitée par la rage, elle lui rétorqua :

- Tu m'as déjà tuée. Je suis morte depuis longtemps !
- Ta gosse va morfler pour toi. J'ai donné des instructions. Elle doit déjà être à Moscou, si tu vois ce que je veux dire !

Un cri. Un « non » de désespoir mêlé à une supplication résonna alors dans toute la ville que le soir recouvrait. Elle recula et se laissa tomber sur sa chaise.
Les sanglots d'une mère en mal de son enfant résonnèrent en chacun, leur donnant la chair de poule, des sueurs froides, des nœuds dans le ventre et l'envie de vomir.

Marius quitta précipitamment la pièce. Lucas n'intervint pas. Il lui laissait le temps et le droit d'aller évacuer son dégoût et par la même occasion, calmer autant que possible, son désir d'abattre cette ordure. L'ordure en question riait. Effectivement, comme une hyène. Il portait bien son surnom.
C'est alors qu'une gifle féroce, l'arrêta net. Julie n'avait pas pu refréner sa hargne.
En réponse, Victor lui cracha à la figure. Une deuxième gifle arriva alors sur son visage transformé par la haine. Il tenta de se lever. Par l'arrière, Pierre le tenait fermement et

le menaçait d'un « Bouge pas ! Je pourrais tirer sans aucun problème et débarrasser le monde d'un type comme toi !».

L'interrogatoire partait totalement en vrille. Lucas réfléchissait. Il fallait très vite calmer le jeu, séparer physiquement Irina et Victor et tenter de retrouver un minimum de sérénité.
Il pensait à Mia. Oui, il fallait faire vite et retrouver cette petite fille.
Un signal vibrait en lui. Rowska mentait à propos de l'enfant devenue depuis huit ans, une monnaie d'échange, un moyen efficace de tenir Irina à sa botte. Terrorisée à l'idée que sa fille puisse subir le même sort que le sien, elle avait tout accepté sans jamais renoncer à l'idée de la retrouver un jour.
Lucas désirait être un allié efficace de ces retrouvailles. Il respira profondément pour forcer sa voix à changer de ton et se préparer à évoluer dans un autre registre. S'il savait être tendre et patient, il pouvait aussi se faire plus dur mais pas moins convaincant.

- Monsieur Rowska, je ne comprends pas pourquoi vous avez kidnappé van Hoff alors que vous deviez vous associer prochainement ?
- Un petit délire au début puis l'idée a fait son chemin. C'était assez facile, il ne se méfiait de rien, surtout pas de moi.
- Répondez-moi, pourquoi ?
- Pour le fric ! Qu'est-ce que vous croyez ? Je récupérais Irina et le tour était joué. Maisons, appartements, assurance-vie, gros héritage et gros pactole ! Ni vu, ni connu, je t'embrouille.
- Vous auriez rendu sa fille à Irina bien sûr ?

- Je ne sais pas. J'y ai pas vraiment pensé ! Elle peut bosser encore un peu, non ?

La phrase de trop, celle qui vous donne envie de frapper. Chacun dans la pièce trouva sa position de repli intérieur. Julie se frottait l'oreille, Pierre se grattait le cou, Marius jouait avec son pied et Romain, les deux mains en l'air, ne faisait plus souffrir son clavier.

- Vous aviez donc l'intention de le tuer ! s'exclama Lucas dans la plus grande courtoisie. Chacun sait qu'il n'y a pas d'héritage sans défunt !

Le ton cynique et victorieux du flic résonna, prévenant Victor du danger. Trop tard. Il regrettait d'avoir tant parlé. Ce flic l'entraînait trop vite, trop loin. Il devait se taire. Ce qu'il fit !

Comme toutes les questions restaient sans réponse, que la tension montait, que l'agacement de toute l'équipe devenait palpable, Lucas referma le dossier marseillais d'un geste brusque et dédaigneux.

- Emmenez-le, emmenez-les tout de suite !

Voilà qui ressemblait à un appel de détresse lancé par le patron qui se sentait partir en vrille lui aussi. Cette confrontation avait assez duré. Aussitôt, Pierre força Rowska à se lever. Il résista d'un mouvement brutal avant d'annoncer d'une voix courtoise et presque souriante : « Je mangerais bien quelque chose ? ».

- T'inquiète pas pour ça ? Toi, c'est sûr, tu vas manger ! Lui parvint comme une promesse que Pierre tiendrait personnellement, comme un serment collectif dont il assurait l'engagement.

Personne n'eut l'idée d'y percevoir une note d'humour. Les mots claquaient dans le dédain et une brutalité contenue à grand-peine.
Victor fut emmené sans ménagement dans sa cellule pour le plus grand soulagement de tous.
Irina eut le droit à plus d'égards de la part de Marius qui la raccompagna en se préoccupant de savoir si elle désirait boire ou manger quelque chose. Les sanglots de la jeune femme couvraient une réponse qu'il devinait négative.

Julie ouvrit la fenêtre espérant certainement que le froid du soir chasserait l'odeur nauséabonde que ce type laissait derrière lui. Étonnamment, personne ne râla qu'il faisait froid !

Avant de refermer la porte de la cellule, Marius renouvela sa proposition.

- Voulez-vous manger et boire un peu, désirez-vous une couverture supplémentaire ?

Elle semblait surprise par ses délicates attentions et accepta timidement avant de lui dire :

- Il y a quelque chose de très important que vous devez savoir.
- Oui, je vous écoute.
- Au domicile de Maximilien, vous trouverez des affaires personnelles de Victor. Il les a cachées derrière une double cloison dans le dressing de la chambre, au fond du couloir.
- Merci. Nous trouverons de quoi l'enfermer un maximum. Comptez sur nous !
- Surtout, ne le laissez pas repartir en Russie. Ils vont demander son extradition pour des meurtres commis

là-bas. Il travaillait pour le compte d'amis très bien placés qui auront les moyens de le libérer très vite. Ne le rendez pas à son pays…

Elle ponctua sa demande d'un : « S'il vous plaît » en forme de prière.

Sa voix tremblait, elle s'avançait vers ce qui servait de lit, totalement vidée de son énergie.

Marius referma la porte avec une infinie précaution. Si seulement, elle avait eu le courage de parler voici deux ans, ce sauvage serait déjà en taule. Elle serait libre et certainement auprès de sa fille.

En longeant le couloir qui le ramenait vers les autres, il s'interrogeait pour la deuxième fois de la journée. Il se demandait s'il ne se trompait pas et s'il était bien un flic dans l'âme.

Il fit le compte rendu exact des propos d'Irina. Les affaires planquées chez van Hoff et les amis russes bien placés. Comprenait qui veut ? Il n'en savait pas plus !

Dans le bureau, ils échangèrent entre eux. Les décisions se prenaient rapidement, chacun connaissait son rôle, les tâches se distribuaient avec précision, le tout dans une ambiance électrique. L'attitude de Rowska et la pénible confidence d'Irina leur laissaient un goût de colère et d'amertume. Les fichiers à leur disposition allaient parler et les recoupements se faire dans cette soirée qui s'annonçait longue et studieuse.

Lucas se leva brusquement, imposant une sorte de point final à cette réunion. Stratégie et décisions multiples furent approuvées par le commissaire Robin, venu les rejoindre à la fin de l'interrogatoire.

Il avait laissé Monsieur van Hoff encaisser la dure réalité des débats qui venaient de lui révéler l'incroyable et sidérante vérité. Côte à côte, protégés par une vitre opaque qui ne dupait personne, les deux hommes n'avaient que peu échangé. Le commissaire, en voulait vraiment à la peau de ce Victor Rowska.

Maximilien lui, n'en voulait à personne. Il se sentait si démuni, si honteux de ne pas avoir deviné le cauchemar qu'Irina vivait, qu'il s'en voulait surtout à lui-même. Le comble après ce qu'il avait vécu par sa faute. Les déclarations de son épouse aux enquêteurs le…

Soudain, il repensa « aux chaussures de mac » de Clarisse. Comment avait-elle deviné aussi vite alors que lui…
Il aimait tant la fragilité d'Irina, son manque de confiance, ses mouvements d'inquiétude et son sourire lorsqu'il la rassurait. Assis, seul dans une salle sombre, il réalisait qu'il souhaitait prendre soin de sa timide épouse et qu'il avait tout simplement confondu l'amour avec le besoin de protéger.
D'où lui venait donc ce talent pour passer à côté des femmes ? La peur de les perdre comme Angèle ?
Il n'eut pas vraiment le loisir de trouver une réponse, Lucas faisait déjà une entrée discrète et attentionnée en lui demandant :

- Ce n'est pas trop dur ?
- Je suis anéanti par toutes ces horreurs. Comment imaginer ? Comment ai-je pu passer si près et si loin de ce complot monstrueux ? Pourquoi n'a-t-elle pas parlé pour que je la protège de ce monstre ?
- Pour Mia… que nous devons retrouver très vite. Je suis certain qu'il ment. Son regard perd de sa

violence lorsqu'il parle de la gosse. Il insulte, il menace mais je le crois incapable de faire du mal à cette gamine.

- Je souhaite vraiment que vous ayez raison. Qu'allez-vous faire ?
- J'ai ma petite idée ! Pétrowski va nous guider vers elle.
- Vous savez que ce type est totalement givré ?
- Sans doute mais il obéit au doigt et à l'œil de Rowska. À trop obéir, on se perd. Givré et un peu benêt. La preuve, il se fait prendre à chaque fois !
- Que dois-je faire maintenant ?
- Rentrer et dormir.
- Comment s'endormir après ce que je viens d'entendre ?
- Soyez rassuré ! Irina est en sécurité. Il ne peut plus rien contre elle et nous allons nous occuper de lui.
- Mais quel idiot je fais ! Quel crétin je suis !
- Vous n'avez pas épousé une pute mais l'otage d'un… Il n'y a pas de mot je crois ! Elle vous a trahi sans doute, mais qu'aurions-nous fait à sa place ?

Frontenac ne serait jamais versé au dossier. Maximilien cherchait à minimiser le rôle de son épouse pour adoucir la peine à venir. Celle du passé suffisait largement !
Comme le silence se prolongeait, Lucas repris le dialogue en lui précisant :

- Irina sera transférée demain vers le juge d'instruction.
- M'autorisez-vous à lui parler ? J'ai besoin de comprendre…

- Non. C'est impossible.
- Je vous en prie, deux minutes simplement.
- Non. Je suis désolé. Vous lui parlerez plus tard. Vous devriez rentrer maintenant. Une équipe vient de partir fouiller votre appartement, chercher des affaires planquées par Victor. Téléphonez à Clarisse. Elle sera ravie de vous accueillir encore ce soir.
- Il est bien trop tard. Je ne veux pas la déranger encore une fois.
- Vous apprendrez qu'il n'y a pas d'heure légale lorsqu'on a besoin d'elle. Elle doit vous attendre.
- J'ai tellement besoin d'elle !
- Dans ce cas, qu'attendez-vous ?

Les deux hommes se levèrent dans le même mouvement de lassitude en direction du hall où Jean-Marcel et Joséphine attendaient Monsieur depuis plus de deux heures. Deux heures d'attente, deux heures de vérité, deux heures d'effroi.

Lucas les raccompagna jusqu'à la porte. Pour Maximilien, tout était dit, entendu, noté, lu, enregistré et signé. Le plus difficile commençait. Comprendre, admettre, oublier, pardonner… Retrouver sa vie.
Quelle vie ? Celle d'avant, celle d'hier, qui restait là, emprisonnée et dévastée dans l'insoutenable.

Jean-Marcel retrouvait la Jaguar avec un plaisir évident, Joséphine assise à ses côtés reprenait des couleurs et Monsieur s'installa à l'arrière comme toujours.

Lucas leur adressa un petit signe d'au revoir teinté de tristesse et de fatigue. Avant de rejoindre son bureau, il imagina Clarisse toute seule. Il lui envoya un texto pour la consoler et aussi, un peu pour s'excuser.
« Je sais que tu boudes mais tu n'as rien perdu. Ici, c'est mensonges, trahison et sauvagerie. Sommes tous épuisés. Prends soin de lui. Il va avoir besoin de l'albatros. Zou ».
Dans les trente secondes qui suivirent, la réponse arriva : « Albatros, c'est quoi ? ».
Forcément, elle ne pouvait pas comprendre ! Il expliqua : « Un oiseau libre et majestueux. C'est toi !».
Elle répondit aussitôt : « T'es grave comme mec ! Zou quand même !».
Il tapa un « Zou » avant de refermer son portable et de retrouver l'ambiance concentrée et appliquée de ses coéquipiers, tous très occupés.

Il demanda à Pierre de faire venir Pétrowski tout de suite avant de lui expliquer succinctement son plan pour le faire parler.

- Pas mal !
- Tu me paies de figues ? C'est bien ce qui est prévu !
- Ok ! répondit Pierre sans pour autant être convaincu que la stratégie, basée principalement sur l'effet de surprise, suffirait à faire parler ce type pour le moins étrange.

Il fit entrer et asseoir Pétrowski devant un Lucas déjà prêt et installé dans son rôle. Il regardait le silencieux-menotté comme un animal dangereux et abominable. Il insista volontairement auprès de Pierre sur l'importance de tenir une garde rapprochée. Pierre et Marius imitèrent leur patron.

- Pourquoi Pétrowski ?
- Hum !
- Pourquoi l'avoir tuée ?
- J'ai tué personne !
- Si, vous avez violé puis assassiné la fille de Rowska !
- Quoi ? Mia est…
- Vous m'avez parfaitement entendu !
- Non, Ah non ! J'ai… Ah non ! Se prolongeait dans un monologue.

Le regard hagard et plongé au cœur de l'incompréhension lui donnait l'air d'un abruti. Où donc était passé le fauve, le violent qui n'hésitait pas à enfermer, attacher, frapper un type sans défense ?

- Inutile de nier ! Nous avons retrouvé des cheveux de la petite dans votre voiture.
- J'ai pas tué la petite.
- Si !
- Non ! Moi, l'avoir amené à l'école en voiture.
- Vous savez que Rowska va devenir fou quand il apprendra pour sa fille.
- Qui a fait ça ? demandait-il, se tordant les mains sans cesse, se mordant les lèvres dans un rictus de peur. Son regard plein de stupeur fuyait celui du flic qui poursuivait avec insistance.
- Vous l'avez tuée hier au soir. Elle a été retrouvée à midi.
- Pas vrai ! Pas possible ! J'ai téléphoné à ma mère à midi. Elle ne m'a rien dit.

Lucas souriait intérieurement. Les deux flics partageaient la jolie victoire et les figues bien méritées. Comme dans le jeu « ni oui-ni non » qui finissait toujours par échapper au plus doué, l'interrogatoire qui plongeait dans l'atroce rendait toujours vulnérable. Même les salauds avaient un cœur. Lucas n'en doutait jamais. Sa force se trouvait dans ce stratagème souvent utilisé. Trouver la faille, entraîner la pire ordure dans l'insoutenable pour lui. Tout était question de limite. Les deux hommes avaient donc des liens étroits avec cette petite fille. Sa mère ne serait pas difficile à localiser.
Diego s'en occupait déjà.

Il ordonna son retour en cellule sans autre explication. Il le regardait avec pitié, se disant qu'il n'avait même pas l'intelligence de se sentir piégé. Replié sur une intolérable douleur, il se laissa raccompagner sans montrer la moindre résistance. Il murmurait : « Mia, non, Mia... ».
Le seuil de la méchanceté ne connaissait pas de limite chez certains. Le seuil du désespoir de Pétrowski ne commençait pas par une fausse accusation qui pouvait l'enfermer toute une vie mais par la mort annoncée de cette petite fille.
Comme il trouva moche d'user de ce stratagème efficace mais franchement nul, il se leva d'un bond et rattrapa celui qui regardait par terre, les yeux remplis de larmes.

- T'es un sale type Pétrowski, tu ne recules devant rien pour du fric et te sentir fort. Tu vois, moi, je n'aime pas faire des choses moches. J'aime pas !

Comme l'accusé du pire restait de marbre, le flic ajouta : « Elle n'est pas morte la petite. Nous l'avons sauvée à temps, juste avant que Rowska ne lui règle son compte !

- Non, il aime sa fille. Jamais il lui fera du mal !
- Mais pour ne pas se faire prendre, il est prêt à tout, même à se débarrasser de sa fille !
- Non ! hurla le complice. Non, jamais il toucherait à Mia. Il n'aime que sa fille.
- Si. Nous sommes arrivés juste à temps. C'est ta mère qui nous a téléphoné et qui l'a suivi, au risque de se faire tuer aussi.
- Maman ! Pas Maman !
- Tu ne vas pas faire de la taule pour un type prêt à tuer ta mère et ta petite sœur ? Tu ne vas pas le laisser s'en sortir ? T'es pas idiot à ce point ? Tu vas parler et parler vite.

Dans l'esprit de Nicolas Pétrowski tout se mélangeait, se confondait lorsqu'il devait décider par lui-même ou faire autre chose qu'obéir aux ordres. Il répondait oui de la tête, les yeux toujours baissés. De Mia, il passait à Maman…

Rowska n'avait pas le droit de faire du mal aux deux seuls amours de sa vie. Il allait obéir au flic qui le ramenait vers le bureau, plutôt gentiment, sans comprendre pourquoi Lucas lançait à son collègue : « Tu m'en mettras deux kilos ! ».
Deux kilos de quoi exactement ?

Lucas retrouvait son fauteuil, précisant à Pétrowski qu'il s'agissait de prendre sa déposition officielle et qu'il ne supporterait pas un seul mensonge. Le ton restait courtois même si le regard clair du flic semblait transpercer et lire dans le cerveau de celui qui s'apprêtait à faire payer Victor. L'interrogatoire reprenait à un rythme soutenu.

Le clavier de Romain faisait écho aux questions qui n'attendaient pas longtemps des réponses courtes mais précises.

- Vous étiez au volant de la voiture et c'est bien vous qui avez kidnappé, puis séquestré Monsieur van Hoff ?
- Oui.
- Qui s'est occupé du chauffeur ?
- Je ne le connais pas.
- Prends-moi pour un niais !
- Non, la vérité, je ne sais pas son nom !
- Pourquoi vous étiez si brutal avec van Hoff ?
- J'obéissais aux ordres.
- De qui ?
- De Victor et aussi de Madame Irina.
- Elle vous ordonnait de maltraiter et de frapper son mari ?
- Ah non ! Pas Madame Irina. Elle m'a donné une couverture, de l'eau et de la nourriture pour lui. Elle ne voulait pas que je le frappe mais je ne devais pas le dire à Victor. C'était notre secret.
- Donc, en clair, vous obéissiez au dernier qui parlait ? C'est bien ça ?
- Ben, c'est normal non ? Vous faites pas pareil ?

Lucas ne répondit pas. Non, il ne faisait pas pareil. Pétrowski pouvait-il le comprendre ?

- Rowska vous a demandé de supprimer van Hoff ?
- Quand j'ai raconté qu'il s'était échappé, il m'a dit de le tuer. Mais pas avant parce que…
- Oui, parce que quoi ?

- Pour la rançon. Il voulait d'abord l'argent et après, van Hoff serait libéré.
- Tu me prends pour un âne ? Il n'a jamais eu l'intention de le libérer.
- Je crois que je devais le laisser enfermé après la rançon… Victor ne m'a pas tout expliqué.
- Enfermé et qu'il crève de faim ? C'était le programme ?
- Madame Irina n'aurait pas voulu.
- Pas simple alors ? À qui deviez-vous obéir ?
- À Victor, toujours !
- Vous le cherchiez au Vieux-Boucau grâce à la puce cachée dans sa montre ?
- …
- Je répète.
- Non, je dirai pas, je sais rien.
- Si vous savez ! C'est vous que Victor aurait tué si vous n'aviez pas retrouvé van Hoff !
- Comment vous savez ça ?
- Je le sais. Je sais toujours tout !

Des petits sourires se dessinèrent sur les visages fatigués des flics. Lucas allait dérouler un possible scénario pour entendre les corrections ou les précisions apportées par un complice franchement facile à manœuvrer. Il savourait déjà l'idée que Rowska croupisse en taule pendant des lustres. Les pièces du puzzle arrivèrent les unes après les autres.

Des preuves, des détails, rien ne résistait aux enquêteurs motivés qui s'empressaient de rassembler leurs trouvailles dans le petit bureau du commissaire Robin.

L'expertise de la montre s'avéra exacte aux suppositions de Clarisse. Les fouilles en cours dans l'appartement de Maximilien apportèrent aux enquêteurs les preuves irréfutables du parcours d'un monstre, qui bizarrement, prenait des notes et des photos de ses exploits en tous genres.

Au petit matin, Lucas regarda son bureau, rangea des papiers et s'en alla comme un zombie dans la pénombre d'un commissariat où une violence incroyable s'était déchaînée. Irina se sentant protégée par la prison n'avait pas hésité à raconter son enfer. Il fallait être désespérée pour préférer la taule à la liberté.

Au fond de lui, Lucas pensait que comme d'habitude, Clarisse n'avait pas tort. Pas raison mais pas tort !

Les circonstances atténuantes qu'elle pressentait étaient d'une barbarie immonde. Le genre humain vous dégoûtait parfois et vous donnait l'envie d'être un oiseau.
Sûr, l'albatros faisait son effet. La fatigue aussi.

Lui, le conquérant qui se lançait des défis toujours plus difficiles à atteindre imaginait sa prochaine conquête. Conquérir le cœur de Clarisse n'aurait rien de simple. Elle connaissait si bien tous ses défauts que l'aboutissement heureux de cet exploit s'annonçait très incertain. La voiture avançait en douceur dans les rues. Jean-Marcel inséra le CD de La Callas. La voix de la cantatrice envahissait l'habitacle. Maximilien van Hoff se dirigeait en douceur vers son destin. Sur les murs de la ville, des tags en forme de rébus indéchiffrables retenaient toute son attention. Il rêvait d'y lire : « Clarisse ».

Deux femmes avaient réellement traversé sa vie. La première ne l'aimait pas assez, l'autre, sans le vouloir, l'avait trahi avant même de lui offrir son plus joli sourire. Ce constat au goût amer le faisait espérer que cette fois, il ne s'agissait pas d'une femme, mais d'un véritable amour dans sa vie. Cette nuance l'accompagna jusqu'à la porte de son appartement.

Alors que son chauffeur guettait les ordres, Maximilien lui demanda avec une extrême courtoisie, s'il pouvait se rendre disponible le lendemain matin.

- Très certainement Monsieur.
- Je serai prêt à dix heures.
- Très bien Monsieur. Comme Monsieur voudra !
- Jean-Marcel, à partir de maintenant, j'aimerais que vous me parliez normalement.
- Normalement ? C'est-à-dire Monsieur ?
- Avec moins de… Disons plus de…

Devant l'air dubitatif de son chauffeur qui ne comprenait rien et le sourire discret et amusé de Joséphine, il éclata de rire, recouvrant aussitôt la voix splendide de la cantatrice.

- Dites-vous bien une chose : « Plus rien ne sera jamais comme avant ! ».
- Très bien Monsieur. Je suis si heureux de vous entendre rire.
- C'est la première fois, n'est-ce pas ?
- Si je peux me permettre Monsieur, je crois que oui !
- Permettez-vous Jean-Marcel, permettez-vous !

Il mesura alors l'ampleur de la tâche. Pouvait-on changer de vie si simplement ? Il se persuada que oui en souriant !

Devant la porte de son immeuble, il ne se souvenait plus du code de l'interphone. Stupéfait et agacé, il s'y reprit à plusieurs fois. Comme à son habitude, Jean-Marcel attendait toujours que Monsieur soit entré pour repartir.

Quelques secondes s'écoulèrent, la réflexion se brouilla et l'exaspération prit alors l'allure d'une colère peu retenue. Il jura un « merde » qui arriva comme un sacrilège sur le

boulevard Saint-Honoré. Le juron fut suivi d'un éclat de rire qui le libéra mais n'ouvrait toujours pas la porte.
Oui, on pouvait changer de vie très facilement.
Il revenait tranquillement vers son chauffeur qui ouvrit la portière.

- Je crois que je n'ai pas très envie de rentrer chez moi ce soir. Pouvez-vous s'il vous plaît, m'accompagner chez Mademoiselle Clarisse ?
- Certainement. Tout de suite Monsieur.
- Je vais téléphoner pour vérifier qu'elle accepte de recevoir un imbécile qui ne sait plus son code pour entrer chez lui.
- Le code est simple : 4567.
- Disons que vous ne le connaissez pas… J'aime autant !
- Je comprends Monsieur.

Il téléphona avant de prendre la direction de chez Clarisse.
Il pouvait aussi dormir rue de Bach ou accepter la proposition de Joséphine qui l'invitait chez elle.
Il avait très envie d'entendre la voix claire…
Non, pas envie ! Il avait besoin d'entendre Clarisse, besoin de son réconfort et de cet art à tout transformer en plus simple ou en moins compliqué.
Elle décrocha très vite.

- Allô, Maximilien ? Mais vous êtes où ?
- Pas très loin de chez vous. Jean-Marcel et Joséphine m'ont raccompagné.
- Parfait ! J'ai préparé un repas pour tout le monde. Je vous attends tous les trois. À tout de suite.

Rassurée et ravie, elle raccrocha. Maximilien comprit qu'elle n'avait pas imaginé un autre scénario possible. Elle était vraiment incroyable !
« Pas d'heure légale » disait Lucas qui la connaissait par cœur.

Elle guettait sur le pas de la porte. Un peu gênés par cette invitation étonnante, les trois visiteurs se sentirent attendus immédiatement. Chacun se détendit, quitta son manteau et avança vers la table dressée dans la salle à manger.
Pour s'occuper pendant ces longues heures d'attente et pour se sentir moins abandonnée, elle avait pris le risque de dîner seule devant trois chaises vides. Elle espérait surtout le possible retour de Maximilien chez elle après un passage chez les flics.
À cet instant, elle ne souhaitait pas le compte rendu détaillé qui expliquerait le : « Ici c'était mensonges, trahison et sauvagerie », pourtant elle demanda timidement à Maximilien :

- Pas trop éprouvant ?
- Oh ! Mon Dieu, que vous dire ?
- Rien ! répondit Joséphine. Quand on touche « le fond du fond », il faut du temps pour rebondir.
- Je suis assez d'accord, ajouta Jean-Marcel. Il faut digérer toute cette sale histoire. Je ne pensais pas que des choses pareilles pouvaient exister. À la télé, au cinéma peut-être mais en vrai ? Je ne sais pas ce que vous nous avez préparé, mais ça sent drôlement bon…

Le ton était donné. Rien ne devait venir entacher cette soirée de réconfort voulu par une Clarisse qui donnait

pourtant dans l'hésitation. Elle les invita à s'asseoir, se plaça tranquillement auprès de Maximilien mais gênée repartit aussitôt vers la cuisine. Joséphine regarda Monsieur et lui souffla discrètement : « Elle a besoin d'aide je crois ! ».
Monsieur lui rendit un sourire complice et se leva à son tour. Lorsqu'il entra, Clarisse sortait une grande assiette du frigo. Surpris, il s'exclama :

- Ouah ! Mais que c'est beau !
- J'avais du temps, je me suis appliquée histoire de ne pas vous fiche trop la honte !
- Clarisse ?
- Oui ?
- Posez cette assiette immédiatement et jetez-vous dans mes bras. Je vous en prie !
- « Mais vos désirs sont des ordres » précéda un dérapage scabreux de la magnifique entrée sur l'évier et une arrivée, tout aussi périlleuse, dans les bras d'un homme fatigué.

Alors, le chaos, le monde, l'univers tout entier se figèrent dans l'instant.
Décidément, ils aimaient les cuisines ! La magie du Vieux-Boucau faisait son retour, le désir en plus. Ces quelques jours leur avaient permis d'avancer dans la même direction. Avant qu'il n'ait l'envie ou l'excellente idée de l'embrasser, elle se dégagea doucement, recula pour planter ses grands yeux sombres dans un regard cerné mais brillant et lui déclara d'un ton presque solennel :

- On ne s'embrasse pas le jour de l'arrestation de votre femme. Ce souvenir serait trop moche. On attend des jours meilleurs, d'être vraiment sortis de cette… de ce…

- De ce merdier peut-être ?
- Mais comment ? Vous dites des mots grossiers maintenant ?
- Oui, et je compte sur vous pour m'aider à trouver les mots pour me libérer de ce que je viens d'entendre.
- On va chercher et trouver ensemble.

Elle se nicha à nouveau dans ses bras, lui caressa le dos avec douceur… Comme le premier soir dans la salle de bains. Seulement quelques jours…
Elle se demanda alors, si elle ne l'avait pas aimé tout de suite, tout cabossé, abîmé et en pleurs. Sans doute que oui, sans même le savoir, trop occupée à le soigner et à planquer son diffuseur de poison chimiothérapique sous son large pull-over.

Pour Clarisse, trouver des sujets de conversation ressemblait à un jeu facile. Ses invités participaient activement et avec plaisir, reconnaissants de faire le temps d'un repas, l'impasse sur le grand malheur qui frappait Monsieur.
Il se faisait tard, très tard.

Les adieux et les remerciements faits, Jean-Marcel raccompagna Joséphine chez elle en conduisant doucement dans la ville endormie et en s'apitoyant sur le sort de Monsieur. Il s'inquiétait de savoir comment il sortirait de cette tourmente, s'il passerait la déferlante, s'il reprendrait ses activités comme par le passé et surtout, s'il oublierait un jour ce cauchemar.

Sa passagère soupirait doucement, donnant l'impression de réfléchir, elle aussi, au devenir de son cher Maximilien. Contre toute attente, comme une révélation venue de loin, elle improvisa et déclara d'un ton sans appel :

- Dieu lui a envoyé cette tornade de malheur, cette tempête de folie mais il a prévu la balise de détresse et le gilet de sauvetage !
- Alors là, c'est bien dit ! Une balise solide comme Mademoiselle Clarisse saura le protéger.

Le chauffeur souriait pour exprimer sa totale adhésion à ce commentaire plein de bon sens et d'espoir. Sur ces mots et devant la maison de Joséphine, ils se quittèrent épuisés et soulagés, malheureux et consolés, inquiets et confiants.

Maximilien aida Clarisse à ranger ce qui fut un festin. Elle s'en amusait en silence et pensait : *« Je l'ai maté, on dirait !»* avant de lui préciser :

- Comme je ne savais pas si vous reveniez, j'ai légèrement récupéré ma chambre.
- Vous avez bien fait, d'autant que je n'ai pas très envie de dormir seul. Enfin, de dormir tout court d'ailleurs !
- Dans ce cas, nous allons chercher des mots ?
- Franchement Clarisse, avez-vous envie de savoir, que je vous raconte ?
- Envie, ce n'est pas très sûr ! Pourtant, si nous voulons passer à autre chose, il est préférable de se débarrasser de ce chaos tout de suite.
- Chaos… Notez-le !

Il proposait, elle notait : « Abjecte » « Turpitude » « Toxique ». Elle se laissa aller à « Diabolique »,

« Pervers », « Démoniaque », « Méprisable » reprit par un « Ignoble », « Vénéneux » , « Malfaisant ».
Elle s'essoufflait dans la colère et la recherche animée des synonymes de « glauque » qu'elle ne trouvait pas si aisément.

Il comprenait que derrière cette façon de jouer, le plus grand sérieux et un soutien sincère s'appliquaient à le sortir du « Marécage ».
Ils s'étaient allongés sur le lit de Clarisse, elle tenait un bloc-notes et un crayon en main. Calés dans leurs oreillers respectifs, il lui raconta. Elle écouta sans l'interrompre.
En réalité, ils se partageaient le fardeau pour se soulager l'un l'autre.
Clarisse savait bien qu'Irina, ne pouvait quitter la vie de Maximilien que dans le pardon. Elle trouva alors, un bon nombre de raisons de ne pas lui en vouloir, de circonstances atténuantes et d'excuses, qu'il finit par se demander s'il porterait plainte contre son épouse. La peine d'Irina devait se faire plus légère. Il en parla à Clarisse qui ne répondit pas.
Après avoir imploré le dieu de « la Miséricorde » elle s'était endormie sereine et apaisée. En réalité, ils arrivèrent tous les deux aux mêmes conclusions. Irina avait plus besoin d'aide que d'années de prison. Il en parlerait avec Lucas dès le lendemain.

L'otage se souvenait des brimades, des privations, des coups, de cet enfermement, de son désir de mourir et surtout de ne pas mourir. Irina aussi était l'otage de ce maudit Victor. Devenue son esclave, une victime, elle n'était complice de rien mais contrainte dans la violence et la peur.

Il imagina Mia et se sentit étreint par une vague de tendresse pour cette petite fille qu'il ne connaissait pas. Frontenac n'avait jamais existé. Il allait oublier cette précision donnée ce matin-là.

Le réveil affichait 4h30. Encore une fois, demain était déjà arrivé.
Clarisse dormait, son crayon dans la main. Maximilien van Hoff ne vit jamais 4h31. La douce chevelure de Clarisse caressa sa joue l'espace d'un instant. Son parfum délicat couvrait l'odeur immonde du voyage qu'il venait de faire.
Il revenait de loin, de si loin !
Un éclair de douceur l'emporta vers des jours meilleurs, comme si les mots trouvés faisaient reculer la colère et offraient un possible bonheur à venir.
Les choses simples…

À la sortie du village, la maison se cachait à l'abri, dans un joli jardin bien entretenu. Lucas sonna, Julie cacha son arme et adopta une attitude qui se voulait détendue et amicale. La porte s'ouvrit d'un coup, laissant apparaître une Irina miniature. La même blondeur, les mêmes yeux bleus, une ressemblance troublante. Elle leur souriait et demanda : « T'es qui toi Monsieur ? »

- Je m'appelle Lucas et je te présente Julie.
- Bonjour Madame !
- Je peux voir ta maman et ton papa ?
- Ben non ! Mon papa est à Bordeaux et ma maman…

Un bonjour « Monsieur-Dame » interrompit rapidement mais gentiment la petite fille. Une femme d'un certain âge, se tenant droite dans l'encadrement de la porte, semblait méfiante et désemparée.

- Pouvons-nous vous parler un instant Madame Grazzia ?

De façon générale, les cartes de police stoppaient nets les élans les plus gentils et gâchaient les accueils les plus aimables. Ce fut le cas !

- Nous aimerions vous parler de votre fils, de son ami Victor et surtout de Mia.

Alors que la petite annonçait fièrement : « Mia, c'est moi, je suis en vacances », la femme devint livide, recula doucement, comme accablée déjà par ce qui allait suivre. Elle insista avec douceur pour que la petite monte jouer dans sa chambre avant de les inviter à entrer.
D'instinct, Lucas sentit qu'elle ne savait rien. Il devinait pourtant qu'une angoisse ancienne et tenace tenait cette femme dans la crainte depuis longtemps.

- C'est pour Nicolas que vous venez ?
- Oui, il a des ennuis. Actuellement, il est interrogé au commissariat.
- Rien de trop méchant, j'espère ?
- Une association avec Victor Rowska. Les choses ont mal tourné.
- Je sais bien qu'ils font du trafic tous les deux. Ce n'est pas avec son salaire qu'il peut rouler dans cette grosse voiture. D'ailleurs, elle est à Victor. C'est pour garder la petite que j'ai souvent fermé les yeux.
- Vous êtes sa nourrice depuis longtemps ?
- Mia avait huit jours à peine, lorsqu'il est arrivé me demander de l'aide. Sa femme venait de mourir pendant l'accouchement. Resté seul, il ne pouvait pas s'occuper correctement d'un bébé. Je n'ai pas pu dire non. La vérité, c'est que j'avais très envie de dire oui. Elle était si mignonne.
- Son père vient la voir parfois ?

- Il en est fou ! Oui, il vient souvent. Parfois, il passe, il l'emmène au cinéma, au restaurant, faire du poney, parfois ils partent quelques jours au bord de la mer. Il s'en occupe bien, pour l'école aussi. Il ne faudrait pas qu'on touche à sa petite merveille… C'est comme ça qu'il dit ! Je vais vous dire quelque chose. Je profite bien d'elle. Je pense qu'il l'emmènera avec lui à Bordeaux pour son entrée en sixième.
- Elle paraît heureuse cette jolie petite demoiselle, ajouta Lucas avec un sourire qui donnait confiance.
- Oui, je crois qu'elle va bien grandir.
- Vous vivez seule avec elle ?
- Oui et non. Nicolas a son appartement en ville mais il vient souvent me voir. Il joue beaucoup avec elle vous savez, comme un grand frère.
- Il y a une grande différence d'âge pourtant ?
- Oh ! Pas quand ils jouent aux petites voitures ou à la poupée. Nicolas n'a pas bien grandi. Il est plus calme quand Mia est là. J'ai eu des soucis avec lui vous savez ! Évidemment, vous savez et les soucis sont de retour bien sûr !
- Oui. J'en ai peur !
- Qu'a-t-il fait ?
- Il a participé activement à l'enlèvement de Monsieur van Hoff. Vous êtes au courant ?
- L'homme d'affaires qui a disparu ? Il n'est pas mort au moins ?
- Non.

- Dieu soit loué ! Entre nous, je ne vois pas mon nigaud de Nicolas organiser une chose pareille.
- Sans doute, nous rassemblons les preuves et cherchons à mesurer la responsabilité de chacun dans cette affaire. Il sera présenté prochainement au juge d'instruction.
- La prison… Mon mari disait toujours qu'il passerait sa vie derrière les barreaux. Moi, je croyais qu'il avait compris. Il est gentil pourtant. Avec moi et la petite, il est si gentil !
- Que pouvez-vous nous dire sur Victor Rowska ?
- Pas grand-chose ! Que c'est un bon père, qu'il aime sa fille. Il est secret, je ne cherche pas à savoir ce qu'il fait vraiment dans la vie. Il fait des affaires…
- Vous avez peur de lui ?
- Non, il a toujours été très correct avec moi.
- Qui a inscrit Mia à l'école ?
- Moi, dès la maternelle.
- Comment avez-vous fait ?
- Comme tout le monde, avec le livret de famille !
- Elle s'appelle comment ?
- Mia Jorvia.
- Il ne l'a pas reconnue à sa naissance ?
- Je n'ai jamais posé la question. Il n'aime pas les questions.
- Vous a-t-il déjà menacée ?
- Oh non ! Il a bien trop besoin de moi.
- Nicolas l'a rencontré ici ?
- Ils se voyaient ici quand il venait prendre ou ramener la petite. Je ne l'ai pas su tout de suite parce

qu'ils se rencontraient ailleurs. Nicolas avait neuf ans déjà lorsqu'il a été placé en garde chez moi. Un couple d'Arcachon l'avait adopté en Roumanie, mais très vite, ils l'ont abandonné. Je l'ai élevé jusqu'à ses dix-huit ans.
Après, il est parti travailler à Marseille chez un cousin. Il est boulanger. Un bon métier sauf qu'il fallait se lever tôt. Il a commencé les bêtises et puis les mauvaises rencontres l'ont entraîné plus loin. À sa sortie de prison, comme il ne savait pas où aller, il est revenu à la maison. Je n'ai pas eu le cœur de le rejeter. Il est resté. Mon mari était décédé, j'étais seule, proche de la retraite. Alors, lorsque Mia est arrivée, j'ai accepté pour dépanner. Après, c'est sûr, on s'attache. Oh ! Oui, comme on s'attache !

Julie s'agitait sur sa chaise. Lucas gardait son calme, questionnait, enregistrait toutes les réponses avec attention et retardait le moment d'annoncer à cette femme seule et un peu perdue, que la DDASS allait certainement décider du sort de Mia. Il n'osait pas. Elle ne voulait pas entendre ce qui serait un drame pour elle. Les mauvaises nouvelles pouvaient parfois prendre le temps avant d'arriver. Elles finissaient toujours par être annoncées.
Il la sentait prête à entendre la sentence qu'il préparait :

- Madame, vous avez compris que Victor Rowska a été arrêté pour enlèvement, séquestration, vol avec violence et proxénétisme aggravé sur la personne d'Irina Jorvia. La mère de Mia ajoutait-il doucement, comme pour amortir le coup qui s'abattrait sur elle.
- La mère de Mia ? Sa vraie maman ?

- Oui, elle n'est pas morte pendant l'accouchement. En réalité, il a volé l'enfant à sa mère. Il n'est pas son véritable père… Il vous a menti.
- Oh ! Moi, c'est pas si grave ! Il a menti à la petite, à sa petite merveille ! Comment je vais faire pour lui expliquer une situation aussi monstrueuse ?
- Prenez le temps Madame Grazzia ! Les services sociaux vont vous laisser un peu de temps.
- Je sais bien que non. Ici dans le village, personne n'a trop regardé, mais à la ville, dans les bureaux, ils ne vont pas laisser traîner l'affaire. Ils vont me la prendre.
- Que voulez-vous dire ?
- Monsieur Victor ne me déclarait pas. J'ai ma retraite, alors il me payait les frais en liquide… Mais toujours le premier du mois.
- Vous avez quelques jours pour lui expliquer au mieux cette terrible nouvelle et la préparer à l'idée de perdre son père et de retrouver un jour sa maman. Il vous faudra aborder le sujet de la prison…
- Et de me la prendre aussi. Je sais bien !
- Ils peuvent aussi décider de vous la laisser pour ne la perturber un peu plus.
- À mon âge… Je n'y crois pas trop !

Julie la regarda dans un élan de solidarité et de compréhension.

Elle dit à Lucas : « On peut présenter le dossier dans le sens de Madame Grazzia, insister pour ne pas perturber Mia un peu plus ? ».

- On va se gêner ! répondit-il en se levant, avec un sourire complice et plein d'espoir. Je m'en occupe. Je ne vous assure pas que c'est gagné mais nous ferons le maximum. Je vous le promets.
- C'est gentil à vous. Quelques années encore, jusqu'à la sixième peut-être ? Ici, elle a sa maison, ses amies, son école…
- Et vous surtout ! Nous plaiderons activement votre cause.
- Sauf que ma situation n'est pas très réglementaire !
- Rien n'est réglementaire dans la vie de Rowska ! Rien !

Alors qu'ils arrivaient près de la porte, Mia dévala les escaliers, une poupée à la main.
- Tu viens nous dire au revoir ? demanda Julie.
- C'est ma fille, elle s'appelle Zoé.
- Elle est drôlement jolie !
- Tu lui fais un bisou ?
- Oui, bien sûr !

Julie faisait des petits bisous à la poupée sous le regard amusé de Mia qui dansait de plaisir. Lucas mesurait la joie de vivre de cette petite fille et préparait sa discussion avec la DDASS. Les débats seraient âpres et compliqués. Il n'en doutait pas mais il ne lâcherait rien. Autant dire qu'il gagnerait !
- Tu veux lui faire des bisous toi aussi ? proposait Mia à un Lucas déjà perdu dans un dossier sportif et douloureux.
- Oui, bien sûr ! Au revoir Zoé…

Depuis très longtemps, il n'avait pas embrassé une poupée, celle de Clarisse quand ils jouaient au docteur dans le jardin. La Miss, déjà infirmière et lui flic, s'inventaient de jolies histoires. Les souvenirs surgissaient, revenaient de loin avec le goût délicieux de l'enfance. Il rendit délicatement sa poupée à Mia qui se jeta à son cou sans prévenir. Il la prit dans les bras, l'embrassa tendrement, lui caressa les cheveux. Il se perdit dans le bleu de ses yeux en se promettant de tout faire pour elle, « qu'elle grandisse bien ! ».
Elle repartait déjà vers l'étage, pressée et si légère.

Sur le pas de la porte, Julie réclama une photo de Mia. Madame Grazzia lui rendit son sourire et prit le cadre sur le meuble de l'entrée. Le beau portrait souriant de la petite exprimait le bonheur et cette incroyable ressemblance avec sa maman.

- Je vais la donner à sa mère. Elle en a vraiment besoin. Vous comprenez ?
- Dites-lui bien surtout, que je prends soin de sa petite.
- Certainement ! C'est la première chose que l'on devine en arrivant chez vous.
- C'est gentil de me dire ça.

Toutes les deux, ensemble, elles baissèrent les yeux pour ne pas pleurer.
Mia chantait à tue-tête : « Une souris verte, qui courait dans l'herbe… ».

Le retour fut silencieux. L'inquiétude se faisait pourtant plus légère qu'à l'aller. La petite allait bien, ne manquait pas d'amour et ne risquait pas le pire, promis par ce fou de Rowska qui paraissait presque moins monstrueux. Il aimait cette petite fille. Il aimait donc, preuve qu'il avait un cœur. Lucas se faisait fort de lui faire avouer tout le crade et la pourriture de sa vie. L'odeur du marécage revenait. Il parla de Mia et de sa poupée pour y échapper un instant. Une pause tendresse avant de retrouver toute l'équipe au complet pour finaliser ce dossier.

Julie ne quittait pas le portrait des yeux et se félicitait d'y avoir pensé juste avant de partir. Elle enleva la photo de son cadre. Ce cadeau serait un précieux soutien pour celle qui se préparait à des heures difficiles. Le visage rayonnant de Mia changerait tout, lui donnerait une raison d'espérer. Enfin, un peu d'espoir après huit années de désespérance.

Julie et Lucas attendaient que Charly ouvre puis referme la porte de la cellule. Irina se leva précipitamment et machinalement, se recoiffa dans un geste d'une féminité toute naturelle. Julie lui adressa un sourire avant de lui dire : « J'ai un cadeau pour vous ». Celle qui venait de passer plusieurs heures, seule et enfermée, ne répondit pas. Julie lui tendit la photo sans un mot.

- Mia ! Ma fille, mon bébé…

Les larmes et les rires entremêlés l'empêchaient de parler. Elle regarda le visage de son enfant comme pour s'en imprégner, craignant que Julie ne lui reprenne la photo. Elle se laissa tomber doucement sur le bord du lit et replongea son regard dans celui de son enfant. Sans un mot, dans un accord parfait, les deux policiers émus en firent autant. Ils se tenaient assis, serrés les uns contre les autres, dans un silence empli de compassion.

Lucas commença son récit par une révélation qui le surprit lui-même :

- Si un jour, j'ai une petite fille, j'aimerais vraiment qu'elle ressemble à Mia.

Julie eut envie de sourire de cette étonnante déclaration. Irina le remercia autant pour le compliment que pour la photo.

Il raconta alors l'histoire de Mia et calma les pleurs d'Irina. Attentive, posant des questions, elle s'assurait que Mia était bien traitée.
Julie et Lucas rendaient compte de la réalité avec un plaisir évident et partagé. Ils se perdaient dans les détails, parlaient de la poupée Zoé, de l'amour sincère et évident de Madame Grazzia, du gentil grand frère Nicolas Pétrowski et arrivèrent en douceur au comportement de père attentif et présent de Victor Rowska pour sa fille.

- « Ce n'est pas sa fille » hurla-t-elle dans une rage qui venait de loin. Ce n'est pas sa fille, il m'a volé mon enfant. Il m'a volé mon enfant et l'a aimée à ma place. Je le hais, je le hais tellement. Il m'a tenue dans la peur pendant toutes ces années. J'ai eu si peur pour elle…

Les sanglots l'arrêtèrent brusquement. Sans même y réfléchir, Lucas la prit dans ses bras et la consola d'un : « Chut, chut, ne pleurez plus ! Tout est fini, elle va bien. Vous la retrouverez certainement ».

Charly derrière la porte vitrée assistait à cette scène peu ordinaire en pensant : « Si maintenant, le patron console les putes en pleurs, lui qui n'aime que les mecs. Où va t'on ? ».

Après quelques minutes et l'apaisement retrouvé, Lucas et Julie se levèrent. Irina tendit doucement la photo à regret, comme une évidence.

- Elle est pour vous. Gardez-la ! lui répondit gentiment la flic.

Pendant quelques secondes, tout se figea dans une reconnaissance totale et infinie. Comme les sanglots reprenaient, Lucas s'agenouilla face à elle pour lui assurer qu'il ferait le maximum pour Mia, comme pour elle. Rowska ne sortirait plus jamais de prison.

Charly, qui faisait les cent pas, n'en revenait toujours pas. Il levait les yeux au ciel, laissait ses bras retomber le long du corps dans un geste de totale incompréhension et d'exaspération.
« Fallait pas déconner non plus ! ». Dans quel monde on vivait ? Depuis quand, on faisait autant de « chichi » pour une « salope pareille ? ».

Au signe de Julie, il ouvrit la porte en soupirant. En sortant, Lucas lui adressa un sourire narquois et lui glissa à l'oreille : « Ben oui Charly, le monde change ! Va falloir t'y faire. C'est fini les torgnoles et les interrogatoires musclés ou virils peut-être ? ».

Charly tenta d'échapper au regard du patron qui soulageait son trop-plein d'émotions et revendiquait l'air de rien, son droit à aimer qui et comme il voulait.
Après ce mouvement d'humeur et cette pointe d'humour, censés remettre à sa place cet idiot de Charly, il pensa au moineau apeuré.

De façon presque brutale, il comprenait qu'un type puisse tomber éperdument amoureux d'Irina. Elle avait quelque chose d'étrange, de mystérieux et de terriblement attachant. Sa fragilité donnait l'impression qu'elle pouvait se briser à chaque seconde. Par contre, se lier d'amitié pour ce Rowska restait moins évident à admettre. Au fond, Maximilien n'avait rien d'un « crétin », juste un tendre qui s'était fait balader comme un bleu.

Il s'arrêta devant la machine à café pour prendre un Expresso-noir-sans sucre. Un bon coup de fouet pour poursuivre sans relâche. Dans quelques jours, ils s'envoleraient pour Montréal. Là-bas, il ferait une pause, une vraie. Avec un peu de chance, Gaspard arrêterait de faire la tête et reviendrait à de meilleurs sentiments.
Dans l'immédiat, il fallait boucler l'enquête et ne rien laisser en attente. La DDASS, un morceau pas gagné d'avance sur lequel, il partait s'appliquer en priorité.

Les autres, Robin en tête, se penchaient sur le cas et le dossier épais de Victor Rowska.
Il les laissait faire en toute confiance, pas franchement mécontent d'échapper au parcours de ce fou furieux, qui n'avait reculé devant rien et avancé dans la folie meurtrière sans l'ombre d'un remords.
Marius qui retrouvait ses couleurs et son énergie faisait plaisir à voir.
Retrouver les coupables.
Surtout retrouver les coupables !

Réveillée avant lui, Clarisse regarda Maximilien dormir, roulé en boule, les poings fermés sur son sommeil. Elle se leva en douceur pour le laisser récupérer. Le café n'était pas prêt lorsqu'il arriva avec une tête à faire peur. L'agitation de la veille ne l'avait pas vraiment épargné. Elle ne fit aucun commentaire et s'empressa de l'embrasser tendrement sur une joue mal rasée.

- Clarisse, il faut que je te parle sérieusement. Je te dois beaucoup d'argent et je tiens à te rembourser.
- Oh non ! Pas le matin ! Tu n'as pas plus romantique pour commencer notre petit-déjeuner de presque amoureux ?
- Presque ? Pourquoi presque ?

Elle ne répondit pas, se contenta d'un petit sourire puis d'une grimace qui fronçait les sourcils en guise d'explication. Une façon bien à elle, de lui rappeler avec tact, qu'il était encore un peu marié, un peu perdu dans du compliqué pas simple et qu'elle cherchait à se frayer un chemin dans cette jungle : femme, voyous, flics, menottes, rançon… Tout cela devenait lourd !

Elle, la toujours pressée qui tournait à cent à l'heure retenait leur histoire et réclamait du temps.
Lui, le lent, le timide qui courtisait avec élégance, se jetait à cœur perdu et tambourinait au cœur de Clarisse qui résistait. Il réalisa tout à coup qu'elle avait raison, qu'il était impossible d'arriver ainsi dans sa vie. Il devait d'abord se débarrasser de tout ce qui n'était pas compatible avec une belle histoire.
Elle attendait le Prince Charmant sur un beau cheval blanc, pas un type égaré et fatigué, assis à l'arrière d'une Jaguar, conduit par son chauffeur et consolé par sa femme de ménage, après avoir été trahi par sa femme et rançonné par son meilleur ami. Honteux de ce constat pitoyable et ne trouva rien d'autre à dire qu'un pauvre malheureux :

- Je vais me faire discret quelque temps, régler cette affaire sordide et vous laissez respirer. Je suis conscient que vous méritez mieux qu'un type comme moi.

Il ne la tutoyait plus, avait retrouvé son air de Monsieur van Hoff qui rassemblait ses quelques petites affaires dans un silence de plomb. Elle ne broncha pas, comme prostrée dans l'acceptation d'un départ préférable après avoir tant souhaité qu'il revienne chez elle. La contradiction ajoutée à la tristesse, lui donnaient un air de petite fille, qui savait très bien ce qu'elle voulait et qui refusait obstinément, ce qu'elle voulait justement. Du compliqué pas simple !

Maximilien s'approcha d'elle en douceur. En posant sa main sur son épaule, il lui murmura :

- Clarisse, je vais m'en aller. Jean-Marcel va venir me chercher. Je vais lui téléphoner.

- Oui, mais vous me donnez de vos nouvelles, vous repassez très vite…
- Je suis déso…

Elle se jeta dans ses bras sans en avoir reçu l'ordre cette fois.

- Pardon ! lui murmurait-elle à l'oreille. Pardon, ce n'est pas de votre faute !

Il comprenait, il approuvait et respectait sa décision, il trouvait juste sa demande. Pourtant, il la serrait de plus en plus fort dans ses bras pour la retenir encore un peu.

- Oh ! Non… fut suivi d'un « Maxi » qui n'aidait pas franchement à la séparation.

Elle désirait du temps. Lui n'avait pas vraiment d'autre projet, hormis, celui de se rendre au commissariat pour parler à Lucas. Irina était coupable aux yeux de la loi, mais pas aux siens. Il ferait tout pour la défendre, la protéger d'une peine trop sévère.

Le téléphone venu interrompre ce tendre rapprochement, Clarisse répondit et vraiment surprise ajouta : « Oh ! Mais c'est très gentil ! Monsieur est chez moi, je vous le passe tout de suite! »
Maximilien interrogea Clarisse d'un signe de tête. Elle acceptait l'invitation dans un sourire radieux. Dolorès, l'épouse de Jean-Marcel venait de préparer une paella géante et leur proposait de se joindre à eux avec Joséphine. Le rendez-vous donné à midi ne laissait plus beaucoup de temps pour les préparatifs.
Dans le hall, Jean-Marcel, présentait l'assistante de Monsieur, puis expliquait que Maximilien vivait chez Clarisse depuis son « échappement ». Joséphine parlait tout doucement de la « balise » et dans ce brouhaha,

Dolorès, pimpante et joyeuse, toute petite aux côtés de son géant de mari, expliquait dans un espagnol francisé, qu'il fallait entrer et s'asseoir « en confort ».
Ce qu'ils firent.
Les présentations paraissaient confuses et Dolorès éprouvait le besoin de mieux comprendre.

- Je suis décholée, mais vous, Madzelle Clarisse ? Vous êtes l'assistante du Présidenté, sa maîtresse ou sa balise ?

Madzelle, habituellement rapide dans ses réparties, resta interdite, les mains sur les genoux, comme absente, cherchant la réponse adéquate à une question qui mettait tout le monde dans l'embarras.
C'était quoi la balise ?

Gêné, Jean-Marcel expliqua à sa femme que Monsieur avait trouvé refuge chez Mademoiselle, qu'il préférait y rester encore quelques jours, parce que l'histoire de sa femme et de son ami, tous les deux interrogés par la police… D'explications en explications, la confusion s'installait et devant le sourire enjoué de Dolorès, qui opinait du chef à chaque instant, certainement pour signifier sa parfaite compréhension du récit, chacun s'attendait au pire.
Après une petite seconde de silence, Dolorès s'exclama :

- Ah ! Mais bien sour ! Z'ai bien compris. C'est un peu comme John et Maryline.
- Quoi ? Interrogea le mari abasourdi.
- Claro que si ! Tu sais bien Juan-Marco, le Présidenté et sa maîtresse. Elle était belle Maryline.

- Mais tu n'y es pas du tout Dolorès ! Pourquoi tu parles du Président ?
- Il n'est pas Présidenté messieur van Hoff ?
- Mais de sa société seulement. On dit président comme on dit directeur.
- De toutes les façons, je chuis très contente de vous rencontrer Madzelle Clarisse. Joséphine m'a bien raconté que vous êtes le vrai « chauvetage » de méssieur. Nous allons tous ensemble « fiesté » la « libertad !».

Maximilien, confortablement installé dans le canapé, regardait et savourait la scène avec le sentiment d'être au spectacle. Il flottait un air de vaudeville et heureusement, Jean-Marcel improvisait le sous-titrage.
Il observait discrètement Clarisse qui apparemment cherchait en quoi, elle pouvait ressembler à Maryline. Il aurait aimé s'offrir un vrai fou rire mais il n'osa pas, craignant de blesser Dolorès.
L'odeur de la paella qui inondait la maison et le rosé frais d'Andalousie apportèrent tout le soleil et la joie de vivre de l'Espagne.

La « Libertad » fut « fiestée » sans que rien ne vienne gâcher la fête. Chacun avait su repousser la tentation de penser ou de parler de l'affaire. Clarisse, proche de Maximilien lui chuchota à l'oreille : « La joie est en tout, il faut savoir l'extraire ». Comme il acquiesça par un joli sourire, elle lui précisa : « De votre ami Confucius ».
Un ange passa...Suivi d'une irrésistible envie de s'attarder encore au cœur cette atmosphère empreinte de gaité et d'amitié sincère.

Pourtant vers dix-sept heures, Monsieur se leva pour remercier sincèrement Dolorès pour sa merveilleuse cuisine et sa gentille invitation. Touchée, elle répondit :

- Juan-Marco me parle de vous, beaucoup souvent. Vous êtes une bonne Présidenté et il est toujours si houreux de vous conduire dans la belle voitoure.
- Merci à vous pour cette merveilleuse Paëlla. Nous avons passé une après-midi très agréable.
- Je peux vous le dire maintenant, pour vous, j'ai prié la Madone et Sainte Rita aussi. La sainte qui retrouve ce qui est perdou.
- Merci Dolorès, voilà qui me touche beaucoup.
- Faut pas être touché méssieur, il faut être heureux !

Monsieur le Président Maximilien van Hoff ne saurait jamais s'il s'agissait là, d'un conseil, d'un ordre, d'une prière ou d'une formule inspirée sur l'instant, ponctuée par deux bises bien appuyées et profondément sincères.
Il fut heureux de savoir Jean-Marcel accompagné aussi gentiment dans la vie.

Clarisse avait pris place à l'arrière, assise auprès de Monsieur. Elle se tenait droite, terriblement gênée de se trouver à bord de la voiture du « Présidenté ».
Jean-Marcel roulait doucement et longeait le boulevard désert.
Joséphine regardait la ville défiler en rêvassant.
À la radio, Vanessa Paradis chantait l'histoire « d'une étoile et d'un lion ».
Décidément, ils s'étaient tous donnés le mot.

La journée passait bien trop vite. Lucas, arriva en fin de matinée rejoindre son équipe et mettre un point final aux dossiers avant les départs vers le Palais de Justice. La garde à vue expirait, les enquêteurs soupiraient, le juge d'instruction attendait. Il hésitait, il désirait parler à Irina, retardait le moment et puis se décida dans un mouvement de mauvaise humeur.

Irina attendait sagement. Lucas entra en remerciant Charly de les laisser seuls.

- « Je suis venu vous dire au revoir avant votre départ » résonna de façon étrange dans cette cellule.

D'ordinaire, des « Levez-vous », « On y va tout de suite » ou les « Barre-toi d'ici » étaient plus fréquents. Irina dégageait quelque chose qui n'inspirait pas l'envie de « la faire dégager vite fait » mais plutôt de la retenir encore un peu.

- Merci pour votre soutien. Sans vous, je n'aurais pas osé parler.
- Vous croyez ?

- Oui, vous m'avez beaucoup aidée, secourue même !

Elle lui souriait et ajouta sans l'ombre d'une équivoque :

- Il ne doit pas être facile de vous résister ?
- En général, je ne me défends plutôt pas trop mal. Je donne confiance et je ne m'énerve jamais. Je prends le temps et puis, j'ai aussi quelques tours dans mon sac ! Je suis…

Il chercha le mot et n'en trouva qu'un seul.

- Je suis épris de la vérité. J'ai besoin de savoir pour comprendre et de comprendre pour admettre.
- Et d'admettre pour pardonner ?
- Oui, parfois ! Mon job ne se situe pas dans le jugement, seulement dans la recherche approfondie et méticuleuse des preuves du délit ou de l'innocence des présumés coupables. Le pardon vous sera ou pas, accordé par d'autres que moi.
- Oui, bien sûr ! Comment va Maximilien ?
- Pas très bien répondit-il volontairement.

Il le savait prêt à prendre son envol sous les ailes protectrices de l'albatros. Cette idée lui dessina un joli sourire qu'elle remarqua aussitôt.

- Je crois qu'il va oublier aussi vite que possible cette…
- Oublier ? Non, mais il semble un adepte du pardon. Il a refusé de porter plainte contre vous, faisant peser toute la responsabilité sur Victor Rowksa et Pétrowski. Il souhaite ardemment alléger votre peine… Pour le citer !
- Vous lui direz combien j'ai aimé ces mois en sa compagnie.
- Dites-moi la vérité. Vous l'aimiez vraiment ?

- Regardez-moi ! Croyez-vous que je puisse encore aimer vraiment ?

Lucas resta silencieux, déçu par la réponse et soulagé à la fois. Clarisse qui devinait tout à distance, le savait déjà ! Finalement, il l'admettait bien volontiers, Maximilien était un « âne » et accompagné d'une bourrique comme la Miss, le duo ne manquerait pas de charme. Il souriait en y songeant. Irina lui rendit son sourire avant de lui chuchoter :

- Avant de partir, j'aimerais vous confier quelque chose ?
- Oui, bien sûr !
- J'ai caché quelques bijoux, certains de valeur dans le secrétaire de notre… Pardon, de sa chambre. Demandez-lui de les vendre. Qu'il fasse ce qu'il veut de cet argent !
- Je ne suis pas certain que cette idée lui plaise vraiment !
- Qu'il en fasse bénéficier un orphelinat ou une association !
- OK, vu de cette façon ! Je lui en parlerai. Rowska vous offrait des bijoux ?
- Non, il ne m'a jamais rien offert ! Je les tiens de ma mère et de Maximilien. J'étais une épouse très gâtée…

La gêne d'un côté, la honte de l'autre se télescopèrent. Elle ôta son alliance sertie de diamants pour la déposer dans la main ouverte de Lucas. Il accepta, referma doucement ses longs doigts fins sur ce symbole douloureux… Et se trouvait embarqué dans une drôle de galère !

Comment allait-il faire pour la rendre au moineau ?

Il recula légèrement, donnant ainsi le signal d'un départ qui souleva une vague de reconnaissance dans ses grands yeux bleus à elle et de tristesse dans ses yeux clairs à lui. Celui qui d'habitude aimait faire parler les autres apprécia ce silence prolongé en guise d'adieux.
Il lui tendit une main franche et directe. Elle fut surprise, très surprise !

À la douceur de cette poignée de main, elle devina qu'elle obtenait déjà un peu de son pardon. Celui des autres n'était donc pas vain à espérer.
Celui de Mia devenait alors un rêve possible, peut-être pas si inaccessible ?

Julie tournait et virait depuis le matin comme cernée par une angoisse diffuse. Lucas, intrigué et peu habitué à ce comportement chez une de ses meilleurs flics, fit une petite escale improvisée dans son bureau.

- Tout va bien Julie ? Tu as pu récupérer un peu pendant ta pause ?
- Bof ! J'ai traîné.
- Traîné quoi ? Ta misère on dirait ?
- Ouais, un peu !
- Des soucis ? Vas-y, raconte-moi plutôt !
- Non, enfin si ! J'ai envie de dire au revoir à Irina avant qu'elle ne parte chez le juge. Cette affaire m'a vraiment chamboulée. J'ai mal dormi, je crois que la colère tourne en boucle au fond de moi.
- Mais vas-y ! Si tu en éprouves le besoin, pourquoi tu ne le fais pas ? J'y suis bien allé moi !

- Je voulais ton accord avant !
- Tu voulais mon accord et tu ne demandais rien. Je ne peux pas tout deviner, ma chère Julie !
- Mais si ! Tu vois bien que tu devines ! Ne change pas surtout, c'est comme ça qu'on t'aime !

Elle se leva d'un bond, l'embrassa sur les deux joues comme pour un deuxième bonjour et s'engouffra dans le couloir sans lui laisser le temps de réagir.
Il avait adoré, tout simplement !
Julie demanda à Charly d'ouvrir la porte de la cellule et rencontra un « Encore » exaspéré qui s'était vu rétorquer un sévère et agacé : « Oui, encore !».

Irina l'accueillit avec un sourire triste mais reconnaissant. La photo de Mia était posée sur le lit. Elle l'avait regardée pendant des heures. Julie, presque intimidée lui parlait doucement :

- Je suis venue vous dire au revoir. Rassurez-vous, le juge n'est pas trop sévère. Enfin, je crois. Disons qu'il y a pire !
- La prison ne me fait pas peur vous savez. J'y serai en sécurité. Dehors, il n'y a plus de vie pour moi.
- Pourquoi ne pas avoir parlé à votre mari ? Il semble être un homme gentil, il aurait certainement pu vous aider.
- Maximilien aura été mon sauveur. La prison sera mon refuge. Avec un peu de clémence, j'en sortirais dans une dizaine d'années. S'ils ne m'attendent pas à la sortie, je pourrais vivre un peu dans la

normalité. Mia sera grande et n'aura pas besoin d'une mère aussi lamentable et absente que moi.

- Oh ! Mon Dieu, ne dites pas ça !
- Dieu n'existe pas… Le Diable si !
- Un jour, Dieu enchaînera le Diable, c'est prévu.
- Croyez-moi, il lui faudra des chaînes très solides !
- C'est prévu aussi, insista Julie, toute remuée à l'idée de menotter Irina.

Le boulot de flic n'était pas toujours évident. Heureusement, Charly s'impatientait et ne semblait pas disposé à laisser les adieux s'éterniser.
Elle n'y arriverait pas. Elle décida donc de laisser faire le râleur impatient. De façon amicale et prolongée, elle posa sa main sur l'épaule d'Irina et lui souhaita « Bonne chance » avant de sortir.

Comme elle croisait le regard agacé de Charly, il lui balança : « Qu'elle aille au Diable ! ».
Une réponse cinglante ne se fit pas attendre.

- Pauvre abruti ! Elle en revient tout juste !
- Mais tu vas te calmer ?
- Non, je n'aime pas tes remarques méchantes et tes commentaires navrants.
- C'est pas parce que t'es copine avec le pédé qu'il faut…

La baffe était partie toute seule, sonore et bien envoyée. Marius, Pierre et Lucas se retournèrent aussitôt, le souffle coupé par cette scène surréaliste.

- Mais ça ne va pas bien tous les deux ? riposta Lucas, en avançant vers eux avec un air furieux.

- Je te laisse t'expliquer avec ce « gros naze !» répliqua Julie en quittant le couloir des cellules pour rejoindre son bureau, sans se retourner.

Il l'avait bien cherché et puis, ce n'était pas le jour !

Lucas retenait fermement Charly par le bras en lui réclamant une explication immédiate. Si Julie venait de lui coller une gifle, c'est qu'il avait dépassé les bornes ou manqué de respect à la jeune femme. Responsable de son équipe, il ne pouvait permettre de laisser les baffes voler entre collègues.

- Alors ? Tu m'expliques ou je vous convoque tous les deux dans mon bureau ?
- Bon, c'est vrai, je l'ai un peu cherché.
- Sois plus clair Charly !
- J'ai dit…
- Je t'écoute.

Et voilà ! Au pied du mur, c'est toujours plus difficile. Dans le dos des gens, on peut s'autoriser les vacheries, petites ou grosses, les moqueries, les petits noms d'oiseaux ou les insultes. En face, bizarrement, c'est toujours plus difficile. La panique se lisait sur le visage cramoisi du flic qui redoutait une convocation et une Julie qui revenait à la charge, décidée à parler et préférant en finir avec cette regrettable histoire.

Elle se posta devant Lucas et lui jeta sans l'ombre d'une hésitation :

- Il t'a traité de pédé. Je n'ai pas supporté. La gifle est partie et je ne m'excuserai pas.

Disparaître au fond d'un trou, se volatiliser, devenir transparent… Tels étaient les souhaits immédiats d'un Charly rouge écrevisse et mort de honte. Lucas le regarda longuement, prenant la mesure de son malaise mais pas de ses regrets. Charly n'aimait pas les hommes et ne comprenait pas le choix de son patron. Les baffes ne changeraient rien. C'était son droit au fond !

- Je préfère ça ! répondit simplement Lucas. J'ai cru qu'il t'avait manqué de respect… Si tu vois ce que je veux dire ?
- Il n'a pas intérêt ! C'est surtout à toi qu'il manque de respect.
- Si tu savais comme je m'en fiche ! J'aime Gaspard, je vis avec lui, tout monde le sait bien ici. J'assume, ajouta-t-il dans un sourire qui rendit le sien à Julie.

Charly attendait les représailles, la mise à pied, les reproches… Pourtant, tout le monde avait déjà rejoint son bureau. Il se retrouva seul dans le couloir avec sa honte et dans une indifférence générale qui l'écartait d'un groupe solidaire du patron. L'indifférence, c'était dur quand même !
Irina attendait patiemment qu'il veuille bien l'emmener au Palais de Justice. Il fut très poli et courtois avec Madame van Hoff.

Lucas souriait au son de la musique de « Top Gun » qui l'avertissait que la Miss venait aux nouvelles. Trop heureux d'entendre sa voix et ses fameux commentaires, il décrocha. Tout semblait calme à bord… Trop calme !
La conversation se dirigea paisiblement mais immanquablement vers Irina. Pour couper court, Lucas lui

précisa que le dossier était maintenant entre les mains du juge et parlait du jury.
Elle riposta aussitôt :

- Si dans le jury, tu convoques des gens comme Joséphine, Jean-Marcel et moi, sûr, elle sort tout de suite. C'est vrai ! Comment la punir d'avoir eu si peur pour son enfant et d'avoir vécu cet enfer ? C'est elle la victime de ce monstre !
- Tu ne vas pas me servir ta séquence Avocate et me refaire la justice ?
- Ben si !
- Ben non ! En clair, je ne te demande pas ton avis !
- « Qui veut faire quelque chose trouve un moyen, qui ne veut rien faire, trouve une excuse ». Proverbe arabe.
- Mais tu es en grande forme toi ! Tu ne vas pas me réciter tout ton dictionnaire de citations. Je te rappelle que j'ai mes valises à préparer.
- Tu pars quand ?
- Demain.
- Déjà ?
- Comment déjà ?
- J'avais quelque chose à te demander.
- Oui, vas-y ! Demande.
- Non, je dois te voir. C'est super, super-important !
- Alors, arrive ! Mais pas dans deux heures, je veux rentrer tôt.
- Mais non, je suis là dans dix minutes.

Le super, super-important de Clarisse le faisait sourire. Avant qu'il ne parte si loin et si longtemps, elle venait lui

demander ce qu'il pensait de Maximilien. C'était couru d'avance ! Comme il n'en pensait que du bien, pour une fois, ils seraient d'accord !
Elle arrivait déjà, pressée comme à son habitude, s'arrêtant saluer les uns et les autres avant d'entrer dans son bureau. Une bise distraite était venue se poser sur la joue du flic occupé à ranger des papiers et sans préavis, elle alla droit au but.

- Lucas, il faut que je te demande quelque chose.
- OK ! Mais ce n'est pas accordé d'office ! Parfois, tu as des lubies pas nettes toi !
- Pour avoir l'autorisation d'aller voir Irina en prison, c'est ici ou au juge qu'il faut demander ?
- Pardon ?
- Tu as très bien compris ! Alors ?
- Tu n'en fais pas assez à l'hôpital et dans toutes tes associations ? Tu veux prendre en charge les prisonniers maintenant ?
- T'occupe pas ! « Paie le mal avec la Justice et la bonté avec la bonté ! ».
- C'est bien ! Fais ta philosophe !
- De Lao-Tseu… Un pote que j'aime beaucoup !
- Mais franchement ? Tu ne crois pas qu'elle mérite au moins un peu de taule pour ce qu'elle a fait à Maximilien ?
- « Oh, n'insultez jamais une femme qui tombe ! Qui sait sous quel fardeau la pauvre âme succombe ? ».
- Quoi ? Tu peux répéter ?
- C'est de Victor Hugo. Pauvre inculte !

- Clarisse, tu sais très bien, que j'ai raison. Pas vu, pas pris. Pris, pendu ! C'est la règle. Tu sais aussi que j'aime l'ordre et le carré !
- Moi, je préfère le rond, la nuance et la tolérance. Tu es vraiment sans pitié !
- A-t-elle eu pitié de son mari ? Quand elle a su qu'il était séquestré, elle aurait pu me prévenir, m'en parler.
- Elle avait trop peur pour sa fille ! Elle a de vraies excuses, des circonstances atténuantes et personne en France pour la soutenir. J'irai la voir en prison. Point final !
- Clarisse, tu sais très bien que : « Trop c'est l'ennemi du bien ! »
- Et rien ? C'est l'ami de qui ?

Interloqué, il ne répondit pas. Encore une citation qui finirait dans son précieux dictionnaire pensa-t-il en la regardant. Il l'aimait aussi pour cette capacité à toujours riposter, à lui tenir tête et à s'engager dans les combats d'idées avec passion, slogans et banderoles quand nécessaire. Une anarchiste maîtrisée : Voilà ce qu'elle était au fond.

Pour Lucas, l'emprisonnement d'Irina n'était que justice. Pour elle, ce résultat trop triste lui paraissait terriblement injuste. Ils pouvaient bien débattre pendant des jours et des jours. Chacun resterait sur sa position et son ressenti. Il ne supportait pas les voyous, elle ne tolérait pas l'idée de la prison. Il était donc préférable de clore le sujet mais elle ne résista pas à un dernier pavé dans la mare.

- Si vous ne laissiez pas sur le trottoir, toutes ces jeunes filles de l'Est et d'ailleurs, on n'en serait pas là ! La prostitution est interdite en France, l'esclavage aussi. Elles débarquent à vingt heures dans les rues de la ville. Normal quoi ! Vous pourriez vous bouger et faire votre boulot aussi !
- Tu n'exagères pas un peu ?
- Si tu voyais des malades, des infirmes, des éclopés, des enfants crever sur le trottoir, tu dirais que l'hôpital doit les accueillir, les soigner, les sauver… Si ! Tu dirais ça !
- Mais…
- Moi, je fais mon boulot et je ne la ramène pas ! Capito ?

Décidément, elle ne mettait jamais de bémols à ses propos, comme à ses rêves.
Lucas blessé, baissait les yeux, ne trouvant rien à répondre.
Une fois encore, elle n'avait pas tort.
Pas raison, mais pas tort !

Les filles s'affichaient sur les trottoirs de la ville dès vingt heures et les flics en patrouille ne recevaient pas d'ordres très précis dans ce domaine. Pas d'ordres précis et sans doute, pas de réelle volonté !

Abrupte, directe, Clarisse ne prenait pas de raccourcis pour se rendre droit au but. Elle n'enfilait jamais de gants pour exprimer sa révolte. Cette remarque assassine prendrait un malin plaisir à le poursuivre longtemps. Elle avait vraiment le chic pour lui pourrir la vie !
Il claqua la porte et s'en alla furieux.

Elle le regarda partir, plutôt contente d'elle. Le missile lancé venait d'atteindre sa cible, le cœur tendre de ce type qui faisait son travail avec les moyens du bord et une passion chevillée en lui. Tant mieux s'il ne regardait plus jamais de la même façon une femme sur le trottoir.
Elle espérait en silence, qu'il participe activement, à mettre un terme à cette barbarie de l'exploitation de la femme par des hommes aux chaussures « de mac ! ».

Comme sa mère lui manquait. Trente ans plus tard, « Respectez-Moi » restait toujours d'actualité. Le monde changeait vite dans certains domaines, piétinait lamentablement dans d'autres et reculait même dangereusement dans certains registres.
Effrayants registres !
L'enfer tournait au ralenti et Clarisse était toujours pressée. « Le plus vieux métier du monde » avait encore de beaux jours devant lui…
Irina en prison, elle trouvait ça particulièrement nul. Elle allait faire sa demande de visite pas plus tard que tout de suite !

Lucas revenait sur ses pas en courant avec la furieuse envie de ne pas laisser passer cette insolence de plus. Elle devina aussitôt qu'il allait lui servir une explication de texte… Texte de loi bien entendu !

- Clarisse, pour répondre à ta question, tu pourrais écrire au Préfet par exemple !
- Ah bon ! C'est lui qui donne ce genre d'autorisation ?
- Je suis certain qu'il sera ravi d'avoir de tes nouvelles !

- Gros malin ! Mais je vais le faire, tu sais !
- Je n'en doute pas un seul instant ! J'imagine bien la lettre que tu vas lui envoyer :
  « Monsieur Le Blaireau, j'ai l'honneur de vous demander l'autorisation de rendre visite à Madame van Hoff, prostituée et complice de l'enlèvement de son mari, un certain Maximilien. Petit détail, j'ai un peu craqué pour lui. Vous m'excuserez certainement pour mon comportement et mes insultes… ».
- Arrête ! C'était juste dans l'euphorie de la manif ! Blaireau, à la fois ce n'est pas si méchant.
- Ben voyons ! C'est très amical, drôle, super-gentil et très respectueux surtout.
- J'aurais pu dire « Gros con » comme certains qui passent dans ton bureau !
- Ce qui veut dire ?
- Tu n'es jamais traité de « gros con » toi ?
- Pas souvent non !
- Allez, avoue que ça doit bien arriver de temps en temps ?
- Je peux te garantir que ça ne dure jamais très longtemps !
- J'oubliais, t'es Batman quand même ! On te respecte.

Il riait, sachant que ce dialogue pouvait durer jusqu'au soir. S'il fallait écrire au Préfet, s'excuser pour le « Blaireau » pas méchant, elle n'hésiterait pas. Clarisse ne lâchait jamais rien, surtout pas sur un chemin qui menait à la prison.

Pourtant, une question lui vint à l'esprit, qu'il formula aussitôt :

- Maximilien est au courant de tes projets dans ce domaine ?
- Certainement ! Nous en avons longuement parlé ensemble.
- Et il est d'accord ? Il trouve naturel et normal que tu ailles passer du temps avec sa future ex-femme qui pourtant…
- Tais-toi Lucas ! Tu vas dire des horreurs que tu vas regretter.
- Après tout, c'est votre problème à tous les deux.
- C'est vrai ! C'est notre problème !

Depuis très longtemps, il n'avait pas vu ce regard lointain, ce sourire figé, cet air absent et perdu sur le visage de Clarisse. D'un coup, il réalisa qu'elle ne passait pas au travers de cette arrestation sans peine, qu'Irina occupait son esprit et qu'elle réclamait de l'aide tout simplement. Il s'approcha d'elle, lui releva gentiment le menton, découvrit ses grands yeux brillants qui retenaient des larmes.
Alors, il la serra dans ses bras et lui dit : « Je vais te donner l'adresse. Tu auras l'autorisation mais pas tout de suite. En préventive, c'est toujours un peu plus long ».

En guise de remerciements, des deux mains, elle lui tapota doucement le dos. Comme d'habitude, comme toujours, lorsqu'ils se consolaient mutuellement, lorsqu'ils s'annonçaient les bonnes ou les mauvaises nouvelles, qu'ils partageaient sans restriction cette amitié légère et éternelle.

Elle lui souffla à l'oreille :

- Tu sais ce que disait Confucius ?
- Non, mais tu vas me le dire !
- « Une injustice n'est rien, si on parvient à l'oublier ».
- Il cause bien ton pote mais toute l'équipe m'attend. Il faut vraiment que j'y aille !

Il se détacha d'elle tout en douceur, comme à regret et s'empressa d'ajouter :

- Maximilien n'est pas venu avec toi ?
- Non, il voulait s'entretenir avec le commissaire Robin.
- Pourquoi ?
- Il voulait lui demander une faveur, je crois.
- Quelle faveur ? De quoi tu parles ?

Charly s'attarda un instant devant le bureau ouvert. Il observait la scène, retenant son souffle, l'air rassuré, presque amusé. Depuis quelque temps, le patron changeait de bord. Il passait pas mal de temps à consoler et à prendre des jolies filles dans ses bras. Le beau Gaspard n'avait qu'à bien se tenir…

Lorsque Lucas arriva en trombe dans le bureau de Robin, personne ne s'y trouvait. Comme il s'en allait en courant chercher des explications, il les vit se serrer la main, là-bas, dans la cour. La Miss les avait rejoints et papotait avec Julie.
Il s'en fichait au fond. Il pouvait bien clore ce dossier sans lui.

Une faveur… Il ne fallait pas chercher très loin ! Maximilien était revenu s'assurer que sur sa plainte déposée, rien ne viendrait accabler Irina.
Le moineau était vraiment un type bien.
Un « âne » mais un type bien !

Lucas marchait dans le hall de l'aéroport, pressé de rejoindre Gaspard qui attendait patiemment dans la salle d'embarquement. Clarisse, accrochée à son bras gesticulait et bavardait joyeusement. Maximilien regardait ce couple étrange qu'ils formaient avec une certaine envie. Il comprenait mal ce comportement complice, cet attachement presque puéril aux allures de « sacré » qui les unissaient. La jalousie le tiraillait et dessinait sur son visage un triste sourire.

L'heure des adieux et des remerciements arrivait. Il serra fort la main de Lucas, plongea son regard empli d'émotion dans les grands yeux clairs du flic qui lui avait sauvé la vie. Il prolongea volontairement cette poignée de main en signe de reconnaissance. Lucas comprenait, acceptait et accueillait cette gratitude avec un franc sourire.

S'assurant que Clarisse répondait toujours au téléphone, un peu à l'écart, Lucas prit Maxi par le bras et lui glissa à l'oreille :

- Je dois vous rendre quelque chose mais le plus discrètement possible.
- Oui, de quoi s'agit-il ?
- De ceci.

Lucas tendit une petite enveloppe dans un geste rapide et maladroit. Maximilien lui souriait gentiment, étonné et certain d'y trouver un mot.
Il ouvrit mais aussitôt son sourire se figea. Il regarda Lucas d'un air gêné et triste. Il s'empressa de replier l'enveloppe sur l'alliance d'Irina et la glissa dans sa poche. Lucas poursuivit en chuchotant :

- Je dois vous dire aussi, que vous trouverez dans votre secrétaire, des bijoux qu'Irina a cachés. Elle vous demande de les vendre au profit d'une association ou d'un orphelinat. Vous déciderez bien sûr. Elle a aimé ces mois passés avec vous et vous demande pardon.
- Merci. Informations secrètes n'est-ce pas ?
- Oui. Je n'ai pas mené cette enquête de façon très orthodoxe. Il y a quelque chose d'étrange chez Irina, qui vous pousse à la protéger.
- Sans doute ! Avouez pourtant, que dans ce domaine, je n'ai pas mérité le prix d'excellence. J'étais si loin d'imaginer… Sans Clarisse, je crois que je serais au fond du gouffre.
- Prenez bien soin de la Miss. Elle paraît forte mais je ne connais personne d'aussi fragile. Une vraie funambule, toujours en équilibre !
- Croyez-vous sincèrement, qu'elle tienne à un type comme moi ?

- Je vous trouve parfait ! Quelques petites choses à changer mais vous êtes un mec bien. Ah ! Conseil d'ami avant de partir. Elle déteste la retenue. Laissez-vous aller, elle va adorer.
- Je me suis toujours battu pour être heureux vous savez.
- Justement ! Le bonheur ne se combat pas, il se trouve dans le lâcher prise. Clarisse aussi s'est battue longtemps. Elle a compris depuis peu que le bonheur ne se cherche pas. Il se présente un jour et dans votre cas, bonjour la tête des présentations !
- «Il n'y a pas de hasard, il n'y a que des rendez-vous ».
- C'est de vous ?
- Non, de Paul Eluard ! Je retiens volontiers les références de Clarisse.
- Mon pauvre vieux ! J'espère que votre disque dur est performant. Vous allez devoir enregistrer un peu de tout et dans tous les domaines… Elle ne s'arrête jamais !
- Quelle chance ! Surtout qu'elle ne s'arrête jamais !

Ils riaient tous les deux. Elle revenait vers eux en disant :

« C'est quoi ces messes basses ? Vous complotez ? ».

- Non, je remerciais Lucas pour son aide.
- Cool et moi alors ? Je sens le gaz ?
- Le gaz ? Mais non, quelle drôle d'idée ?
- Expression familière… Lucas, bouge ! Vous allez rater votre avion et j'en connais un qui ne va pas te louper !

Elle l'embrassa plusieurs fois. Il répondit en plaisantant, couru vers Gaspard qui l'attendait. Elle leur faisait de grands signes en leur souhaitant de faire le joli voyage dont ils rêvaient depuis si longtemps.

Clarisse se retourna et remarqua que Maximilien, raide comme la Justice, digérait non sans peine, le « lâcher prise » conseillé quelques secondes plus tôt. En silence, il disait adieu à un combat qu'il n'avait pas franchement gagné.

- Tu as l'air triste de les voir partir ? Quelque chose ne va pas ?
- Non, tout va bien ! Je me disais simplement que je devais changer.
- Changer ? Mais changer quoi ?
- Ne te moque pas d'un homme malmené par la vie.
- Moi ? Me moquer de toi ? Jamais, voyons !
- Je t'agace tellement !
- Tu te trompes souvent Maximilien et c'est à se demander comment tu as su briller autant dans les affaires.
- J'ai décidé de prendre quelques vacances dans les Cévennes.
- Encore des vacances ? Voilà plus d'un mois et demi que tu ne fiches rien !
- Tu es véritablement…
- Infecte ! Je te le concède. Tu vas faire quoi dans les Cévennes ?
- Élever des chèvres peut-être ?
- Toi, éleveur de chèvres ?

- Oui ! Pourquoi pas au fond ? Je sens toujours la fibre paysanne vibrer en moi.
- Alors là ! Je demande à voir…
- Justement, je m'apprêtais à t'inviter mais j'imagine que cette très longue semaine en ma compagnie a eu raison de ta patience ?
- Je n'ai aucune patience. Tu le sais bien. Je veux tout et tout de suite !
- As-tu été comblée ?
- Pas toujours !
- Tu préfères certainement l'océan à la montagne cévenole ?

Elle ne répondit pas, comme entièrement absorbée par une nouvelle idée lumineuse. Elle posa sa main sur sa bouche, leva les yeux au ciel et se mit à tourner sur elle-même en poussant un : « Oh là, là ! Mais non, mais non ! ».
Comme il s'interrogeait sur les vraies raisons de cette danse improvisée, elle lui donna l'explication dans un rire joyeux accompagné d'un :

- Les fruits de mer sont restés dans le frigo !
- Pardon ?
- Au Vieux-Boucau, le crabe dans le frigo ! Il faut que j'y retourne tout de suite. Tu imagines l'odeur ?
- Je t'emmène… Enfin, si tu veux bien de moi comme chauffeur bien sûr ?
- Avec ma voiture alors ?
- Pourquoi ? La mienne roule très bien tu sais !
- Attends, je n'y vais pas en Jaguar moi ! La honte un peu !

Maximilien riait vraiment. Jamais encore, personne n'avait trouvé que sa voiture fichait la honte.
Mais plutôt l'inverse !
Clarisse ajouta aussitôt un : « Pardon, je suis désolée ! » censé rattraper le tir et l'excuser un peu.
Heureusement que Jean-Marcel ne traînait pas dans les parages. L'insulte suprême n'eut jamais obtenu de pardon !

L'espace d'un instant, elle imagina sa nouvelle vie auprès de Maximilien. Elle comptabilisait leurs différences et réalisait qu'il y avait du boulot ! Elle aimait les défis, celui-ci était vraiment de taille.
Devant son insistance, elle abdiqua et s'installa dans la Jaguar. Ils prirent la direction de la maison pour y prendre quelques affaires avant l'opération « Frigo Propre » de toute urgence. Elle ne doutait pas qu'ils y resteraient quelques jours.
Le bonheur !

Au volant, le propriétaire attendait impatiemment les commentaires qui ne tarderaient pas à fuser. Il n'en fut rien ! La déception se lisait sur le visage interrogateur du pilote qui n'eut le droit qu'à un : « C'est vachement beau tout ce cuir ! ».
Elle s'avouait vaincue. Parfois !

Comme elle lui proposa de faire escale à son appartement pour y prendre ses affaires, il lui répondit en riant:

- Mais ils sont très chouettes, les vieux fringues du Vieux-Bouc.
- Même la chemise à carreaux ?

- Mais oui, elle est très confortable la chemise de Lucas ! Je vous observais à l'aéroport, vous formez un très joli couple tous les deux !
- Mais nous ne sommes pas un vrai couple !
- Bien sûr, mais lorsque je vous regarde, dispute ou conciliabule, votre amitié irradie vraiment. On se prend à imaginer quelque chose de plus fort. Plus fort que l'amitié, c'est quoi ?
- Je vais dire la tendresse. Avec Lucas, je peux tout me permettre, des attitudes, des regards, des blagues qui ne mettent rien en danger. Lui, il aime Gaspard et moi, je profite de cette liberté. Je suis son amie d'enfance, sa favorite en quelque sorte. S'il me prend dans ses bras, il n'y a jamais d'équivoque, d'ambiguïté, pas d'envie ou de désir… C'est un vrai bonheur pour une femme de se laisser bercer dans les bras d'un grand gaillard. Il a une tendre virilité, un masculin sensible, la poigne d'un vrai mec et une douceur au féminin. J'aime ces contacts spontanés entre nous, cette possibilité de tout faire dans la joie et cette forme de frivolité infantile que nous nous permettons. Il s'agit là d'un amour inventif et singulier. Voilà longtemps que nous avons instauré cette relation étrange et parfaitement délicieuse. Le soir, au téléphone, on papote comme deux bonnes copines, mais quand il vient tailler mon arbre, c'est le bûcheron costaud qui intervient. S'il a le blues, c'est moi qui le console. S'il veut partir au bout du monde, c'est Gaspard qu'il emmène et je suis ravie

pour eux. Tu en connais beaucoup, des trucs aussi simples entre un homme et une femme ?

- Je dois avouer que non ! Je n'ai pas eu le loisir d'expérimenter ce délicieux là !
- Rassure-moi ? Tu n'es pas jaloux ?
- Non, je découvre que vos échanges musclés ou tendres me touchent. Je la devine cette tendresse que tu décris si bien. J'avais besoin d'y mettre des mots et de mieux comprendre ce rapport protecteur que vous avez l'un pour l'autre. Rien d'autre ! Il y a du frère-sœur dans votre jeu.
- Parce que tu crois que l'on joue un rôle ?
- Non, pas un rôle mais un jeu dans lequel vous restez des enfants insouciants.
- On ne bluffe pas, tu sais ! Je suis sa dame de cœur, il est mon roi de carreau. Un peu comme dans la chanson de Serge Reggiani.
  « Mon ami, mon copain, mon frère, ma vieille chance, ma galère. Mon enfant, mon judas, mon juge, ma rassurance, mon refuge. Nous sommes, en somme, un vieux couple ! ».
- Joli ! Tu chantes bien. Quand et comment as-tu découvert qu'il préférait les hommes ?
- Le jour où je lui ai présenté un copain de fac. J'ai assisté à un véritable coup de foudre en direct. À cette époque, ils ne savaient, ni l'un, ni l'autre qu'ils se plaisaient mutuellement. Nous avions dix-huit ans et encore beaucoup de choses à apprendre, à découvrir ou à accepter.
- Et alors ?

- Disons que j'ai accepté l'idée sans bien la comprendre. Non, j'ai très bien compris sans l'accepter vraiment. C'était trop compliqué pour moi. Je l'observais sans rien dire, j'apprivoisais l'idée et niais l'évidence. Je l'ai accompagné longtemps dans ses nébuleuses recherches et même dans ses dérives. Et puis un soir, Gaspard est arrivé. L'évidence et la lumière du jour a rayonné comme un soleil sur la vie de mon ami !
- Votre amitié n'a pas eu à en souffrir ?
- Non, au contraire ! Je n'étais plus l'alibi béton, la fille qui l'accompagnait pour faire comme si. Beaucoup croyaient que nous étions en couple. Couple bizarre et déluré mais… Gaspard l'a tout de suite compris. Au fait, la chemise à carreaux est à lui. Il te la prête certainement… C'est un chic type !
- Parfait, me voilà équipé pour rentrer les bûches et chauffer la maison.

Clarisse revoyait « Le champion du monde des bûches rentrées à la maison » détester cette tenue, même pour aller chercher du bois au milieu de la nuit. Il disait le Vieux-Bouc . Sans le savoir, il était atteint par un virus dangereux, très dangereux ! Toute personne ayant séjourné dans sa maison landaise prenait le risque de dépendance totale et tenace.

Il existait des addictions comme la cigarette, l'alcool, la drogue, le jeu… Elle en oubliait mais le Vieux-Bouc pouvait entraîner les mêmes effets. Le cancer du poumon et les problèmes d'artères étaient peu fréquents.

À y réfléchir, elle ne connaissait aucun effet néfaste à aimer cet endroit merveilleux. Que du bonheur !
Voilà que le bonheur revenait toutes les trois minutes… C'était plutôt bon signe !
Y avait du travail mais si le bonheur s'en mêlait, ils allaient y arriver. Lui en Clio et vieux fringues pourris, elle en Jaguar et vieux fringues pourris aussi !
Il ne fallait pas qu'il imagine pour elle, les belles tenues de soirées et les talons aiguilles. Elle n'avait pas l'intention de faire la promo de sa boîte ! Il changerait de look, opterait pour du simple et reléguerait sa frime vestimentaire de play-boy de magazines…
Elle se trouva terriblement injuste tout à coup. Il n'avait pas vraiment choisi de faire la une des médias.
Bon ! Si, pourtant, à y réfléchir, il y avait du travail !

Ils reprirent la même route, de jour cette fois et sans faire escale au cœur de la forêt. Ils arrivèrent à la nuit tombante. Avant d'entrer, elle lui décrivait avec délice l'odeur et le spectacle que le frigidaire leur réservait : « Préparons les gants et entrons en apnée !».

Dès l'entrée, aucun signe avant-coureur ne laissait présager de la catastrophe. Elle s'engouffra directement dans la cuisine et avec un air déterminé se posta devant le frigo. Hésitante, elle accrocha la poignée, puis ouvrit la porte. Aussitôt, l'odeur du « crabe-langoustines-crevettes » la fit reculer d'un pas et rire.
En un tour de main, elle fit disparaître le tout dans un sac et s'en alla en courant vers la poubelle la plus proche… Près du mimosa.

Non, Pétrowski ne reviendrait pas ! Plus personne ne viendrait les mettre en danger et troubler le temps qu'ils voulaient se donner.
À son retour, Maxi armé de gants et d'une éponge ne perdait pas de temps. « Pschitt-Pschitt » en main, il nettoyait le frigo avec application. Le regard amusé de celle qui revenait en courant était prévisible ! Il attendait. Encore une fois, rien ! Pas de commentaire.

Comme il était étrange et délicieux de retrouver la « Place Vendôme » et ses diamants, dans le regard d'un homme portant des gants roses pour rincer une éponge crade. Elle aimait ces bizarreries, ces situations incongrues, ces moments décalés. Elle appréciait ses attentions délicates et ses efforts répétés pour se rapprocher d'elle et de sa simplicité.

Debout devant l'évier, elle laissa longtemps couler l'eau tiède sur ses mains, absorbée par le jardin qu'elle détaillait avec bonheur. Elle pensait à l'échelle restée dans le salon, qu'elle devait replier et ramener au cabanon.
Maximilien l'observait en silence, retrouvant intacte l'émotion déjà éprouvée dans cette cuisine, alors que le danger les menaçait.

La nuit tombait doucement, la lumière du frigidaire éclairait de sa petite lumière, donnant une ambiance douce et feutrée. Ils se retrouvèrent dans les bras l'un de l'autre avec l'étrange sentiment du déjà vécu, du déjà ressenti.
Elle n'avait plus envie de pleurer. Il avait retrouvé les mots. La vie les avait malmenés ces derniers temps. Ils désiraient se réconforter mutuellement, comme si l'un tentait de mesurer l'amour de l'autre.

La peur s'éloignait tout à coup, l'énergie faisait son retour dans un balancement tendre et murmuré de deux corps qui revendiquaient le plaisir et le désir de faire connaissance dans une confiance réciproque, qui ce soir, parlait d'avenir. L'instant suffisait, tel un moment de répit après une tempête de folie.

Nichée dans ses bras, la balise de Monsieur lui murmurait des mots tendres.
Le Présidenté n'avait plus besoin de gilet de sauvetage.
Il irait chercher le bois tout à l'heure… Dans l'instant, il avait beaucoup mieux à faire !

Bien sûr que l'on pouvait changer de vie !

REMERCIEMENTS

À Christian. Tu es devenu un expert de l'auto édition et je reste impressionnée par tes talents.
Tu es mon premier fan, toujours aux commandes (de la souris) lorsque j'en ai besoin. Merci de me laisser ce temps pour écrire. D'autre s'en agacerait… Toi, tu t'en amuses avec cette tranquillité dont tu ne te départis jamais.

À Brigitte. Merci d'être devenue mon peintre attitrée et d'avoir réalisé la couverture de ce deuxième roman. Surtout, ne range pas tes pinceaux…Le prochain ne saurait tarder ! L'histoire d'un fantôme dans une ferme de Corrèze, voilà qui devrait t'inspirer !
Merci pour ton talent, pour nos fous rires et cette tendre amitié qui traverse le temps et même les océans.

À Chloé et Clément. Votre patience ressemble à mon impatience, elle reste constante. L'aventure se prolonge et se partage dans le rire. Merci d'être si présents à mes côtés.

À Guita et René, mes parents.
À Marguerite et Jean Louis, mes grands-parents.
Lorsque j'étais enfant, mon grand-père me racontait des histoires extraordinaires. Il le faisait si bien, que je restais sage (un exploit), attentive (double exploit) et je l'écoutais émerveillée. Je le croyais, je l'imaginais Marin sur un trois mâts, Chercheur d'or en Amérique du Sud ou Chasseur dans le Grand Nord Canadien

Ma grand-mère me souriait. Son joli sourire empli de tendresse me disait deux choses : Ton grand-père raconte n'importe quoi mais tu as raison de le croire. Un jour, toi aussi, tu inventeras des personnages incroyables et tu les fera exister pour de vrai ! Comment résister ?

Maman canalisait mon énergie avec son autorité naturelle (et je dois vous dire, qu'elle n'en manquait pas !).
Papa me souriait et son joli sourire plein d'amour me disait deux choses : Ta mère râle mais tu as raison d'être toi-même. Un jour, tu seras libre de faire et de dire dans un style que tu choisiras. Reste insolente et déterminée à préférer les pointillés à la ligne droite. Laisse-la à ceux qui aiment le carré et l'ordre. Ne dépasse jamais la ligne blanche et surtout, n'aies pas peur ! Comment résister ?

À vous quatre, merci. Merci pour cette enfance joyeuse où nos rires partagés résonnent encore dans ma mémoire et mon cœur. Il ne manquait jamais de fantaisie et d'humour dans notre maison.
Vous m'avez donné le goût des mots, de la lecture, de la poésie, du dialogue, du récit emprunté à l'imaginaire, le tout saupoudré d'une tendresse qui m'accompagne chaque jour.
C'est de votre faute si mes histoires se terminent toujours aussi bien !
Mais je ne doute pas un instant, que vous le sachiez déjà !

À toi Eric, qui m'a fait découvrir le Vieux-Boucau. C'est là que l'histoire de Clarisse et Maximilien est venue à moi.
L'échelle dans le salon de ta maison, voilà un truc qui te ferait rire !
Chaque été, je prends grand soin de tes Hortensias Bretons.
Mais je devine que tu le sais déjà !

À toi Christiane, la première lectrice de ce roman. Tu aimais et tu riais de mes délires littéraires. Tes beaux yeux bleus et ton joli sourire rayonnent encore.
Je pense souvent à toi lorsque j'allume mon ordinateur.
Mais je devine, que tu le sais déjà !

À toi Patricia, qui reste ma coach bienveillante. Merci de partager en toute discrétion, mes inspirations du moment.

À vous tous, mes chers lecteurs-lectrices.
Merci. Grâce à vous tous, la sortie de « JUSTE PAS POSSIBLE ! » fût un moment important, tendre et drôle.
Merci de m'avoir lue, encouragée à poursuivre, fait connaître à vos proches et fait voyager mon histoire loin de la Bretagne. (Mention toute spéciale à GL)

À vous, qui attendiez ma nouvelle histoire.
Comme une promesse, le printemps est arrivé… Y A UN TRUC ! aussi.

Couverture : Toile réalisée par Brigitte Tessier

Si vous me laissez un message, sachez que j'aurai beaucoup de plaisir à vous répondre.

contact@luciecemieux.fr

Dépôt légal : MAI 2017

18206923R00218

Printed in Poland
by Amazon Fulfillment
Poland Sp. z o.o., Wrocław